novum pro

D1942798

IRENE MATT

LAURENTIUS' Wunder

novum pro

Bibliografische Information
der Deutschen Nationalbibliothek:

Die Deutsche Nationalbibliothek
verzeichnet diese Publikation in
der Deutschen Nationalbibliografie.
Detaillierte bibliografische Daten
sind im Internet über
http://www.d-nb.de abrufbar.

Alle Rechte der Verbreitung,
auch durch Film, Funk und Fernsehen,
fotomechanische Wiedergabe,
Tonträger, elektronische Datenträger
und auszugsweisen Nachdruck,
sind vorbehalten.

Gedruckt in der Europäischen Union
auf umweltfreundlichem, chlor- und
säurefrei gebleichtem Papier.

© 2025 novum publishing gmbh
Rathausgasse 73, A-7311 Neckenmarkt
office@novumverlag.com

ISBN 978-3-7116-0600-6
Lektorat: Isabella Busch
Umschlagabbildungen: Pixattitude,
Skypixel | Dreamstime.com
Umschlaggestaltung, Layout & Satz:
novum Verlag

www.novumverlag.com

Druckprodukt mit finanziellem
Klimabeitrag
ClimatePartner.com/16547-2311-1001

Inhaltsverzeichnis

Assisi, Italien im Jahr 2012

„Der Leib Christi!“

„Amen!“

„Der Leib Christi!“

In der Kirche herrschte noch Dunkelheit zur Matutin, der ersten Messe des Tages. Die in der kühlen Zugluft flackernden Kerzen warfen wild tanzende Schatten auf die marmorverkleideten Wände. In Laurentius' Vorstellung schienen die Figuren auf den Gemälden zum Leben zu erwachen, und er konnte sich an ihrem lebhaften Reigen kaum sattsehen. Wenn ihn die Müdigkeit überkam und er kaum die Augen offen halten konnte, verwischten manchmal die Grenzen zwischen Fantasie und Wirklichkeit.

Aus vollem Herzen singend oder im Gebet, an der Seite seiner Ordensbrüder, empfand Laurentius tiefe Geborgenheit. Er war angekommen und das Kloster war in kürzester Zeit zu seinem Zuhause geworden.

Nur Bruder Angelo machte ihm das Leben schwer, wann immer sich eine Gelegenheit dazu bot. Angelo rechtfertigte sich mit den strengen Regeln des Franziskanerordens, denen zufolge ein Neuling es nicht zu leicht haben sollte, dem Orden beizutreten. Laurentius jedoch hatte den Verdacht, dass Angelos Verhalten auch von persönlichen Motiven geprägt war.

Er versuchte, diese Demütigungen auszublenden und sich ganz auf die heilige Messe zu konzentrieren. Doch das beklemmende Gefühl in seiner Kehle blieb.

„Der Leib Christi!“

Laurentius erschrak. Die Kommunion.

Der Guardian stand dicht vor ihm. Als er ihm die Hostie reichte, vermied Laurentius den Blick und senkte demütig den Kopf.

„Amen.“

Raphael sollte nicht merken, wie gekränkt und wütend er war – vor allem wütend auf sich selbst, weil er gestern erneut nicht verhindern konnte, dass Angelo ihn verletzte und ihm die

Freude nahm, wie er es nur allzu gut aus seinen Kindertagen kannte. Laurentius' Gedanken schweiften ab.

An seinem zwölften Geburtstag hatte er auch einen Gottesdienst besucht. Damals war sein Name noch Giuliano gewesen – Giuliano Ferrari.

***

7 Jahre früher

Giuliano sehnte das Ende des sonntäglichen Gottesdienstes herbei. Als die Gläubigen endlich die Kirche verließen, streifte er hastig sein Messdienergewand ab, verstaute es in dem modrig riechenden Schrank und verabschiedete sich mit einem laut in die Sakristei gerufenen „Arrivederci" von Monsignore Rossi. Ohne auf die gemächlich nach Hause schlendernden Kirchgänger zu achten, rannte er die schmale Gasse hinauf, sicher, dass seine Mutter zu Hause mit einer Geburtstagstorte auf ihn warten würde. Mit knurrendem Magen und vor Erwartung glänzenden Augen betrat er die Küche. Er konnte sich noch genau an die Torte vom letzten Jahr erinnern: ein Meisterwerk, das die Form eines Drachens hatte, dessen köstlicher Marzipanmantel grünlich glitzerte und schimmerte, während die kandierten Kirsch-Augen des Monsters blutrot leuchteten. Überrascht hielt Giuliano inne. Die Küche war leer. Er strich sich eine Locke aus dem Gesicht. Wo konnte sie sich versteckt haben? Bestimmt im Speisezimmer. Beschwingt trat er ein – und wich sogleich zurück. Abgestandene Luft und der ekelhafte Gestank kalten Rauchs schlugen ihm entgegen. Enttäuscht und mit hängenden Schultern blieb er im Flur stehen. Was ging hier vor? Langsam verlor er die Geduld. Er war hungrig und hatte keine Lust, noch länger auf seine Geschenke zu warten.

Verärgert presste Giuliano die Lippen zusammen, als er zum Arbeitszimmer seines Vaters ging. Vor der Tür legte er das Ohr an – nichts. Langsam drückte er die Klinke nach unten: abgeschlossen! Wie immer, wenn der Vater ungestört arbeiten wollte.

Plötzlich überkam Giuliano die Ahnung, dass seine Familie im Wohnzimmer auf ihn wartete. Vielleicht war sogar die Oma zu Besuch gekommen?

Übermütig lief er hin, riss die Tür weit auf und rief freudig: „Da bin ich!"

***

Laurentius zuckte zusammen. Der harte Rippenstoß beförderte ihn jäh in die Wirklichkeit.

Hämisch grinsend schob sich Angelo an ihm vorbei und raunte ihm zu: „Ausgeträumt, Freundchen. Du hast Küchendienst."

Gesenkten Hauptes lenkte Laurentius seine Schritte aus der Kirche. Angelos Kommentar war überflüssig und unverschämt. Außerdem war es noch viel zu früh für die entsprechenden Arbeiten.

Laurentius wollte noch eine Stunde schlafen, doch der Ärger hielt ihn wach. Angelos Verachtung ließ ihn sprachlos zurück, und passende Antworten fielen ihm erst später ein.

Auch in anderen Klöstern war er auf Brüder gestoßen, mit denen es zu Konflikten kam – Neid, Eifersucht und Missgunst gehörten zum Alltag.

Laurentius hatte gelernt, sein Umfeld genau zu beobachten und konflikthafte Entwicklungen frühzeitig zu erkennen. Meist gelang es ihm, Streitigkeiten zu umgehen oder sie mit ein paar geschickt gewählten Sätzen zu schlichten. Doch Angelos Feindseligkeit machte ihn hilflos. Seufzend stand er auf und versuchte, die Schatten unter seinen Augen mit kaltem Wasser zu vertreiben. Kurz nachdem er die Klosterküche betreten hatte, holte ihn seine Vergangenheit wieder ein.

***

Auch im Wohnzimmer fand er niemanden. Vielleicht war es ein Versteckspiel, dachte Giuliano, und stellte sich vor, wie erfreut alle sein würden, wenn er sie fand. Er durchsuchte jedes Zimmer, selbst den Keller und den Speicher, bis er sich eingestand, dass tatsächlich niemand da war. Enttäuscht trottete er zurück in die Küche und bekam es mit der Angst zu tun. Vielleicht war etwas Schlimmes passiert? Verschiedene Szenarien kamen ihm in den Sinn. Der Oma konnte etwas zugestoßen sein, weshalb die Eltern sofort zu ihr gefahren waren, oder eine von Papas Schwestern hatte um Hilfe gebeten.

Gegen Mittag legte er sich mit knurrendem Magen ins Bett. Als er ein Poltern hörte, sprang er auf und lief in den Flur. Vor Hunger wurde ihm schwindelig, und er stützte sich an der Wand ab.

Den Geräuschen nach befand sich jemand in der Küche. Eine Schranktür schlug krachend zu, gefolgt von dem dumpfen Aufprall eines Gegenstands auf den Holztisch.

***

Laurentius beeilte sich, die Glut im alten Kaminofen der Klosterküche zu schüren. Behutsam legte er ein paar Späne auf die Kohle, spitzte die Lippen und blies hinein. Sobald die schwachen Flammen aufflackerten, legte er dickere Scheite nach. Zum ersten Mal an diesem Morgen atmete der junge Mönch tief durch.

Die behagliche Wärme des Feuers bildete einen starken Gegensatz zu der eisigen Kälte, die ihn einst in der Küche seiner Kindheit empfing.

Laurentius war ein routinierter Koch. Geschickt schlug er Eier auf, hackte Schnittlauch und genoss den Duft, den die bratenden Rühreier verströmten. Er schnitt das am Vortag gebackene Brot auf und befüllte große Kannen mit frisch gebrühtem Kaffee und Tee. Es machte ihm nichts aus, allein zu sein. Tatsächlich kam er schneller voran, wenn er keine Anweisungen geben musste. In der Klosterküche konnte er seine Fähigkeiten einbringen. Diese praktische Arbeit bot ihm den perfekten Ausgleich zu seinen geistigen Studien und er freute sich, damit der Gemeinschaft dienen zu können.

Die Brüder würden bald zum Frühstück kommen. Angelo würde vermutlich wieder demonstrativ nachwürzen oder seinen Teller missmutig beiseiteschieben. Laurentius spürte die Anspannung in seinem Nacken, die sich immer einstellte, wenn Angelo in der Nähe war.

Als alle Vorbereitungen abgeschlossen waren, gestattete er sich, zu seinen Erinnerungen zurückzukehren.

***

Ängstlich schob Giuliano die angelehnte Küchentür auf, um den Raum überblicken zu können. Am Tisch saß sein Vater und griff nach einer Flasche mit einer klaren Flüssigkeit, aus der er gierig trank.

Mit klopfendem Herzen trat Giuliano ein. Sein Vater musterte ihn mit glasigen Augen.

„Wo ist Mama?“, brachte Giuliano mit heiserer Stimme hervor.

„Weg!“

Dieses eine, kalt dahingeblaffte Wort hing zwischen ihnen wie ein unsichtbares Monster. Sein Vater starrte ihn an, als wäre er ein Fremder.

Giuliano verstand, dass es dieses Jahr keine Torte geben würde. Sein Magen verkrampfte sich, und der Würgereiz ließ einen bitteren Geschmack in seinem Mund aufsteigen. Unnatürliche Hitze durchströmte seinen Körper, während sich sein Kopf gleichzeitig leer anfühlte.

Sich an der Wand abstützend, zog Giuliano sich in sein Zimmer zurück und schlüpfte ins Bett. Was sollte „weg“ heißen? An seinem Geburtstag? Wohin weg, und für wie lange?

Es musste eine Erklärung geben, doch instinktiv wusste Giuliano, dass er den Vater nicht danach fragen durfte.

Am nächsten Morgen versuchte er sich einzureden, dass er schlecht geträumt hatte, und dass seine Mutter in der Küche auf ihn warten würde. Obwohl sein Magen knurrte, zog er sich langsam an, als ob er die Minuten mit Hoffnung füllen könnte.

Doch die Stille im Haus und die verwaiste Küche belehrten ihn eines Besseren.

Er trank ein Glas Milch und starrte auf seine Vesperdose. Seine Mama hatte sie jeden Morgen gefüllt. Jetzt lag sie leer da, wie ein stummer Vorwurf. Giuliano ließ sie liegen – sein Appetit war verflogen.

An manchen Tagen vergaß er, dass seine Mutter fort war, und ertappte sich dabei, wie er nach ihr rief. Die Stille ließ ihn ins Bodenlose fallen. Erschöpft von Angst und Wut suchte er Zuflucht in seinem Bett.

Wie in Trance folgte er seinem täglichen Rhythmus: aufstehen nach dem Wecker, Zähne putzen, zur Schule gehen. Ständig auf der Hut vor der Trauer, die wie ein Raubtier in jeder Sekunde zuschlagen konnte. Wenn sie ihn plötzlich überfiel, hatte er das dringende Bedürfnis, etwas zu zerstören – vorzugsweise etwas, das ihn an seine Mutter erinnerte. Auf die Sofakissen, die sie an den langen Winterabenden mit zierlichen Mustern bestickt hatte, schlug er ein, bis sie völlig zerschlissen waren. Wenn er seinem Zorn freien Lauf ließ, wich die lähmende Ohnmacht, und er fühlte sich zumindest kurzzeitig besser.

Er hoffte, dass seine Mutter zurückkehren würde. Fantasien über ihr Verschwinden quälten ihn. So stellte er sich vor, dass sie auf einem ihrer Spaziergänge gestürzt war und schwer verletzt irgendwo auf Hilfe wartete. Mehrmals durchstreifte er die Umgebung. Er besuchte ihre Lieblingsplätze in der Stadt oder tauchte unangemeldet bei Freunden und Verwandten auf.

Eine Fernsehsendung über die Suche nach vermissten Personen bereitete ihm eine schlaflose Nacht. Die Hoffnung, die er daraus schöpfte, belebte ihn, dass er es kaum noch im Bett aushielt. Am nächsten Morgen suchte er den Polizeiposten auf, um eine Vermisstenanzeige aufzugeben. Die Beamten hörten sich seinen Wunsch an, tauschten bedeutungsschwere Blicke, gaben ihm eine Tafel Schokolade und baten ihn, seinen Vater zu schicken.

Giuliano wusste, dass es nichts bringen würde, seinen Vater darum zu bitten. Es hatte sich herumgesprochen, dass seine Mutter verschwunden war. Sobald er auftauchte, rief einer höhnisch „Ciao-Ciao-Giuliano“, und sogleich stimmte ein ganzer Chor den Spottnamen an. Giuliano erduldete es schweigend. Mit gesenktem Kopf verließ er den Schulhof, und suchte weiter.

Am meisten quälte ihn die Frage nach seiner Schuld. Was hatte er falsch gemacht, dass sie ausgerechnet an seinem Geburtstag verschwunden war? Es gab niemanden, dem er diese Frage stellen konnte.

Lediglich in der Nähe des Pfarrers fühlte sich Giuliano sicher. Monsignore Rossi unterrichtete Religion. In seiner Gegenwart traute sich keiner, den „Ciao-Ciao“-Gesang anzustimmen.

Als der Pfarrer die Selig- und Heiligsprechung erklärte und die wichtigsten Heiligen des Landes vorstellte, war Giuliano sofort Feuer und Flamme. Monsignore Rossi sparte nicht mit Details, wenn es darum ging, die Wunder der Heiligen zu beschreiben, und erst recht nicht, wenn er von ihren Qualen berichtete.

Da sich in den letzten Jahren öfter Mütter beschwert hatten, die solche Erzählungen nicht für kindgerecht hielten, beendete er den Unterricht mit besten Grüßen an die Eltern und der Legende des heiligen Laurentius. Ansonsten ließ er sich nicht beirren und entgegnete seinen Kritikern, dass sich diese Dinge genauso zugetragen hätten, weswegen er sie nicht anders darstellen könne. Schließlich hänge der Heiland auch nicht kindgerecht am Kreuz.

Giuliano klebte förmlich an den Lippen des Pfarrers, als dieser erzählte, dass die Perseiden „Laurentiustränen“ genannt würden, weil der Märtyrer damals auf einem glühenden Rost zu Tode gefoltert worden war. Dabei habe er Tränen über die Sünden der Menschen vergossen, und die jährlich wiederkehrenden Sternschnuppen sollten als ewige Erinnerung daran dienen.

Von seiner Mutter würde mit Sicherheit keine Beschwerde über den Unterricht kommen. Von ihr kam gar nichts mehr. Bitterkeit stieg in ihm auf, aber zum ersten Mal nach ihrem Verschwinden konnte er an etwas anderes denken. In der Bibliothek lieh er ein dickes Buch über Heilige aus und las darin bis tief in die Nacht. Ihm stockte der Atem angesichts ihrer unvorstellbaren

Qualen. Er konnte nicht umhin, sich mit ihnen zu vergleichen. Sein eigener Schmerz mutete im Vergleich lächerlich an. Seine Mutter war verschwunden, und er hatte keine Geburtstagstorte bekommen, aber die Heiligen waren gequält, geschändet und gefoltert worden. Viele mussten für ihren Glauben sterben.

Giuliano begann sich zu hinterfragen. Gläubig war er. Aber eine solche Festigkeit im Glauben, wie die Heiligen, würde er nie erreichen, geschweige denn wäre er fähig, einem Martyrium standzuhalten. Ihm liefen schon die Tränen über die Wangen, wenn er sich an Brennnesseln verbrannte. Er würde vor eventuellen Peinigern jegliches Geständnis ablegen und sofort seinem Glauben abschwören, um keine Qualen erleiden zu müssen. Umso mehr bewunderte er die Hingabe der Heiligen. Vielleicht, dachte er, konnte er auf andere Weise ein guter Christ sein. Vielleicht durch Liebe und Mitgefühl. Doch reichte das?

Laurentius' Geschichte ließ ihn nicht los. Die Tränen des Heiligen schienen mit seinem eigenen Kummer verknüpft zu sein. Und doch – wenn ein Heiliger solch unvorstellbare Qualen ertragen konnte, musste auch er, Giuliano, seinen Schmerz überwinden.

Er durfte sich nicht länger von der Trauer lähmen lassen. Vielleicht, dachte er, könnte er sich eines Tages so unerschütterlich im Glauben fühlen wie die Märtyrer. Vielleicht war das der Weg, um mit der Leere umzugehen, die seine Mutter hinterlassen hatte.

Sein größtes Mitgefühl galt den Heiligen, die unschuldig gelitten und das Pech gehabt hatten, nur mit einem künftigen Heiligen verwandt oder befreundet zu sein.

Seine Mutter war weg, das war auch Pech, aber sein Pech war verglichen mit ihrem Schicksal überschaubar.

Endlich hatte Giuliano etwas gefunden, mit dem er sich identifizieren konnte. Er fühlte sich nicht mehr allein, weil viele Schlimmeres durchgestanden hatten. An ihrem Beispiel richtete er sich auf.

Von diesem Tag an wichen die Heiligen nicht mehr von seiner Seite. Begierig suchte er mehr über ihre Lebensumstände und ihre Heiligsprechung zu erfahren. Die Wunder, die sie vollbracht hatten – Kranke heilen und Tote erwecken –, beeindruckten ihn tief. Giuliano entdeckte, dass sie außergewöhnliche Fähigkeiten besaßen: Sie konnten schweben, verschwinden oder an mehreren Orten gleichzeitig sein. Besonders faszinierte ihn das Leben des heiligen Franziskus, der zu den Vögeln sprach und sie als Symbol für Gottes Fürsorge sah. Er schloss sich einer Vogelschutzinitiative an und half, die Jagd auf Singvögel in seiner Heimat zu bekämpfen. Jährlich besuchte er am 4. Oktober, dem Ehrentag des Heiligen Franziskus, dessen Grab in Assisi.

Als die Trauer um seine Mutter nachließ, zog es ihn in die Natur. Stundenlang wanderte er, befreite Vögel aus Leimfallen und Schlingen und pflegte verletzte Tiere zu Hause gesund. Sie wurden seine neuen Freunde.

Giuliano war sechzehn, als sein Vater wieder heiratete. Von seiner leiblichen Mutter hatte er nie wieder etwas gehört. Ob es zwischen den Eltern eine Scheidung gegeben oder ob der Vater sie gar für tot erklären lassen hatte, wie eine der Nachbarinnen vermutete, war ihm einerlei. Er wollte nichts davon wissen, und er wollte schon gar nichts mit Signora Stefania, seiner Stiefmutter, zu tun haben. Sie war sogleich zur Stelle gewesen, um sich um den verwaisten Haushalt zu kümmern. Da sie ihren Charme geschickt einsetzte, war es nur eine Frage der Zeit, bis sie seinen Vater um den Finger gewickelt hatte. Nach der Hochzeit verbrachte sie die meiste Zeit des Tages damit, Rezepte zu lesen oder zu kochen, was sich entsprechend auf ihr Gewicht auswirkte. Wenn sie nicht damit beschäftigt war, mischte sie sich ungefragt in Giulianos Angelegenheiten ein.

Sie durchkreuzte seinen Plan, weiter zur Schule zu gehen, um später Theologie zu studieren, indem sie seinem Vater einredete, er sei dafür nicht geeignet. Tatsächlich ging es ihr jedoch darum, ihn so schnell wie möglich aus dem Haus zu bekommen. Nicht zuletzt wegen ihrer Fresssucht musste Giuliano eine Lehre als Koch antreten. Sie fand, er sollte sich nützlich machen können, wenn er zukünftig besuchsweise nach Hause kam.

Signora Stefanias Vetter bewirtschaftete das beste Hotel der Stadt und suchte dringend einen Lehrling. Geschickt arrangierte die Signora ein Treffen der Männer, brachte die offene Ausbildungsstelle zur Sprache, und schon bald wurde der Lehrvertrag geschlossen. Giuliano sah sich vor vollendete Tatsachen gestellt. Er unterschrieb mit gemischten Gefühlen. Das Elternhaus verlassen zu können hatte auch verlockende Seiten.

Die Stiefmutter wies ihn an, persönliche Sachen, die er nicht mitnehmen konnte, in Kisten zu verstauen, die umgehend in den Keller geräumt wurden. Sein neues Zuhause würde eine Personalunterkunft im Hotel sein.

Mit einem abgewetzten Koffer in der Hand stand er vor seinem Elternhaus und wartete darauf, abgeholt zu werden. Als sein Vater aus der Tür trat und auf ihn zukam, glaubte Giuliano, dass er sich von ihm verabschieden würde. Er wandte sich seinem Vater zu, um ihn zu umarmen. Doch der Vater hatte anderes im Sinn. Zu Giulianos Erstaunen überreichte er ihm einen Brief, klopfte ihm auf die Schulter und sagte: „Der ist für dich. Mach's gut!“ Dann drehte er sich um und ging zurück ins Haus.

Giuliano starrte auf den vergilbten Umschlag. *Für Giuliano.* Das war die Handschrift seiner Mutter.

Hatte sie ihm einen Brief geschrieben? Warum jetzt? Er begriff, dass dieser Brief schon vor Jahren geschrieben worden war. Sein Vater hatte ihn die ganze Zeit vor ihm verborgen. Unvermittelt brachen die Gefühle von damals wie ein Tsunami erneut über ihn herein. Giuliano krümmte sich, als der alte Schmerz sich in seinem Bauch zurückmeldete.

Es gab einen Brief, der ihm vielleicht hätte helfen können, zu verstehen, der ihm eine Erklärung für das plötzliche Verschwinden seiner Mutter hätte geben können – und diesen Brief hatte man ihm vorenthalten! Heiße Wut stieg in ihm auf. Mit geballten Fäusten widerstand er dem Impuls, ins Haus zu stürmen und seinem Vater den Hass ins Gesicht zu schreien.

Und er unterdrückte den Drang, den Brief sofort zu öffnen. So viel Zeit war vergangen, in der er nichts kontrollieren konnte. Jetzt war es an ihm, zu entscheiden, wann er den Brief lesen würde. Reglos wie ein geprügelter Hund verharrte er neben seinem Koffer und versteckte den Brief unter seinen Kleidern.

Über eine Stunde nach der vereinbarten Zeit bremste ein Wagen scharf vor ihm ab. Der Fahrer musterte Giuliano und deutete mit einer Kopfbewegung auf den Sitz neben sich.

„Ciao. Ich bin Pietro."

Giuliano murmelte seinen Namen, verstaute den Koffer auf dem Rücksitz und stieg ein.

In dem alten Fiat roch es nach Schweiß, Zigaretten und altem Fisch. Kaum hatte Giuliano auf dem Beifahrersitz Platz genommen, krallte sich eine schwielige Hand in seinen Oberschenkel.

„Wenn Du keine Zicken machst, kommen wir gut miteinander aus. Verstanden, Kleiner?"

Giuliano nickte. Ihm war übel. Er wagte es nicht, den Gurt anzulegen, weil er sah, dass Pietro ebenfalls nicht angeschnallt war. Als er seinen Blick senkte, stellte er fest, dass der Fußboden von Unrat übersät war. Um möglichst nichts zu berühren, verschränkte er die Arme vor der Brust und hielt den Blick starr nach vorne gerichtet. Er war nicht erpicht darauf, Details der Hinterlassenschaften im Wageninneren wahrzunehmen. Pietro steuerte den Wagen in halsbrecherischem Tempo durch die schmalen Gassen.

Mit einem Seitenblick auf Giuliano bemerkte er, sie kämen zu spät.

Giuliano wollte entgegnen, dass dies nicht seine Schuld sei, aber er unterließ es.

Endlich hielt Pietro im Hinterhof des Hotelgebäudes.

„Den Koffer kannst du hierlassen, wir holen ihn später", kommandierte er, sprang aus dem Auto und betrat das Hotel durch den Personaleingang. Giuliano verstand, dass er ihm folgen sollte.

Im nächsten Augenblick befand er sich in einer riesigen Hotelküche, trug eine Schürze und eine Mütze und hatte ein Schälmesser in der Hand. Pietro deutete auf die Kartoffeln, die in einer Ecke auf dem Boden lagen. „Die da schälst du!"

„Alle?", fragte Giuliano tonlos und musterte den Berg.

„Alle!"

Während Giuliano sich redlich bemühte, die Schalen der schmutzigen Knollen zu entfernen, lehnte Pietro an der Wand und beobachtete ihn. Nach wenigen Minuten nahm er ihm das Schälmesser aus der Hand.

„So sitzt du morgen noch hier. Ich zeige es dir nur einmal, also pass auf."

Blitzschnell verwandelte sich der graue Klumpen unter seinen Händen in eine goldgelbe Kartoffel.

Mit einem Knurrlaut reichte er Giuliano das Messer und bezog erneut seinen Posten. Giuliano versuchte das Gesehene umzusetzen. Offensichtlich war Pietro damit zufrieden, denn er wandte sich ab und verschwand.

Giulianos Hände schmerzten von der ungewohnten Arbeit. Unterdessen füllte sich die Küche mit Leben. Die Köche und Gehilfen scherzten miteinander, Töpfe klapperten, und der Duft von Speisen breitete sich aus. Von ihm nahm man keine Notiz. Er versuchte sich einige Gesichter einzuprägen, aber leider konnte er es sich nicht leisten, länger aufzublicken, da das Schälmesser äußerst scharf war. Sobald er die letzte Kartoffel geschält hatte, tauchte Pietro auf.

Als Nächstes wurden Möhren geputzt, Zwiebeln geschält und Salat gewaschen, und dann hieß es, Platz zu machen, denn die ersten Bestellungen trafen ein. Giuliano beobachtete, dass Natale, der Chefkoch, Tritte verteilte, wenn man ihm nicht schnell genug aus dem Weg ging. Ein, zwei Schritte mehr bedeuteten für ihn, dass die Butter verbrannte, das Gemüse verkochte oder sonst eine Katastrophe passierte. Giuliano bekam einen Eindruck davon, was es bedeutete, gleichzeitig unzählige Gerichte zuzubereiten und unter welchem enormen Druck Köche standen, um die Speisen auf den Punkt zu garen. So anstrengend hatte er sich das Leben als Koch nicht vorgestellt. In seinen Fantasien drehte sich alles um feine Speisen, herrliche Gewürze und exotische Aromen.

Sein erster Tag in der Küche ging mit Stapeln schmutzigen Geschirrs zu Ende. Pietro wies ihn an, es gemeinsam mit Ego, einem Ghanaer, zu spülen. Als er vor Müdigkeit kaum noch die

Augen offen halten konnte, standen noch der Herd, die Fritteuse und die Böden zum Schrubben an.

Giuliano spürte, dass Pietro ihn mit merkwürdigen Blicken musterte, bevor er die Lichter löschte.

„Jetzt holen wir deine Habseligkeiten, und dann zeige ich dir deine Bleibe, Kleiner."

Giuliano war todmüde. Er bekam kaum mit, wohin sie gingen, und wollte nur noch ins Bett. Doch in Pietros Gesellschaft fühlte er sich zunehmend unbehaglich. Am Ende eines langen Flurs stolperte er, als Pietro ihn in eine Kammer stieß. Es passierte so schnell, dass Giuliano sich später fragte, ob es wirklich geschehen war: Pietro griff ihm in den Schritt, presste ihn gegen die Wand und machte sich über ihn her.

Pietro seufzte, tätschelte ihm mit seiner schwieligen Hand den Kopf und ließ ihn los.

„Du bist morgen um halb sieben in der Küche, verstanden? Ciao!"

Krachend schloss sich die Tür. Giuliano war allein. Er musste sich übergeben. Mühsam stützte er sich am Waschbecken ab, über dem ein schäbiger Spiegel hing. Giuliano vermied es, hineinzusehen. Er spülte sich den Mund aus und trank ein paar Schlucke Wasser. Aufstöhnend ließ er sich auf die alte Matratze fallen und sehnte sich nach Schlaf und Vergessen, wie früher. Doch er fand keine Ruhe. Verzweifelt versuchte er sich einzureden, dass nichts passiert war. Jedenfalls nichts, was er jemandem erzählen könnte.

Die Übelkeit kam zurück. Wimmernd setzte er sich auf. In dieser Position fühlte er sich weniger ausgeliefert. Er erkannte, dass er sich in Zukunft vor Pietro in Acht nehmen musste und überlegte, wie er ihm aus dem Weg gehen könnte. Auch die Möglichkeit, nach Hause zurückzukehren, zog er in Betracht, doch diesen Gedanken verwarf er. Er wusste nicht, was er seinem Vater sagen sollte, und die Sache mit dem Brief stand zwischen ihnen.

Der harte Arbeitstag und der gemeine Überfall hatten ihn derart erschöpft, dass er gegen die Wand gelehnt im Sitzen einschlief.

Kurz vor Sonnenaufgang schreckte Giuliano auf. Er fror erbärmlich, und für einen Moment war ihm nicht bewusst, wo er sich befand. Mit der Erkenntnis kehrten auch die Schmerzen und die Scham zurück. Schluchzend erkannte er, dass er versuchen musste, den Vorfall zu vergessen. Die bittere Zeit nach dem Verschwinden seiner Mutter fiel ihm wieder ein. Damals waren Schlaf und Ablenkung am besten gewesen. Entschlossen wischte er sich die Tränen von den Wangen. Wenigstens hatte er jetzt einen Plan.

Er schlich, sich wachsam nach allen Seiten umsehend, über den Gang zur Dusche. Mit leerem Blick ließ er heißes Wasser über seinen Körper strömen. Es dauerte lange, bis er sich zumindest körperlich nicht mehr schmutzig fühlte.

Pünktlich um halb sieben betrat er die Hotelküche. Außer Pietro war niemand da. Giulianos Magen krampfte sich schlagartig zusammen, als er ihn erblickte.

„Na, Kleiner! Gut geschlafen?“ Pietro wies auf einen Sitzplatz neben der Tür. Auf dem Regal standen Milch, Getreideflocken, eine Kanne Kaffee und einige Tassen.

„Du kannst hier frühstücken, danach fahren wir zum Markt.“

Pietro benahm sich, als hätte der Vorfall am Abend zuvor nicht stattgefunden. Giuliano hatte keinen Appetit. Die Aussicht, gleich mit seinem Peiniger in ein Auto steigen zu müssen, verursachte ihm noch mehr Übelkeit, doch ihm fiel kein Ausweg ein. Er beschloss, sich neutral und abwartend zu verhalten, aber sich zu wehren, falls es erneut zu einem Übergriff kommen würde.

Bevor sie sich gemeinsam zu dem kleinen Transporter begaben, steckte er ein Schälmesser in die Tasche seiner Jeansjacke.

***

„Laurentius?“

Die Stimme von Bruder Raphael holte ihn zurück. Das Schweigen während der Mahlzeiten war beendet.

„Fühlst du dich nicht wohl?“

Laurentius sah auf. „Doch, alles in Ordnung."

Er lächelte dem Klostervater zu. Raphael hatte seine Aufnahme in den Orden befürwortet und ihm bei der Wahl eines neuen Namens geholfen. Giuliano war froh gewesen, seinen Taufnamen und den Spottnamen „Ciao-Ciao-Giuliano" hinter sich zu lassen, doch die Entscheidung für einen neuen Namen fiel ihm schwer. Eines Tages, nachdem er den Sonnengesang des heiligen Franziskus vorgetragen hatte, sagte Raphael, er erinnere ihn an Laurentius von Schnüffis, einen berühmten Bruder aus der Renaissance. ‚Laurentius' gefiel ihm, seit er von den Laurentiustränen gehört hatte, also war der Name gefunden.

Als Laurentius Raphael von seinem Entschluss erzählte, freute dieser sich und fragte, ob die Verbindung zu Laurentius, dem Schutzpatron der Köche, eine Rolle gespielt habe. Doch Giuliano hatte eher Sorge, wegen des Namens gehänselt zu werden.

„Kommst du mit dem Studium voran?", riss ihn Raphael aus seinen Gedanken.

„Ja, ich habe gute Ergebnisse erzielt", antwortete Laurentius. Angelo hatte ihm gestern im Seminar eine Falle nach der anderen gestellt und sein Referat zerpflückt, aber das zu erzählen, wäre nicht angebracht. Auch jetzt beobachtete Angelo ihn argwöhnisch, eifersüchtig, dass der Guardian das Wort an ihn gerichtet hatte. Laurentius war sicher, dass er dafür wieder büßen musste. Raphael nickte in die Runde und verließ den Raum, die Mönche folgten ihm, jeder mit seiner Aufgabe im Kopf.

Laurentius räumte das Geschirr ab. So früh am Morgen arbeiteten der Hilfskoch und die Küchenhilfe aus der Stadt noch nicht. Das Kloster besetzte die meisten Stellen intern, und Laurentius war wegen seines Berufs eine gute Wahl. Er verantwortete den Speiseplan, kochte und übernahm die unbeliebten Küchendienste. Sein Anspruch, einfache Gerichte schmackhaft zuzubereiten, wurde geschätzt – von allen, bis auf Angelo, der demonstrativ nachwürzte oder lustlos im Essen herumstocherte.

Als Novize wurde Laurentius streng geprüft, doch Angelo übertrieb. Bald würde er seine Profess ablegen, und selbst Angelo konnte nicht übersehen, wie sehr sich sein Wunsch gefestigt hatte.

Leider hatte Laurentius den Fehler begangen, ihm zu erzählen, dass sein Kindheitstraum gewesen war, Theologie zu studieren, und dass er die Ausbildung zum Koch nur wegen seiner Stiefmutter gemacht hatte. Seitdem unterstellte ihm Angelo, nicht aus echter Berufung, sondern wegen des Studiums in den Orden eingetreten zu sein. Egal, wie sehr Laurentius sich bemühte, er konnte Angelos Zweifel nicht zerstreuen. Und Angelo ließ keine Gelegenheit aus, ihn das spüren zu lassen.

Einige Angriffe waren körperlich schmerzhaft, doch Angelo ließ es wie ein Versehen wirken, wenn er Laurentius gegen den Knöchel trat oder ihm ein Bein stellte. Laurentius war ihm gegenüber immer freundlich und gehorsam gewesen und konnte sich nichts vorwerfen. Seine größte Sorge war, dass Angelo von der Sache mit Pietro wusste. Die Vorstellung, dass seine Brüder davon erfahren könnten, war unerträglich. Also ertrug er Angelos Gemeinheiten schweigend, was diesen nur noch mehr anzustacheln schien.

***

Auch der zweite Ausbildungstag war eine endlose Schinderei. Giuliano schleppte Kisten, schälte, putzte und wusch bis in die Nacht. Ego brachte ihm bei, wie man mit den schweren Pfannen und den darin angebrannten, fettigen Resten umging. Giuliano war auf der Hut vor Natales Tritten und Pietros Übergriffen. Er fand heraus, dass Pietro ein Verwandter des Chefs war. Seine Aufgabe war, einzuspringen, wo immer im Hotel eine Kraft fehlte, und das gesamte Personal zu beaufsichtigen. Insofern war er sein direkter Vorgesetzter.

In der Mittagspause musste Giuliano sich bei der Sekretärin melden. Sie ließ ihn eine halbe Stunde warten. Mit hängendem Kopf saß er auf dem harten Stuhl vor ihrem Büro und betrachtete die Blasen, die sich auf seinen Handflächen bildeten. Als er eintrat, bemerkte er, dass sie die Nase rümpfte. Der Küchendunst haftete ihm an. Wortlos händigte sie ihm allerhand Papiere für die Berufsschule aus. Giuliano las sich aufmerksam durch die Informationen über seine Ausbildungsziele und die Positionen, die er in der Küche zu durchlaufen hatte. Die Aussicht auf den Blockunterricht in der Nachbarstadt ließ ihn aufatmen. Immerhin bekam er Gelegenheit, zwei Fremdsprachen zu erlernen.

Nach Feierabend achtete er darauf, die Küche gemeinsam mit Ego zu verlassen und beeilte sich, zu seinem Zimmer zu kommen. Er öffnete leise die Tür und schloss sich umgehend ein. Endlich konnte er sich ausruhen. Sein Körper schmerzte. Auch die Müdigkeit glich einem Schmerz. Ihm war schleierhaft, wie er diese drei Lehrjahre überstehen sollte. Seufzend streifte er Schuhe und Kleider ab und fiel wie ein Stein ins Bett.

Plötzlich spürte er das Gewicht eines Körpers auf sich. Benommen rief er sich ins Bewusstsein, dass er die Tür abgeschlossen hatte, bevor er zu Bett gegangen war.

Giuliano konnte kaum atmen, er roch Pietros sauren Gestank. Sein Peiniger war mindestens sieben Jahre älter, mehr als einen Kopf größer und von äußerst kräftiger Statur. Sobald Giuliano realisierte, dass er sich keineswegs in einem Traumgeschehen befand, erinnerte er sich an das Messer in seiner Jacke. Sie hing über der Lehne des Stuhls direkt neben seinem Bett. Er wand sich wie eine Schlange unter Pietro, bis er einen Arm frei bekam.

***

Laurentius begab sich zum Gebet in seine Zelle. Die ursprünglichen, dicht beieinanderliegenden Zellen mit ihren winzigen Lichtschächten, durch die kaum genug Tageslicht drang, um das Kruzifix zu erkennen, dienten nur noch als Attraktion für die Besucher des Klosters. Die Mönche bewohnten inzwischen modern eingerichtete Zimmer, behielten aber untereinander die Bezeichnung „Zelle" bei. Darin befanden sich Betten statt Pritschen mit Strohmatten, jeweils ein kleiner Schrank, ein Schreibtisch mit Stuhl und ein PC. Lediglich das schlichte Kruzifix, das über den Betten hing, stammte noch aus der Gründungszeit des Klosters. Brüder, die außerhalb des Klosters ihren Pflichten nachgingen, achteten darauf, die Gebetszeiten einzuhalten, und kehrten mehrmals am Tag ins Kloster zurück. Hier, mit sich allein, fühlte sich Laurentius Gott am nächsten. Oft betete er zum heiligen Franziskus. In der Zwiesprache mit dem Heiligen machte er sich bewusst, dass die ihm auferlegten Prüfungen vergleichsweise milde waren. Er ermahnte sich, dass es zu seinem Leben als Mönch gehöre, sie als Geschenke anzunehmen. Danach erhob er sich – bereit und gestärkt für seine nächsten Aufgaben.

Auf dem Regal lag ein an ihn adressierter Brief, der ihn tags zuvor erreicht hatte. Er genoss die Vorfreude auf seinen Inhalt. Die akkurate Handschrift seiner Großmutter entlockte ihm ein Lächeln. Leider hatten sie sich in den letzten Jahren kaum gesehen. Sie lebte allein im Süden Siziliens. Nachdem ihre Tochter die Familie verlassen hatte, hatte sie das Haus seines Vaters gemieden, doch über Monsignore Rossi hielt sie den Kontakt zu Giuliano aufrecht. Als er ihr berichtete, wie herausfordernd die Arbeit in der Küche sei, ermutigte sie ihn, seine Lehre dennoch abzuschließen. Über Pietro schwieg er. Später unterstützte sie seinen Wunsch, in den Orden einzutreten, und machte ihm Mut, bis er sich mit Rossis Unterstützung getraut hatte, einen der Mönche anzusprechen.

Sie hatte es sich auch zur Aufgabe gemacht, jährlich das Polizeirevier aufzusuchen, um sich nach dem Verbleib ihrer Tochter zu erkundigen.

Sie schrieb ihm, wie stolz sie auf ihn sei und dass es nicht mehr lange dauern würde, bis er seinen Studienabschluss erreiche. Am Ende des Briefes versprach sie, an seinem Geburtstag an ihn zu denken und ihn bald im Kloster zu besuchen.

***

Pietro registrierte das Aufblitzen des Metalls. Ein harter Schlag auf Giulianos Handgelenk folgte, und das Messer flog in hohem Bogen gegen die Wand.

„Keine Zicken, habe ich gesagt!“

Wie am Vortag endete der Übergriff abrupt. Nachdem sein Peiniger das Zimmer verlassen hatte, saß Giuliano zitternd auf dem zerwühlten Bett. Übelkeit stieg in ihm auf, und er eilte zum Fenster. Erschöpft stützte er das Kinn auf die Fensterbank. Sein Versuch, sich einzuschließen, hatte nichts genützt – Pietro besaß einen Schlüssel.

Giulianos Blick fiel auf die im Mondlicht schimmernden Mauern des Klosters von Assisi. Der heilige Franziskus kam ihm in den Sinn, und er betete, um seinen Beistand. Verzweifelt erweiterte er sein Gebet zu allen Heiligen, zu Jesus Christus und der Mutter Gottes.

Das Kloster thronte wie ein Bollwerk auf dem Plateau. In seiner Fantasie flüchtete sich Giuliano hinter diese Mauern, um seinem Vorbild zu folgen, zu studieren und sein Leben der Brüderlichkeit und Liebe zu widmen. Dort wäre er vor Pietro sicher. Durch das Gebet schöpfte er Mut, trat ans Waschbecken, wusch sein Gesicht und die Hände mit kaltem Wasser und erschrak, als er in den Spiegel blickte und die Glut in seinen Augen sah. Entschlossen packte er den wurmstichigen Stuhl und verkantete ihn unter der Türklinke. Diese Barriere würde auch Pietro nicht überwinden.

***

Leise schlich Laurentius aus seiner Kammer. Wie jedes Jahr am 4. Oktober, dem Gedenktag des Heiligen Franziskus, begab er sich nach Einbruch der Dämmerung in die Basilika San Francesco, zum Grab des Heiligen. Er wollte die Stille nutzen, die nach dem Schließen der Basilika einkehrte. Die tagsüber durch die Hallen strömenden Touristenscharen, die lautstark durch die prächtige Kirche pilgerten, empfand er als respektlos und störend. Vor einigen Jahren war es ihm gelungen, den Riegel des alten Eingangstors zu manipulieren, dass er beim Abschließen nicht mehr vollständig im Rahmen einrastete. Glücklicherweise prüfte der Hausmeister nie, ob die Tür tatsächlich fest verschlossen war.

Laurentius wollte dem Heiligen für das Gute danken, das ihm im vergangenen Jahr widerfahren war, und ihn um seinen Segen für die bevorstehende ewige Profess bitten. In einem samtenen Beutel trug er Kerzen, Weihrauch, Kohle und Zündhölzer. Er öffnete die Tür mit leisem Knarren und warf einen prüfenden Blick umher, bevor er hineinschlüpfte. In der Basilika herrschte eine düstere Atmosphäre, die Laurentius erschauern ließ. Als er die Tür von innen verriegelte, überkam ihn das Gefühl, beobachtet zu werden. Vorsichtig suchte er den Raum ab, doch die langen Bankreihen waren leer. Nach einem kurzen Gebet schritt er die Stufen hinab, die in die Unterkirche führten. Widerholt sah er sich um.

Er betrat die Krypta und bekreuzigte sich. Sein Gefühl, beobachtet zu werden, verstärkte sich. Wie üblich brannten drei Kerzen auf dem Altar vor dem Grab des Heiligen Franziskus, neben dem ewigen Licht. Er beeilte sich, seine Kerzen anzuzünden und war dankbar für das zusätzliche Licht. Mit einem beruhigten Atemzug ließ er seinen Blick durch den Raum schweifen – niemand war zu sehen. Dann zündete er die Kohle an, auf die er mehrere bernsteinfarbene Weihrauchkörner legte. Der Raum füllte sich mit dem aromatischen Duft. Laurentius bekreuzigte sich, kniete nieder und versank in seine Gebete.

Ein knirschendes Geräusch ließ ihn aufschrecken. Irritiert starrte er in die Dunkelheit, um seine Herkunft zu lokalisieren. Es hatte geklungen, als würden Steine mit großer Gewalt bewegt. Dann hob und senkte sich der Boden, als würde eine Welle hindurchlaufen – das ist ein Erdbeben, schoss es ihm durch den Kopf. Doch bevor er aufspringen und sich unter einem Torbogen in Sicherheit bringen konnte, ertönte erneut ein Knirschen, begleitet von einem metallischen Kreischen – diesmal viel lauter und eindeutig aus Richtung des Altars kommend. Laurentius sah die schweren Metallgitter des Sarges bersten. Die Steinblöcke darunter verschoben sich. Der Schock lähmte seine Glieder. Grelle Blitze schlugen aus dem Grab und tauchten die Basilika im Sekundentakt in gespenstisches Licht. Ein fürchterliches Stöhnen hallte durch den Raum. Laurentius wusste nicht, ob es aus seiner eigenen oder einer fremden Kehle stammte. Beißender Rauch brannte in seinen Bronchien, und der Weihrauchnebel trübte seine Sicht. Die Umrisse einer Gestalt erhoben sich aus dem steinernen Sarg. Als diese sich ihm zuwandte, hielt Laurentius vor Schreck den Atem an. Es war das Antlitz des heiligen Franziskus. Fassungslos beobachtete Laurentius, wie sich die Gestalt aus der Krypta entfernte.

***

Giuliano wusste, dass er sich selbst helfen musste. Über Pietro konnte er sich weder beschweren, noch konnte er jemandem anvertrauen, was geschehen war. Um sich zu schützen, galt es vor allem, Situationen zu vermeiden, in denen er mit Pietro allein war. Er durfte sich nicht in die Position bringen, sich verteidigen zu müssen, da er ihm körperlich unterlegen war. Stattdessen musste er schneller und klüger sein. Indem er nachts die Tür verbarrikadierte, fühlte er sich zumindest in seinem Zimmer sicher. Das größere Problem war, Pietro tagsüber auszuweichen und unbeschadet in und aus seinem Zimmer zu kommen.

Pietro lauerte ihm ständig auf oder stellte ihm nach. Mehrmals drängte er Giuliano in die Ecke des Kellers, bis Giuliano laut nach Ego rief, dem Tellerwäscher, der ihm unbewusst aus der Klemme half. Sobald jemand auftauchte, ließ Pietro von ihm ab. Giuliano gab dann vor, Ego brauche seine Hilfe beim Tragen schwerer Kisten. Manchmal entkam er auch durch einen schnellen Sprint. Vermutete er, dass Pietro im Keller wartete, fand er Ausreden, um nicht hinuntergehen zu müssen.

Nie sprachen sie darüber. Pietro schien es gleichgültig, wenn Giuliano ihm entwischte. Er wartete einfach auf die nächste Gelegenheit. Während ihrer gemeinsamen Autofahrten redeten sie ganz normal über Politik, Sport und Alltägliches. Pietro erklärte, wo man das frischeste Gemüse auf dem Markt fand, wie Metzger minderwertiges Fleisch verkauften und woran man frischen Fisch erkannte.

Mit großer Vorfreude erwartete Giuliano den Blockunterricht. Er war erleichtert, das Hotel für eine Weile verlassen zu können, um mit Abstand über Strategien zu seinem Schutz nachzudenken. Die Schule brachte Herausforderungen mit sich, aber zumindest war er dort sicher vor Pietro. Die Lehrer wunderten sich über seine zurückhaltende Art und darüber, dass er sich den anderen Schülern nicht anschloss. Da er jedoch im Unterricht gut zurechtkam, ließen sie ihn gewähren.

***

Laurentius erwachte zitternd in unheimlicher Stille. Seine Wange schmerzte vom harten Boden. Eine letzte Kerze flackerte schwach. Schwer atmend setzte er sich auf, zu verängstigt, um zu fliehen. Als das Licht der Kerze endgültig zu erlöschen drohte, fand er Kraft aufzustehen. Die letzten Stufen ertastete er in völliger Dunkelheit. Kaum hatte sich die Tür hinter ihm geschlossen, rannte er so schnell er konnte los. Er musste seinen Brüdern sofort berichten, was in der Basilika geschehen war. Zwölf Glockenschläge vom Kirchturm signalisierten, dass es Mitternacht war. Die Brüder würden schlafen, doch das hielt ihn nicht auf. Laut rufend „Kommt heraus!", lief er den Flur entlang und hämmerte gegen die Türen, bis eine nach der anderen aufging.

„Brennt es?", fragte Gironimo, der vorsorglich seine Habe in einen Kopfkissenbezug gestopft hatte. „Was ist los?", polterte Angelo. Andere schauten ihm erstaunt nach. Endlich erschien Rafael. Mit überschlagender Stimme rief Laurentius: „Ein Wunder! Ein Wunder hat sich ereignet!" Die Mönche blickten ihn fragend an.

Laurentius erkannte, wie verrückt er auf die anderen wirkte. Plötzlich erschien ihm seine Aufgabe überwältigend. Ihm wurde schwindelig, seine Knie gaben nach, und er sank sich an der Wand abstützend zu Boden. Er wollte von Anfang an erzählen, doch unter Angelos strengem Blick stockte er schon beim ersten Satz. Schließlich brachte er heraus: „Ihr m-m-müsst in die Basilika San

Francesco, a-alle! J-jetzt sofort!“ Raphael beugte sich zu ihm und sagte: „Laurentius, beruhige dich. Wir sind bereit, dir zuzuhören.“

***

Als Giuliano nach dem Blockunterricht ins Hotel zurückkehrte, bemerkte er, dass jemand in seinem Zimmer gewesen war. Seine Sachen waren durchwühlt worden, ohne Versuch, dies zu verbergen. Noch bevor er die Schublade öffnete, in der er den Brief seiner Mutter aufbewahrte, wusste er, dass dieser verschwunden war.

Trotzdem suchte er nochmals alles durch. Er hatte den Brief nicht geöffnet. Er gestand sich ein, dass er sich zu sehr davor gefürchtet hatte, was er enthüllen könnte. Und jetzt war er weg. Zweifellos steckte Pietro dahinter, wahrscheinlich um ihn zu erpressen. Dieser Gedanke war entsetzlich, doch ebenso quälend war die Erkenntnis, dass er es bisher nicht geschafft hatte, den Brief zu lesen. Giuliano ließ sich auf das Bett fallen und vergrub den Kopf in sein Kissen. Es war ein schwerer Fehler gewesen, das Zimmer nicht zu sichern.

Am nächsten Morgen empfing ihn Pietro fröhlich pfeifend. Kaum hatte Giuliano sich gesetzt, flüsterte Pietro: „Da bist du ja wieder, Kleiner. Falls du etwas vermisst, schau doch in der Mittagspause in meiner Kammer vorbei. Ich helfe dir beim Suchen.“

Giuliano grübelte fieberhaft nach einem Ausweg. Er musste den Brief unbedingt zurückbekommen. Der Gedanke, in Pietros Kammer einzubrechen, schien ihm zu riskant. Wie er Pietro kannte, trug dieser den Brief bei sich. Die Tränen, die ihm vor Stress und Hilflosigkeit über die Wangen liefen, waren nicht allein dem Zwiebelschneiden geschuldet. Jede vergehende Stunde erhöhte seine Verzweiflung.

Kurz vor zwei gab er Ego ein Zeichen, ihm in den Hof zu folgen. Er hatte eine Idee.

***

Eine halbe Minute verstrich. Die Ordensbrüder verharrten still.

„Laurentius, bitte!" Raphaels Stimme war freundlich, aber bestimmt.

Laurentius atmete tief ein. Sorgfältig vermied er es, Angelo anzusehen. Fest in Raphaels Augen blickend, begann er stockend zu erzählen, was sich in der Basilika abgespielt hatte. Nach wenigen Sätzen ging sein Temperament mit ihm durch. Wild gestikulierend veranschaulichte er das Geschehen, ahmte das grauenvolle Stöhnen nach, warf sich zu Boden, sprang wieder auf und beendete seinen Bericht, indem er atemlos verlangte, dass die Brüder sofort in die Basilika gehen sollten, um sich dort mit ihren eigenen Augen davon zu überzeugen, dass der heilige Franziskus leibhaftig seinem Grab entstiegen war.

Er erntete Schweigen. Keiner der Mönche rührte sich. Sie starrten Laurentius teils belustigt, teils entsetzt an.

„Hört ihr nicht? Ihr sollt in die Basilika gehen!"

Raphael schritt ein. „Laurentius, wir beide werden uns dorthin begeben. Die anderen warten in ihren Zellen."

„Oh nein!" Laurentius wich entsetzt zurück. „B-bitte nicht! Bitte nehmt einen anderen mit." Der Schrecken stand ihm ins Gesicht geschrieben.

„Gut." Der Guardian signalisierte mit einer beschwichtigenden Geste, dass er diesen Wunsch respektierte. „Angelo, du begleitest mich. Ihr anderen geht zurück in eure Zellen. Das gilt auch für dich, Laurentius."

„Danke!"

Nur zu gerne wären einige der Mönche mit zur Basilika gegangen. Zumindest wollten sie sich darüber austauschen, was man von Laurentius' Bericht zu halten hatte, aber der strenge Gehorsam, den sie sich auferlegt hatten, ließ sie unverzüglich in ihre Zellen treten. Eine um die andere schlossen sich die schweren Türen.

Laurentius blieb allein zurück. Einige Male lief er noch auf dem Flur hin und her, bevor er sich ebenfalls in seine Zelle zurückzog. In dem engen Raum fühlte er sich wie ein gefangenes Raubtier. Er lief im Kreis herum und konnte Raphaels Rückkehr kaum erwarten. Vor seinem inneren Auge tauchte immer wieder das unheimliche Bild des heiligen Franziskus auf, wie er sich aus dem Grab erhoben hatte. Diese Szene hatte sich in sein Gedächtnis eingebrannt und würde ihn niemals mehr loslassen. Gleichzeitig erfüllte ihn unsägliche Freude darüber, dass er Zeuge dieses Wunders werden durfte. Mit nachlassendem Schrecken wich seine Angst einer überwältigenden Dankbarkeit. Inbrünstiger denn je betete er zum heiligen Franziskus.

Als es endlich an der Tür klopfte, öffnete Laurentius ungestüm. Raphaels Gesichtsausdruck war unbewegt, als er sagte: „In der Basilika haben wir nichts Auffälliges finden können, nur der Duft des Weihrauchs, den du selbst verbrannt hast, hängt in der Luft."

Bevor Laurentius etwas erwidern konnte, fuhr Raphael fort: „Ich möchte, dass du dich ausruhst und vorerst in deiner Zelle bleibst. Wir sprechen uns morgen früh um sieben Uhr in meinem Büro. Gute Nacht."

Verblüfft schaute Laurentius ihm nach, wie er mit großen Schritten den Flur hinunterging. Angelo, der schweigend hinter dem Guardian gestanden und Laurentius hämisch gemustert hatte, folgte ihm.

Nichts Auffälliges? Das konnte nicht sein! Noch immer hallten die Geräusche von berstendem Metall und das schreckliche Knirschen der tonnenschweren Steinblöcke in seinen Ohren.

Laurentius schluckte schwer. Wie war das möglich? Er hatte doch mit eigenen Augen gesehen, wie sich der Sarg geöffnet hatte und der Heilige aufgestanden war. Versuchte Raphael ihn vielleicht nur zu beruhigen? Ja, das war plausibel. Der Guardian brauchte Zeit, um sich auf das Wunder einzustellen und die nächsten Schritte zu planen.

***

Giulianos Hand zitterte, als er anklopfte.

„Die Tür ist offen!", dröhnte Pietros Stimme.

Giuliano kämpfte gegen seine Übelkeit an, drückte die Klinke herunter und trat ein.

Das Zimmer glich einer Müllhalde. Berge schmutziger Wäsche, verdreckte Schuhe und Socken bedeckten den Boden. Dazwischen lagen zerknüllte Taschentücher und abgegriffene Illustrierte fragwürdiger Art. Auf dem Laken zeichneten braune Ränder den Umriss eines Körpers nach.

„Mach ruhig hinter dir zu“, sagte Pietro, ans Fenster gelehnt, mit einem frechen Grinsen. Die Scheiben waren blind vor Dreck.

„Gib mir den Brief!“, brachte Giuliano mit dünner Stimme hervor.

„Angenommen, ich hätte einen Brief gefunden, der dir gehört, was wärst du bereit, dafür zu tun?“ Pietro leckte sich schmatzend die Lippen.

Giuliano schluckte. Genau das hatte er befürchtet. „Wo ist der Brief?“, fragte er.

„Ach, traust du mir etwa nicht? Ja, wo ist er denn?“ Pietro öffnete seinen Gürtel, zog den Brief aus seiner Hosentasche und hielt ihn hoch über seinen Kopf. Mit der anderen Hand öffnete er den Reißverschluss seiner Hose.

„Erst den Brief“, presste Giuliano durch zusammengebissene Zähne hervor.

„Knie dich schön hin, dann bekommst du ihn.“

Giulianos Beine drohten nachzugeben. Er stützte sich an der Wand ab und sank vor Pietro auf die Knie.

Mit einem Ruck packte Pietro ihn am Schopf und hielt ihm den Brief vor die Nase.

„Also, mach schon, Kleiner, und keine Zicken!“

Pietros Geruch löste einen Würgereiz aus. Giuliano konzentrierte sich darauf, durch den Mund zu atmen. So ließ sich der Gestank besser ertragen. Blitzschnell riss er Pietro den Brief aus der Hand. Seine größte Sorge war, dass er nicht wusste, ob er sich auf Ego verlassen konnte. Als er Ego erklärt hatte, dass die Aktion in Pietros Zimmer stattfinden würde, hatte dieser von dem versprochenen Geld nichts mehr wissen wollen. Es hatte Giulianos ganze Überredungskunst gebraucht, den ängstlichen

Tellerwäscher zu überzeugen, dass Pietro ihn nicht erkennen und ihm kein Nachteil entstehen würde.

Jetzt galt es, sich an den Plan zu halten.

So laut er konnte, schrie er: „Feuer!", und dann noch einmal: „Feuer!"

Im nächsten Moment flog die Tür krachend auf, und eine dichte Wolke vernebelte den Raum. Bevor der verdutzte Pietro reagieren konnte, hatte Giuliano sich befreit und stürmte mit geschlossenen Augen aus dem Zimmer. Im Flur wäre er beinahe über den Feuerlöscher gestolpert. Ego war, wie verabredet, schon über alle Berge.

Giuliano rannte, als wäre der Teufel hinter ihm her. Er war sicher, dass Pietro ihn verfolgen würde. Hinter einer alten Scheune am Stadtrand blieb er keuchend stehen, hielt sich mit beiden Händen die schmerzenden Seiten und lauschte angestrengt. Nichts. Pietro war ihm offenbar nicht gefolgt.

Giuliano wollte nicht daran denken, was Pietro tun würde, um sich zu rächen. Den Brief hielt er fest umklammert in seinen Händen. Es war an der Zeit, ihn endlich zu lesen.

***

Übernächtigt machte sich Laurentius kurz vor sieben Uhr auf den Weg zum Büro des Guardians. Er war gespannt, welche Maßnahmen Raphael eingeleitet hatte und ob er das Wunder schon in Rom gemeldet hatte. Auch die Frage, ob das Wunder zuerst intern behandelt oder direkt öffentlich gemacht werden sollte, ließ ihm keine Ruhe. Raphaels Tür stand offen. Der Guardian saß an seinem Schreibtisch, vertieft in die Lektüre von Dokumenten, die ordentlich auf der massiven Holzplatte gestapelt waren. Der Raum war schlicht und funktional eingerichtet, mit Regalen voller Ordner, die sich offenbar um die Verwaltung des Klosters drehten.

Als Raphael Laurentius bemerkte, winkte er ihn mit einer freundlichen Geste herein. „Bitte, lass die Tür offen und setz dich. Wie geht es dir heute Morgen?"

„Ich habe kaum geschlafen. Alles war so überwältigend."

Angelo klopfte kurz an den Türrahmen und trat ohne Aufforderung ein. Er schloss die Tür hinter sich. Offenbar sollte er bei diesem Gespräch anwesend sein. Laurentius fühlte sich sofort unwohl.

Raphael musterte Laurentius aufmerksam. „Laurentius, kommen wir zur Sache. Dein gestriger ... nennen wir es Auftritt, hat viel Unruhe gestiftet, wie du dir sicher vorstellen kannst. Doch wichtiger ist, dass wir uns um dich sorgen."

„Um mich?", fragte Laurentius verblüfft. Damit hatte er nicht gerechnet.

„Wir verstehen deine Nervosität vor dem Ablegen der ewigen Profess", fuhr Raphael fort. „Mir ging es damals ähnlich. Aber bei allem Verständnis: Es ist nicht angemessen, der Gemeinschaft mitten in der Nacht solche Geschichten zu erzählen."

„Geschichten?"

„Ja, Geschichten. Deine Fantasie ist mit dir durchgegangen. Wir haben das bereits besprochen. Lass es dabei bewenden." Er nickte Laurentius aufmunternd zu.

„Ihr glaubt also, ich habe mir alles nur eingebildet, weil ich nervlich angespannt bin?"

„Ja, das glauben wir."

„Aber ich habe doch mit eigenen Augen ..."

„Genug!", forderte Raphael laut. Laurentius zuckte zusammen.

„Du hast uns bereits in der Nacht eine ausführliche Beschreibung gegeben. Ich darf dich daran erinnern, dass wir, gegen alle Vernunft, die Basilika sogleich untersucht haben. Dort ruht Stein auf Stein, wie eh und je."

Laurentius hob hilflos die Hände. Er musste unbedingt vermitteln, dass alles genau so passiert war, wie er es in der Nacht geschildert hatte. „Aber das ist unmöglich", sagte er. „Ich habe es doch gehört, gesehen, und gerochen! Mit allen Sinnen habe ich es erlebt! Es ist ein Wunder!"

Eine energische Geste Raphaels brachte ihn zum Schweigen.

„Jetzt ist Schluss! Ganz abgesehen davon, dass dir dein Bericht selbst absurd vorkommen müsste, kann ich nicht dulden, dass du damit weiterhin Unruhe unter den Brüdern verbreitest. In der Basilika hat sich rein gar nichts zugetragen. Das alles hat sich allein in deinem Kopf abgespielt. Verstehst du das?“

Laurentius schwieg, kämpfte mit den Tränen. Gestern Abend hatte er den größten Schock seines Lebens erlebt, dann die Erkenntnis zu verarbeiten, Zeuge eines Wunders gewesen zu sein, und jetzt stand er hier als Lügner und Spinner.

Raphael beobachtete ihn mit sorgenvoller Miene. „Ich möchte, dass du dich ausruhst und Monatsexerzitien machst. Das bedeutet, du bleibst in deiner Zelle. Die Mahlzeiten werden dir gebracht. Zudem wirst du täglich eine Stunde mit Bruder Francesco sprechen. Ich habe ihn bereits informiert. In vier Wochen sehen wir uns wieder.“

Laurentius mochte Francesco, den Psychologen und Leiter der Krankenhausseelsorge, doch die Anweisung, sich ihm anzuvertrauen, überforderte ihn. Der Guardian glaubte ihm nicht, und als wäre das nicht schon schlimm genug, schien er zu befürchten, dass Laurentius den Verstand verloren hatte. Ungläubig schüttelte Laurentius den Kopf. Er war verwirrt und dennoch klar in seinem Geist. Aus seiner Sicht gab es keinen Grund, an seiner Wahrnehmung zu zweifeln. Er erinnerte sich an jeden Augenblick des gestrigen Abends.

Raphael war ihm wohlgesonnen, und Laurentius glaubte ihm, dass in der Krypta keine Spuren zu finden gewesen waren. Aber konnte er etwas dafür? War das nicht vielleicht ein Teil des Wunders? Warum war Raphael nicht bereit, diese Möglichkeit zumindest in Erwägung zu ziehen? Sie hatten ihn doch in der Nacht gesehen. Niemand, der sich eine Geschichte nur ausgedacht hatte, würde sich so verhalten. Angelo schien erfreut darüber zu sein, dass Raphael das Ereignis lediglich anhand des Zustands der Krypta bewertete. Obwohl er schwieg, sprachen seine hämischen Blicke Bände. Laurentius erinnerte sich, dass Angelo ihn in der letzten Nacht ignoriert hatte, als würde er nicht mehr zu ihnen gehören. Scheinbar wendete sich jetzt alles gegen ihn. So ähnlich musste es auch anderen ergangen sein, die Zeuge eines Wunders geworden waren. Hier war seine

Heimat; nichts hatte er sich sehnlicher gewünscht, als ein Teil dieser Gemeinschaft zu sein. Nun fühlte er sich wie ein Ausgestoßener. Um sein Zittern zu verbergen, verschränkte er die Arme vor der Brust.

„Hast du noch Fragen?", riss ihn Raphaels Stimme aus diesen Gedanken.

„Nein", erwiderte er kaum hörbar. Tatsächlich hatte er Fragen ohne Ende. Wieso war ausgerechnet er Zeuge dieser Wiederkehr geworden? Wo mochte sich der heilige Franziskus jetzt aufhalten, und welche Absichten hatte er?

***

Giuliano öffnete den Umschlag. Darin befand sich ein eng beschriebener Bogen in der zarten Handschrift seiner Mutter. Bevor seine Fragen und Ängste der letzten Jahre wieder aufkommen konnten, begann er darin zu lesen.

Augenblicklich schossen ihm Tränen in die Augen. Sie war die Einzige, die ihn Gio genannt hatte.

Gio, mein geliebter Junge,

Es bricht mir das Herz, wenn ich daran denke, dass du diesen Brief liest. Du bist bestimmt schnell vom Gottesdienst nach Hause gelaufen und hast dich gefreut, dass wir deinen Geburtstag zusammen feiern. Glaube mir, ich weiß, wie schlimm das für dich ist, und ich würde alles geben, um es dir ersparen zu können, aber leider gibt es keinen Ausweg.
Ich habe in den letzten zwölf Jahren mein Bestes gegeben, um dich nicht merken zu lassen, wie unglücklich ich mit deinem Vater war. Das soll dich nicht belasten, und manches kannst du noch nicht verstehen, deshalb nur so viel: Wir haben nicht zueinander gepasst. Bereits vor deiner Geburt habe ich es bemerkt, aber ich wollte es nicht wahrhaben. Jahrelang habe ich

mich bemüht, habe gekämpft und gehofft, bis ich erkannte, dass ich neben diesem Mann verblasse wie eine alte Fotografie. Gio, wenn ich jetzt nicht fortgehen könnte, müsste ich mir das Leben nehmen. Ich kann so nicht weitermachen. Welches Leben mich auch immer erwartet: Es wird besser sein als dieses. Natürlich wollte ich dich mitnehmen. Du bist das Beste, was mir passiert ist. Aber gerade deshalb darf ich dir nicht zumuten, mit mir ins Ungewisse zu gehen. Du bist jetzt zwölf Jahre alt. Alt genug, um auf dich aufzupassen und eigene Entscheidungen zu treffen. Assisi ist deine Heimat, du hast hier deine Freunde, und dein Vater wird für dich sorgen.
Auf den heutigen Tag habe ich hingelebt, habe deshalb durchgehalten und mich bemüht, dich nicht spüren zu lassen, wie schwer es mir fällt.
Ich kann es keinen einzigen Tag länger aushalten.
Natürlich erwarte ich nicht, dass du das verstehst, ich bitte dich, mir zu verzeihen.

In Liebe
Deine Mama

Giuliano las den Brief ein zweites Mal. Er hatte nicht bemerkt, wie sehr seine Mutter gelitten hatte. Zorn überflutete ihn, als er an den Abend dachte, an dem er von seinem Vater nur ein lapidares ‚weg' als Antwort bekommen hatte. Diesen Brief hatte er ihm vorenthalten. Vermutlich ahnte er, was drinstand, und hatte ihn ihm aus Feigheit nicht gegeben. Aber er, Giuliano, hätte ein Recht auf diesen Brief gehabt. Zum Glück war ihm wenigstens gelungen, ihn Pietro zu entreißen. Hätte er ihn damals bekommen, hätte er nicht Wochen und Monate nach seiner Mutter suchen müssen. Hätte er in diesem Moment seinem Vater gegenübergestanden, hätte er ihm die Frage ins Gesicht geschrien, warum er ihm das angetan hatte. Aber Giuliano war allein und musste zurück an die Arbeit, und zwar schnell. Fürs Zuspätkommen hatte Natale gar nichts übrig.

Als er die Küche betrat, waren außer Pietro und Ego schon alle da. Enzo, der Fischkoch, nutzte die Tatsache, dass Pietro ihn nicht mit Arbeit eindeckte, und beauftragte Giuliano, Garnelen zu pellen. Danach schob er ihm eine Portion Lachsterrine zum Probieren zu. Vom ersten Tag an hatte Enzo ihn freundlich behandelt. Er hatte ihm gezeigt, wie man mit dem Kettenhandschuh und speziellem Werkzeug Austern öffnete, ihm die Besonderheiten der Krustentiere erklärt und ihn seine Gerichte probieren lassen. So manches Mal zwinkerte er ihm zu, wenn er heimlich ein exotisches Gewürz in seine Saucen mischte, das nicht von Natale abgesegnet worden war. Der Chefkoch rümpfte dann zwar die Nase, musste aber eingestehen, dass die Gerichte „bon" waren, und ließ ihn gewähren. Giuliano und Enzo hätten Freunde werden können, doch Giulianos Erfahrungen mit Pietro machten ihn vorsichtig. Er bevorzugte es, die anderen zu beobachten und sich aus allem herauszuhalten. Trotz der Ablenkung schielte er immer wieder zur Tür. Wo blieben nur Pietro und Ego?

***

Laurentius konnte sich nicht daran erinnern, wie er nach dem Gespräch mit dem Guardian in seine Kammer gelangt war. Er wusste nur, dass er wie betäubt aus Raphaels Büro gestürmt war. Jetzt saß er schluchzend auf seiner schmalen Matratze, überwältigt von der Wucht seiner Enttäuschung. Raphael hatte zu Recht gesagt, er sei nervlich am Ende. Doch nicht das Erlebnis des Wunders war der Grund, sondern die bittere Tatsache, dass ihm niemand glaubte. Weinend suchte Laurentius Zuflucht im Schlaf zu finden.

Das Klopfen von Bruder Francesco weckte ihn. Der Bruder trat ein und fragte leise: „Darf ich mich setzen?" „Bitte", murmelte Laurentius und wischte sich die Tränen ab. Francesco lächelte ihm aufmunternd zu.

Obwohl Bruder Francesco in der letzten Nacht ebenfalls Zeuge seines Berichts geworden war und Laurentius ursprünglich nicht mit ihm sprechen wollte, brach es aus ihm heraus. Ohne Unterbrechung erzählte er alles. Francesco hörte ihm schweigend und mitfühlend zu, was Laurentius ein wenig Trost spendete.

Nachdem Laurentius sein nächtliches Erlebnis und die Reaktion der Klosterleitung detailreich geschildert hatte, blickte er trotzig zu Boden. Lange Zeit blieb es still zwischen den beiden Mönchen.

„Du hast dir die Reaktion anders vorgestellt, nehme ich an."

„Das kannst du wohl sagen. Immerhin bin ich Zeuge eines Wunders geworden, verstehst du? Mir hat sich der Heilige gezeigt. Mir allein. Das Schlimmste ist für mich nicht, dass man mir nicht glaubt. Das Schlimmste ist, dass meine Brüder, die wie ich ihr Leben dem heiligen Franziskus gewidmet haben, ihm nicht glauben. Dabei fußt unser Orden auf ihm, wir verehren ihn, dienen ihm, folgen ihm nach. Und was passiert, wenn er sich in einem Wunder offenbart? Wir tun es als ein Hirngespinst ab. Das darf doch nicht wahr sein!" Laurentius hatte sich in Rage geredet. „Ich erwarte nicht, dass man mir gegenüber besonders achtsam ist, aber ich finde, es wäre angebracht, mich zu fragen, wie es mir geht oder wie die Umstände waren. Man erlebt nicht alle Tage, dass sich jemand aus dem Grab erhebt. Ich habe mich zu Tode erschrocken, und ich kann dir versichern, dass ich mir nicht gewünscht habe, in diese Situation zu kommen. Niemand hat mir bisher eine einzige Frage dazu gestellt oder darüber nachgedacht, was das zu bedeuten hat. Anscheinend genügt es allen, dass in der Krypta nichts mehr von dem Geschehen zu sehen ist, um das, was ich sage, als Hirngespinst abzutun. Als wäre ich ein Verrückter und nicht euer Bruder, den ihr seit Jahren kennt. Verstehst wenigstens du, was ich meine?"

„Ja, das ist bitter für dich. Es tut mir sehr leid, dass du das durchmachen musst."

Francesco vermied sorgfältig jegliche Äußerung, die einer Bewertung des Vorfalls gleichkam. Ihm war daran gelegen, Laurentius' Vertrauen zu gewinnen. Er legte ihm eine Hand auf die Schulter und bemühte sich, seine Stimme liebevoll und zugewandt klingen zu lassen: „Laurentius, deine Welt ist aus den Fugen geraten. Ruh dich aus. Ich werde morgen wiederkommen."

Demütig senkte Laurentius das Haupt. „Danke, dass du mich angehört hast."

Nachdem Francesco sich verabschiedet hatte, vertiefte Laurentius sich in die von Celano verfasste Abhandlung über die Wunder des heiligen Franziskus. Er versprach sich davon Aufklärung über die Gründe, die den Heiligen dazu bewegt haben konnten, sich aus dem Grab zu erheben. Die Mahlzeit, die ihm gebracht worden war, rührte er nicht an. Ein paar Schlucke Tee waren das Einzige, was er zu sich nahm.

Dann ging er die Ereignisse der letzten Nacht Schritt für Schritt noch einmal durch. Hatte er Francesco alles exakt so geschildert wie zuvor seinen Brüdern, oder hatten sich bereits Ungenauigkeiten eingeschlichen? Es durfte auf keinen Fall passieren, dass er sich in Details widersprach. Eilig griff er zu Papier und Stift. Er musste das Wunder dieser Nacht dokumentieren, solange seine Erinnerungen noch frisch waren. Dies war nicht nur für seine eigene Sicherheit wichtig, sondern auch, weil er bereits jetzt Momente erlebte, die ihn an der Ungeheuerlichkeit seines Erlebnisses zweifeln ließen. Es wäre nur allzu menschlich, wenn er im Laufe der Zeit selbst zu zweifeln begänne und vielleicht sogar glaubte, all das nur geträumt zu haben. Das würde weder ihm noch dem heiligen Franziskus gerecht.

In der Stille der Nacht fügten sich Zeile um Zeile zu seinem Gedächtnisprotokoll zusammen. Immer wieder hielt er inne, schloss die Augen und visualisierte die Szene, um kein Detail zu vergessen. Nachdem er den Text mehrmals durchgelesen, korrigiert und ergänzt hatte, war er zufrieden. Er verstaute die Aufzeichnungen sorgfältig neben dem Brief seiner Mutter. Als er das Licht ausschaltete, bemerkte er das unberührte Tablett mit Essen. Mit einem tiefen Seufzer schob er es beiseite. Er würde die Nahrungsaufnahme verweigern, bis man ihm Glauben schenkte.

München, Deutschland

Alois Egenter war zufrieden. Die gestrige Sitzung hatte zwar bis tief in die Nacht gedauert, aber das Ergebnis der Abstimmung war ganz nach seinem Geschmack. Als Lokalpolitiker setzte er sich stets für den Schutz der bayrischen Landwirtschaft ein. In den letzten Jahren hatte er jedoch zunehmend mit den Grünen zu kämpfen, die er abfällig als „das Gesocks" bezeichnete. Diese, so meinte er, drohten mit ihren Vorschlägen die heimische Landwirtschaft in den Ruin zu treiben. Die Bauern sollten sogar daran gehindert werden, ihre Gülle auf den Feldern auszubringen. In einer leidenschaftlichen Rede polemisierte er, dass in Bayern immer noch Bier und keine Gülle getrunken werde. Am nächsten Morgen ließ seine Frau Marianne ihn ausschlafen und bereitete ihm sein Lieblingsfrühstück zu: zwei Paar Weißwürste, Brezeln und eine Maß Bier. Begeistert setzte er sich an den Tisch und griff nach dem Bierkrug. Doch sein Genuss wurde jäh unterbrochen, als Marianne mit einem entsetzten Schrei auf ihn zustürzte.

„Alois! Um Gottes willen! Was machst du da? Isst du etwa deine Finger?"

Verwirrt sah er auf und bemerkte das Blut an seinen Händen. Von zwei Fingern seiner linken Hand hing die Haut fein säuberlich abgeschält herab, das Gewebe war zerstört. Tisch und Teller waren blutüberströmt. Schockiert starrte er auf seine Wunden. Der Schmerz, der plötzlich einsetzte, raubte ihm den Atem.

Nur dank Mariannes schneller Reaktion und dem sofortigen Eintreffen des Notarztes überlebte Alois. Im Krankenhaus erfuhr er, dass er einen Herzinfarkt erlitten hatte und zwei Finger verloren waren. Doch das war noch nicht alles. Die Fragen, die ihm gestellt wurden, konnte er nicht beantworten. Als ein Psychologe – den Alois für einen Grünen hielt – ihn immer wieder fragte, was er damit meine, dass er nicht selbst die Hand geführt habe, die ihn verstümmelte, schlug ihm Alois seine gesunde Rechte ins Gesicht.

Auch aufgrund dieses Vorfalls wurde Alois Egenter schließlich in die Psychiatrie eingewiesen.

Giuliano sorgte sich um Ego. Weder er noch Pietro ließen sich in der Küche blicken. Was war geschehen? Giuliano ärgerte sich darüber, Ego in seine Angelegenheiten hineingezogen zu haben. Natürlich konnte Pietro sich denken, dass er Unterstützung gehabt hatte, und natürlich würde ihm Ego als Erstes in den Sinn kommen. Immer wieder warf Giuliano einen Blick zur Tür. Erst als sich das Geschirr auf Egos Arbeitsplatz gefährlich türmte und Natale wütend schmutzige Kellen durch die Küche schleuderte, erschien Ego. Er zwinkerte Giuliano zu und begann leise singend den Berg schmutziger Teller abzuarbeiten. Giuliano beobachtete ihn genau. War da nicht eine Schwellung über seinem rechten Auge?

Pietro sah Giuliano erst am nächsten Morgen wieder. Die Augen seines Widersachers waren unter den verquollenen, regenbogenfarbenen Fleischmassen kaum zu erkennen. Seine Oberlippe war gerissen, und über dem linken Wangenknochen prangte eine mit drei Klammern versorgte Platzwunde. Giuliano erfuhr nie, was geschehen war, doch von diesem Tag an verlor Pietro jegliches Interesse an ihm.

Jetzt konnte sich Giuliano ohne Übergriffe seiner Ausbildung widmen. Die Arbeit war weiterhin anstrengend, ständig im Stehen und unter permanentem Druck. Obwohl er sich diese Lehre niemals freiwillig ausgesucht hätte, begann er nach und nach, die Kunst zu schätzen, hochwertige Lebensmittel in köstliche Gerichte zu verwandeln. Bald gewährte ihm Natale mehr Freiheiten in der Küche. Giuliano lernte schnell, arbeitete präzise, doch das war auch sein Dilemma. Er fühlte sich geistig nicht ausreichend gefordert. In seiner Freizeit wanderten seine Blicke immer wieder zur Silhouette des Klosters. Er wusste, dass hinter dessen Mauern das Wissen und die Spiritualität zu finden waren, nach denen er sich sehnte. Magisch angezogen von dieser Vorstellung, verbrachte er unzählige Stunden damit, sich das Leben innerhalb der klösterlichen Gemeinschaft auszumalen.

Beinahe drei Jahre vergingen, bis Giuliano seine Lehre erfolgreich abschloss. Eine unsägliche Last fiel von ihm ab – er war frei. Diesen Erfolg feierte er zusammen mit seiner Großmutter und Monsignore Rossi. Sein Chef, der Cousin seiner Stiefmutter, bot ihm eine Weiterbeschäftigung an und spendierte eine Feier für ihn und seine Gäste. Im Schatten der Bäume des Hotelgartens genossen sie das von Giuliano zusammengestellte Menü und unterhielten sich über seine Zukunft. Als ihm seine Großmutter vorschlug, als Saisonkoch zu arbeiten, um die Welt zu entdecken, seufzte Giuliano nur. Es zog ihn nicht in die Ferne.

Nach dem Dessert fand er, es sei der richtige Moment, um den Brief seiner Mutter anzusprechen. Die Großmutter reagierte bestürzt: „Es ist unfassbar, dass uns dieses Ungeheuer ihren Brief so lange vorenthalten hat." Mühsam setzte sie ihre Brille auf. Als sie die Handschrift ihrer Tochter erkannte, schossen ihr Tränen in die Augen. Sie las den Brief und reichte ihn dann schweigend an den Monsignore weiter.

Laurentius unterbrach die Stille: „Ich konnte mich nicht gleich dazu durchringen, ihn zu öffnen, daher hat sich alles noch mehr verzögert." Er sah seiner Großmutter in die Augen und erkannte ihren Schmerz. „Ich hatte Angst, darin zu lesen, dass es meine Schuld sei."

Die Großmutter sprang auf und umarmte ihn. „Du armer Junge, es ist doch nicht deine Schuld. Du warst das Glück ihres Lebens. Die Schuld trägt er, genau wie es im Brief steht. Ich habe gespürt, dass sie unglücklich war, aber wie sehr, konnte ich nicht ermessen." Sie setzte sich wieder. Der Monsignore räusperte sich: „Es ist allerdings merkwürdig, dass sie sich nie gemeldet hat." Giuliano war erleichtert, endlich darüber sprechen zu können. „Vielleicht schämt sie sich?" Die Großmutter reagierte hitzig: „Er sollte sich schämen. Hätte sie mir nur ein Wort gesagt, hätte ich den Kerl zur Rede gestellt und euch beide zu mir geholt."

„Leider hat sie sich auch mir gegenüber nicht offenbart", bedauerte der Pfarrer. Die Großmutter nahm den Brief erneut zur Hand.

Nachdem sie ihn noch einmal durchgelesen hatte, sagte sie entschlossen: „Das erklärt aber noch nicht, warum sie sich nicht bei mir gemeldet hat. Ich denke, wir sollten die Polizei einschalten."

„Ja, das ist eine gute Idee. Vielleicht können die etwas aufdecken", stimmte ihr der Monsignore zu.

„Darf ich den Brief mitnehmen? Ich würde morgen zur Polizei gehen."

„Ja, natürlich, Oma. Aber gib ihn mir bitte danach zurück."

„Selbstverständlich. Er gehört dir."

Zufälligerweise querte in diesem Moment ein Franziskanermönch gemessenen Schrittes die Piazza. Giuliano blickte ihm nach und äußerte spontan den Wunsch, ins Kloster einzutreten. Der Monsignore handelte umgehend. Mit einigen schnellen Schritten holte er den Mönch ein und sprach eine Weile mit ihm. Dann winkte er Giuliano heran. Als sie beide zum Tisch zurückkehrten, war der Weg für Giulianos Zukunft geebnet.

***

Laurentius aß seit drei Wochen nicht mehr. Während der Monatsexerzitien zu fasten, um den Prozess der spirituellen Reinigung zu unterstützen, war nicht unüblich. Er hatte das schon öfter praktiziert, denn aus dem Verzicht schöpfte er Kraft. Doch dieses Mal fastete er aus Protest, um seinen Brüdern zu zeigen, dass sie ihm Unrecht taten. Das Fasten hatte eine Eigendynamik entwickelt; selbst wenn er wollte, schien er nicht mehr essen zu können. Sein Körper war ausgezehrt, seine Wangenknochen stachen hervor, und unter den großen, glänzenden Augen hatten sich dunkle Ringe gebildet. Er störte sich nicht daran, vom gemeinschaftlichen Leben ausgeschlossen zu sein. Stattdessen meditierte er, betete und unternahm lange Spaziergänge.

Francesco machte sich Sorgen um Laurentius' körperliche Gesundheit. In ihren täglichen Gesprächen, die Raphael angeordnet hatte, saß ihm Laurentius mit verklärtem Blick gegenüber. Die Gespräche kreisten immer wieder um die Nacht, in der Laurentius behauptete, dem heiligen Franziskus begegnet zu sein. Raphael, der regelmäßig Berichte von Francesco erhielt, diskutierte am Ende der dritten Woche mit ihm ausführlich, welche weiteren Schritte notwendig seien, um Laurentius zu helfen. Nach vier Wochen, als Laurentius zu ihrem vereinbarten Treffen kam, sah Raphael ihn mit Sorge und Befremden an. Laurentius schien in der kurzen Zeit um Jahre gealtert.

„Es geht mir gut, ich habe alles, was ich brauche, und bin dem heiligen Franziskus so nahe wie nie zuvor", erklärte Laurentius dem staunenden Raphael. Das also hatte Francesco mit ‚Wahrnehmungsstörung' gemeint.

„Laurentius, es freut mich zu hören, dass du dich gut fühlst. Allerdings wirkt deine Konstitution auf mich besorgniserregend. Im ersten Augenblick dachte ich, statt deiner einen magenkranken alten Mann vor mir zu haben."

Laurentius wusste nicht, was er darauf erwidern sollte.

„Wie lange gedenkst du dein Fasten noch fortzusetzen?"

Laurentius war überrascht, dass Raphael ihn so geradeheraus fragte.

„Das hängt nicht von mir allein ab", entgegnete er.

„Falls du beabsichtigst, die Gemeinschaft weiterhin mit dieser Geschichte zu belasten, muss ich dir das strikt untersagen. Dein Fasten wird ab dem 28. Tag unter ärztlicher Aufsicht stehen, und ich werde es nicht länger als 40 Tage tolerieren. Doktor Andreotti wird dich heute Abend untersuchen. Dies dient deinem Wohl. Du bist mir wichtig, und deine Gesundheit steht an erster Stelle. Du wirst deine Gespräche mit Francesco fortsetzen und ab sofort den regulären Tagesablauf wieder aufnehmen."

Die Art, wie Raphael das Erlebte als ‚diese Geschichte' abtat, ließ Laurentius erschauern. Der Schmerz, verursacht durch Raphaels Gleichgültigkeit, war tief. Um sein Stöhnen zu unterdrücken, presste er die Zähne zusammen.

„Laurentius, wir schätzen deine Anstrengungen und wollen dich weiterhin unter uns wissen. Mir ist bewusst, wie sehr du dich bemüht hast, und dass Bruder Angelo dir das Leben nicht leichtgemacht hat. Es ist nicht unüblich, dass einem die Nerven durchgehen. Du hast um die ewige Profess gebeten, und es wäre bitter, sie dir verweigern zu müssen."

Laurentius' Kopf pochte vor Anspannung. War das etwa eine Andeutung, dass man ihm die Profess verwehren könnte?

Als Raphael erkannte, dass er keine Antwort bekommen würde, nickte er Laurentius zu, der dies als Zeichen zum Aufbruch verstand. Laurentius verneigte sich mit letzter Kraft und verließ eilig das Büro. Die Enttäuschung erschütterte ihn dieses Mal weniger. Das Fasten hatte ihn gestärkt. Trotz der erneuten klaren Ablehnung des Wunders und trotz der deutlichen Anweisungen spürte er Raphaels Wohlwollen. Innerlich hatte sich Laurentius längst auf einen langen Leidensweg eingestellt. Er würde nicht wanken, selbst um der ewigen Profess willen.

Kyoto, Japan

Nach einem langen Arbeitstag lehnte sich Regierungsbeamter Kaneda Watanabe erschöpft in seinem Auto zurück, während er im endlosen Feierabendstau feststeckte und dem Prasseln des Regens lauschte. Die Lichter der vor ihm stehenden Fahrzeuge verschwammen vor seinen Augen, und die Scheinwerfer der Entgegenkommenden blendeten ihn. Um seine verspannte Nackenmuskulatur zu lockern, führte er einige Übungen durch, die sein Masseur ihm empfohlen hatte. Die vergangenen Tage hatte er fast durchgehend damit verbracht, vor dem Bildschirm neue Tabellen zu erstellen, die die Strahlenbelastung des Kühlwassers in einem günstigeren Licht darstellen sollten. Zwar hatte sein Vorgesetzter ihn nicht direkt dazu aufgefordert, jedoch hatte er ihn gebeten, sicherzustellen, dass die internationale Expertenkommission zufrieden sei. Kaneda seufzte.

Am nächsten Morgen musste er diese Zahlen der Kommission präsentieren.

Statt direkt nach Hause zu seiner Frau Hina, dem Baby und seiner dementen Mutter zu fahren, nahm Kaneda einen Umweg zum Onsen. Was er jetzt brauchte, war Entspannung, fernab von Babygeschrei und dem Gezeter einer alten Frau. Im Onsen erwartete ihn ein wohltuendes heißes Bad, und Yukis sanfte Hände würden ihm helfen, die kommende Nacht durchzuschlafen. Wenn er später nach Hause kam, würde das Baby schlafen, seine Mutter ebenfalls, und Hina, die annahm, er hätte lange gearbeitet, würde besonders liebevoll zu ihm sein. Der Gedanke daran brachte ihn zum Lächeln.

Als er schließlich die Ausfahrt erreichte und im Onsen ankam, nahm er sich viel Zeit für eine gründliche Reinigung.

Vor seinem geistigen Auge formierten sich endlose Zahlenkolonnen, bis er sie energisch beiseite wischte. Es würde ihm bestimmt gelingen, die Kommission zufriedenzustellen, sorgfältig, wie er die Tabellen vorbereitet hatte. Jetzt wollte er ausruhen.

Er zog seine Badeschuhe aus und betrat den ihm zugewiesenen Raum, in dem es angenehm frisch roch, wie auf einer Bergwiese. Der Bademeister begrüßte ihn mit einer leichten Verneigung, die er erwiderte. Mineral- und schlammhaltiges Wasser füllte das ebenerdige Becken bis zum Rand. Kaneda legte seinen Kimono ab und schritt über die Stufen in das Becken hinein. Mit einem einzigen Schwimmzug gelangte er zum gegenüberliegenden Ende. Dort legte er seinen Kopf in die dafür vorgesehene Mulde. Jetzt würden die heilenden Kräfte der heißen Quelle dafür sorgen, dass er sich regenerierte. Der Bademeister fragte, ob er noch einen Wunsch habe, und verließ, als Kaneda verneinte, den Raum. Kaneda schloss die Augen. Das Wasser umschmeichelte seinen Körper. Mit einem Seufzer rutschte er etwas tiefer und genoss die Wärme.

Plötzlich streifte ein eisiger Hauch seinen Kopf. Irritiert öffnete er die Augen. Er hatte doch gesagt, dass er keine Extras wünsche. Er blickte sich nach dem Bademeister um, konnte ihn jedoch nicht entdecken. Allerdings hatte er das Gefühl, dass jemand im Raum war. Die Stille, die er eben noch genossen hatte, empfand er jetzt als bedrohlich. Gereizt griff er nach dem Handlauf. Er wollte sich aufrichten, um sehen zu können, was hinter ihm vorging. Da streifte die eisige Luft seinen Nacken. Es roch plötzlich ekelhaft nach Fäulnis. Kaneda fragte sich, ob mit dem Wasser etwas nicht stimmte. Prüfend blickte er in die braune Brühe, vor der er sich jetzt ekelte. Als er sich verärgert entschloss, das Becken zu verlassen, wurde er mit einem kräftigen Ruck hinabgezogen. Durch die unvermittelte Attacke verschluckte er eine Menge Wasser. Panisch versuchte er seinen Kopf über Wasser zu halten, aber es gelang nicht. Etwas zog an seinen Beinen. Kaneda schluckte noch mehr Wasser, versuchte sich hochzudrücken und gleichzeitig seine Beine zu befreien, aber es schien, als hätten sie sich in Schlingen verheddert. Wie ist das möglich?, fuhr es ihm durch den Kopf. Er machte einen Versuch, bewusst abzutauchen und nach dem, was ihn hielt, zu greifen, doch wohin er auch immer fasste, da war nichts. Danach schaffte er es nicht mehr, den Kopf über Wasser zu bringen. Die Luft ging ihm aus. Vor seinen Augen tanzten blutrote Ziffern und leuchtende Punkte wild durcheinander, bevor sie von einem sich ausbreitenden schwarzen Strudel verschlungen wurden.

Der Bademeister war am Ende seiner Kraft, als Kaneda endlich einen Schwall Wasser ausspie. Tränen und Schweißperlen rannen über das Gesicht des Retters, während er sich, nach Atem ringend, bemühte, beruhigend auf den Badegast einzureden, dem er bei der Reanimation gleich mehrere Rippen gebrochen hatte. Er hatte vorschriftsmäßig den Rettungsdienst alarmiert, und griff erneut zu seinem Handy, um nachzufragen, ob der Krankenwagen eingetroffen sei.

Kaneda lag regungslos auf dem Boden. Seine Brust schmerzte. Er atmete flach und starrte zur Decke. Allmählich gelang ihm die Rekapitulation der Ereignisse. Es war eindeutig: Man hatte versucht, ihn umzubringen. Jetzt durfte er keinen Fehler machen. Bis zur Ankunft des Rettungswagens würde er schweigen, aber sobald die unabhängigen Zeugen einträfen, würde er eine polizeiliche Untersuchung des Tatorts verlangen.

Die Sanitäter waren nicht befugt, ihn gegen seinen Willen mitzunehmen. Sie blickten ratlos zum Bademeister, der soeben vernommen hatte, dass sich in dem Becken Schlingen befinden sollten, die den Badegast unter Wasser gezogen hätten. Kaneda Watanabe bestand darauf, im Bad zu bleiben, bis die Polizei vor Ort war. Er würde nicht zulassen, dass Beweise vernichtet wurden.

Der Bademeister beteuerte ein ums andere Mal, er selbst habe das Becken befüllt. Es befinde sich definitiv nichts anderes darin außer dem gewünschten Moorbad. Seiner Meinung nach sei der Gast eingeschlafen, deshalb ins Becken gerutscht und habe vermutlich eine Panikattacke erlitten.

Dann trafen die Beamten ein. Sie protokollierten beide Aussagen, fotografierten alles und versiegelten den Raum. Danach war Kaneda Watanabe mit dem Krankentransport einverstanden. Obwohl ihm jeder Atemzug Schmerzen verursachte, bestand er darauf, das Krankenhaus noch in derselben Nacht zu verlassen. Er musste seine Zahlen präsentieren.

Zu Hause fiel er mithilfe eines Schmerzmittels in einen unruhigen Schlaf, aus dem er fiebernd erwachte. Seine Frau Hina konnte sich keinen Reim auf sein heiseres Gestammel über den Mordversuch machen. Weil das Fieber bedrohlich stieg, alarmierte sie einen Notarzt und informierte die Personalabteilung des AKW. Kaneda Watanabe wurde bis auf Weiteres seiner Aufgaben enthoben.

Assisi, Italien

Das gemeinsame Gebet mit seinen Brüdern hatte Laurentius in den letzten Wochen am meisten vermisst. Er schwankte vor Schwäche und musste sich an der Kirchenbank abstützen. Trotz Dr. Andreottis Rat, seinen Tee mit einem Löffel Honig zu versüßen, litt er in den letzten Tagen unter ständigem Schwindel.

Den neugierigen Blicken der anderen hielt er stand, doch Angelos unverhohlener Spott schwächte ihn zusätzlich. Raphael hatte ihm untersagt, mit seinen Ordensbrüdern über die Nacht der Erscheinung zu sprechen, und an diese Anweisung hielt er sich. Doch Laurentius war fest entschlossen, seiner Überzeugung treu zu bleiben und dies durch seine Haltung zu zeigen. Deshalb fastete er weiterhin. Sein Bewusstsein für das Leid jener, deren Schicksal er teilte, stärkte ihn.

Seit Langem quälte ihn die Frage, warum der heilige Franziskus ausgerechnet ihm erschienen war. Hatte er ihm eine besondere Aufgabe anvertraut? Oder war er lediglich zufällig Zeuge des Geschehens in der Basilika geworden? Laurentius fand auf diese Fragen keine Antwort.

Francesco, der Psychologe, war ihm keine Hilfe; er versuchte stattdessen, Laurentius zu Kindheitserinnerungen zurückzuführen, die für ihn längst keine Bedeutung mehr hatten. Trotzdem mochte Laurentius Francesco und freute sich auf ihre täglichen Gespräche. Dass Raphael angedeutet hatte, ihm könnte die ewige Profess verwehrt bleiben, schmerzte ihn zutiefst. Über die Jahre war seine Verbundenheit mit Gott stetig gewachsen. Er war entschlossen, sein Leben Gott zu weihen, und empfand dabei keinerlei nervliche Belastung, wie der Guardian vermutete. Einzig Angelos Bosheiten stellten eine Belastung dar, aber Laurentius hatte bereits Schlimmeres überstanden.

Sich zwischen dem Leugnen seines Erlebnisses und dem Risiko, die ewige Profess nicht ablegen zu dürfen, entscheiden zu müssen, sah er als unauflösbares Dilemma. Er konnte weder das eine noch das andere aufgeben. Seit seiner Rückkehr zum Gemeinschaftsleben schien die turbulente Nacht für viele bereits vergessen zu sein. Das andauernde Fasten zehrte zusätzlich an seinen Kräften. Er sollte es am vierzigsten Tag beenden, doch der Gedanke an feste Nahrung erschien ihm wie ein Verrat an dem Wunder.

Das Ausmaß seiner Anspannung offenbarte sich durch einen scheinbar trivialen Vorfall. Ein externer Küchenhelfer hatte versehentlich eine Ölflasche umgestoßen. Laurentius, der die Pfütze nicht bemerkte, rutschte aus und stürzte. Auf dem

Boden liegend, schluchzte er haltlos und war unfähig, sich zu beruhigen oder aufzustehen. Raphael und Francesco wurden herbeigerufen und beschlossen, Dr. Andreotti zu konsultieren.

Der Arzt verabreichte Laurentius ein Beruhigungsmittel. Dass der junge Mönch gefastet hatte, wusste er, deshalb ordnete er den nervlichen Zusammenbruch diesem Umstand zu. Als Laurentius jedoch bei dem Versuch aufzustehen kollabierte, bestand der Doktor darauf, ihn in die Klinik zu überweisen.

Raphael schlug vor, Laurentius im Kloster zu versorgen, doch Dr. Andreotti lehnte ab: „Wir müssen abklären, ob er durch den Sturz verletzt wurde. Hinzu kommt sein allgemein schlechter Zustand." Der Guardian ließ zu, dass sein Schützling auf einer Trage festgeschnallt und in den Krankenwagen gebracht wurde. Laurentius war es gleichgültig. Er fühlte sich seltsam entfremdet, fast so, als würde er das Geschehen wie in einem Film beobachten.

Im Krankenhaus kümmerte man sich um ihn. Zuerst wurde er gründlich befragt und untersucht. Blutproben wurden entnommen und er wurde geröntgt. Zum Schluss erhielt er eine Infusion und wurde zum Schlafen gebracht. Als er erwachte, sah er in gütige Augen, die ihn aufmerksam beobachteten, und sofort kamen ihm die Tränen.

Die Ärztin lächelte freundlich, während sie eine Spritze aufzog. „Hallo, ich bin Dr. Borissa. Sie haben in letzter Zeit viel durchgemacht. Ich gebe Ihnen jetzt etwas zur Beruhigung, und dann frühstücken Sie erst einmal ordentlich."

Laurentius ließ es geschehen. Obwohl er eine Abneigung gegen Spritzen hatte, genoss er ihre Fürsorge.

Dr. Borissa klebte ein Pflaster auf die Einstichstelle, überprüfte den Tropfregler und sagte: „Die Infusion wird Ihnen helfen, wieder zu Kräften zu kommen. Bis später."

Tatsächlich verspürte Laurentius schon nach kurzer Zeit Appetit. Sein Blick fiel auf den Teller, den die Schwester auf dem Nachttisch abgestellt hatte.

Als Dr. Borissa am Nachmittag zurückkehrte, fühlte er sich bereits so viel besser, dass er aufrecht im Bett saß und die Sperlinge vor dem Fenster beobachtete.

Die Ärztin, kaum älter als er, hatte ein schmales Gesicht – wie eine Madonna, dachte Laurentius – und gütig blickende, bernsteinfarbene Augen. Er starrte sie unverhohlen an, da sie ihn an seine Mutter erinnerte.

Mit einigen Unterlagen in der Hand las Dr. Borissa ihm Werte vor, deren Bedeutung er nicht verstand.

„Haben Sie zugehört, Laurentius? Ich darf Sie doch so nennen? Was Sie Ihrem Körper zugemutet haben, war nicht ungefährlich. Es wird eine Weile dauern, bis Sie wieder vollständig genesen sind, aber das schaffen wir. Falls Sie sich aussprechen möchten: Wir haben hier einen ausgezeichneten Klinikseelsorger. Ich würde ihn gerne in ein paar Tagen zu Ihnen schicken, wenn es Ihnen besser geht.

Sind Sie damit einverstanden?"

Laurentius räusperte sich. Ein Kloß im Hals hinderte ihn am Sprechen, also nickte er ergeben. Dieser Frau konnte er nichts abschlagen.

Am frühen Abend besuchte ihn der Guardian. Bei Raphaels Anblick liefen Laurentius erneut die Tränen über das Gesicht. Er schämte sich, weil er sich so schwach fühlte und es ihm nicht gelungen war, das Fasten zu beenden.

Doch Raphael war ihm nicht böse. Mit beruhigenden Worten versicherte er ihm, dass er froh sei, dass der Sturz keine schlimmeren Folgen gehabt habe. Laurentius werde sich bald erholen, und alles würde gut werden. Er wolle ihn nicht weiter aufwühlen, fügte er hinzu und verabschiedete sich bald.

Am nächsten Morgen fühlte Laurentius sich stark genug, um zu duschen. Danach hatte er den Plan, sich anzukleiden und im Klinikpark ein paar Schritte zu gehen. Doch die Erschöpfung übermannte ihn, und er flüchtete sich zurück ins Bett. Mit klopfendem Herzen lag er da und strich unruhig mit den Händen über die Bettdecke. Ihm wurde bewusst, dass er sich beinahe zu Tode gehungert hätte. Dieser Gedanke erschreckte ihn. Auf diese Weise erwies er sich dem Wunder gegenüber nicht würdig. Er musste wieder zu Kräften kommen. Mit jedem

Bissen zwang er sich, zu essen, bis das Frühstück vollständig vertilgt war.

Von Tag zu Tag fühlte er sich stärker. Der Tropf war nicht mehr nötig, und der Zugang in seiner Armvene wurde entfernt, sodass er sich endlich frei bewegen konnte.

Monsignore Santis las den Namen auf dem Etikett an der Tür des Krankenzimmers. Es war der richtige Raum. Da auf sein erstes Klopfen keine Reaktion erfolgte, klopfte er erneut und trat ein. Laurentius blickte auf.

„Buongiorno! Ich habe angeklopft."

„Oh … Buongiorno! Ich war in Gedanken, dass ich gar nichts gehört habe."

„Mein Name ist Santis. Ich bin der Klinikseelsorger. Darf ich mich setzen?"

„Ja, bitte. Dort drüben ist ein Stuhl. Ich heiße Laurentius."

Der Monsignore holte den Stuhl, stellte ihn bedächtig eine Armlänge neben dem Bett ab und setzte sich lächelnd. Das Sitzmöbel ächzte bedenklich unter seinem Gewicht, doch er störte sich nicht daran.

Die beiden Männer hatten auf den ersten Blick nicht viel gemeinsam. Laurentius war spindeldürr, blass und jung, der Monsignore war übergewichtig, sonnengebräunt und weit in den Siebzigern.

Sie musterten einander schweigend. Beiden war die Stille vertraut, und beide verließen sich auf ihr Gespür, das Gegenüber einschätzen zu können.

Schließlich brach der Monsignore das Schweigen. „Ich habe Zeit mitgebracht", sagte er und nickte Laurentius aufmunternd zu.

Laurentius erwiderte das Lächeln.

„Sie waren in Gedanken, sagten Sie. Darf ich fragen, was Sie bewegt?"

Laurentius überlegte, was er dem Monsignore erzählen konnte. Raphael hatte ihm untersagt, im Kloster von dem Wunder zu sprechen, aber von der Welt jenseits des Klosters war nicht die Rede gewesen.

„Sicherlich wissen Sie, dass ich der Schweigepflicht unterstehe, auch wenn es sich nicht direkt um ein Beichtgespräch handelt“, fügte der Monsignore ermunternd hinzu.

Das war das richtige Stichwort. Laurentius atmete auf. „Sie müssen über das, was ich Ihnen berichte, nicht schweigen“, sagte er. „Ich selbst habe leider viel zu lange geschwiegen.“

Der Monsignore blickte ihn aufmerksam an.

Laurentius setzte sich im Bett auf und begann stockend, dann immer flüssiger zu erzählen. Er gab dem Geistlichen Einblicke in seine Kindheit, berichtete von seinen schweren Lehrjahren, davon, dass ihm die Heiligen Halt gegeben hatten, und von dem großen Glück, das er empfunden hatte, als die Franziskaner ihn aufgenommen hatten. An diesem Punkt musste er eine Pause machen. Er hatte immer schneller gesprochen, weil es so viel zu erzählen gab. Sein Mund war darüber trocken geworden.

„Möchten Sie auch eine Tasse Tee?“, fragte er, während er nach der Kanne griff, die nur noch wenig Tee enthielt.

„Ja, gerne. Ich hole uns frischen“, erwiderte der Geistliche, dem die kurze Unterbrechung die Gelegenheit gab, seine Gedanken zu ordnen. Die Einladung zum Tee war für ihn ein deutliches Zeichen, dass der junge Mann noch mehr zu besprechen hatte. Mit einem Tablett, auf das die Schwester ihm mit einem Augenzwinkern noch schnell einige Scheiben Hefezopf gelegt hatte, kehrte er zurück.

„So, hier kommt die Stärkung“, sagte er mehr zu sich selbst, setzte das Tablett auf Laurentius’ Nachttisch ab und goss den Tee ein. Monsignore Santis bestand darauf, dass Laurentius ebenfalls vom Zopf probierte. „Zusammen schmeckt es doch am besten“, murmelte er, während er genüsslich einen Bissen nach dem anderen nahm. Als er sich zufrieden zurücklehnte, nahm Laurentius das Gespräch wieder auf. Er begann, von der Verbundenheit zu sprechen, die er schon als Kind zum heiligen Franziskus empfunden hatte, und leitete so zu seiner Erzählung über die Nacht des Wunders über. Die Worte sprudelten nur so aus ihm heraus, denn endlich konnte er über das Wunder sprechen, ohne dass jemand ihn misstrauisch beobachtete oder seine Erfahrung infrage stellte. Er beschrieb jedes Detail der Szene in der Krypta so lebendig, als erlebe er sie gerade wieder. Monsignore Santis erwies sich als aufmerksamer Zuhörer. Er unterbrach Laurentius weder mit Fragen noch mit Bemerkungen und gab keine Regung preis.

Laurentius erzählte, dass die Krypta unversehrt war, als man sie untersuchte, und dass Raphael ihm untersagt hatte, im Kloster weiter darüber zu sprechen. Er erwähnte, dass er aus Protest gefastet hatte und deshalb beinahe verhungert wäre, während ihm Tränen über die Wangen rannen.

Der Seelsorger reichte ihm ein Taschentuch. „Weinen Sie sich ruhig aus, das hilft", ermutigte er Laurentius.

Nachdem Laurentius' Tränen versiegt waren, verabschiedete sich der Monsignore mit dem Versprechen, am nächsten Tag wiederzukommen.

Raphael stattete ihm einen erneuten Besuch ab, zu Laurentius' Entsetzen in Begleitung von Angelo. Sie wechselten ein paar höfliche Worte. Doch weil Laurentius sich vorgenommen hatte, seine Wahrheit nicht länger zu verbergen, sammelte er seinen Mut und offenbarte dem Guardian seinen festen Entschluss: „Ich möchte nicht ungehorsam sein, aber ich kann und werde das Wunder nicht länger verschweigen. Im Gegenteil: Ich muss die ganze Welt darüber informieren."

Raphael war sichtlich betroffen. Er hatte gehofft, dass dieses Thema beendet wäre. Er musterte Laurentius ernst. Als er erkannte, dass Laurentius von seiner Haltung nicht abweichen würde, sah er es als sinnlos an, sich auf einen Disput einzulassen. Offensichtlich hatte der Wahn das Regiment übernommen. Der Guardian erhob sich.

„Ich werde mich mit deinen Ärzten besprechen. Gute Besserung."

Gemessenen Schrittes ging er zur Tür. Auch Angelo hatte sich erhoben und stand noch einen Moment an Laurentius' Bett.

„Lass mich wissen, wenn dir die heilige Jungfrau erscheint", zischte er leise, dass Raphael es nicht hören konnte. Laurentius hörte es jedoch deutlich. Die vielen Demütigungen, die er immer wieder hinuntergeschluckt hatte, und sein ganzer Kummer entluden sich in einem Reflex.

Die Wasserflasche traf Angelos Kopf und fiel krachend zu Boden. Erschrocken drehte sich Raphael um und eilte zu dem schwankenden Bruder. Trotz der Schmerzen grinste Angelo böse.

Gestützt von Raphael, lehnte er es ab, sich hinzusetzen. „Wir sollten uns besser in Sicherheit bringen", stieß er hervor.

In diesem Moment betrat Dr. Borissa das Zimmer. Überrascht blieb sie vor den beiden Mönchen stehen. Aus Angelos Platzwunde rann Blut. „Brauchen Sie Hilfe?", fragte sie geistesgegenwärtig.

„Ja, bitte", antwortete Angelo wehleidig. Sie unterstützte ihn auf der anderen Seite, da er bedrohlich schwankte. Zu dritt verließen sie den Raum.

Laurentius beobachtete die Szene wie ein Außenstehender. Einerseits erschrak er über sich selbst, andererseits fühlte er eine gewisse Befreiung. Endlich hatte er es geschafft, sich gegen Angelo zur Wehr zu setzen. Über die möglichen Konsequenzen seines Handelns mochte er nicht nachdenken.

Gegen Mittag fand die Visite statt. Mehrere Personen in weißen Kitteln standen an Laurentius' Bett, darunter auch Dr. Borissa. Laurentius antwortete höflich auf ihre Fragen zu seinem Befinden.

Ein älterer Herr mit Glatze, offensichtlich der leitende Arzt, fragte ihn direkt: „Sie haben also ein Wunder erlebt?"

„Ja", antwortete Laurentius zögerlich.

„Welcher Art?"

„Ich durfte der Auferstehung des heiligen Franziskus beiwohnen …" Der Arzt fiel ihm ins Wort: „Und Ihrem Ordensbruder haben Sie heute eine Glasflasche an den Kopf geworfen, stimmt das?"

„Ja", gestand Laurentius, aber bevor er erklären konnte, dass Angelo ihn seit Jahren schikanierte, brachte ihn der Arzt mit einer Handbewegung zum Schweigen. „Wir werden Sie über die weitere Behandlung informieren", sagte er und verließ mit den anderen das Zimmer.

Kurz darauf kehrte Dr. Borissa zurück, begleitet von zwei kräftigen Pflegern. „Laurentius, der Professor hat angeordnet, Sie in die Psychiatrie zu verlegen."

Mit einem Ruck fuhr er auf. „Was?"

Die Ärztin legte ihre schlanken Hände um die Metallstange am Fußende seines Bettes. „Wir überweisen Sie in die Psychiatrie, Laurentius."

„Aber wieso? Mir geht es doch viel besser!"

„Dafür gibt es mehrere Gründe. Machen Sie sich keine Sorgen. Die Kollegen in der Psychiatrie werden sich gut um Sie kümmern, versprochen."

„Was für Gründe sollen das denn sein?"

„Laurentius, der Professor hat sich alle Unterlagen angesehen. Er hat mit Ihrem Vorgesetzten gesprochen und sich ein Bild von Ihnen gemacht. Glauben Sie mir, es ist zu Ihrem Besten."

„Ist es wegen des Wunders? Oder weil ich die Flasche nach Angelo geworfen habe?"

„Ihr Kollege hat eine schwere Gehirnerschütterung und eine Platzwunde davongetragen, aber der Professor hat natürlich auch die Gründe, die zu Ihrer Einweisung auf unsere Station führten, in seine Entscheidung einbezogen."

„Und wenn ich mich weigere?"

Die beiden Pfleger traten einen Schritt nach vorn.

„Ihre Überstellung erfolgt auf ärztliche Anweisung. In der Psychiatrie kann man Ihnen besser helfen, als es uns hier möglich ist. Bitte stehen Sie auf, und packen Sie Ihre Sachen."

„Aber Sie haben mir doch sehr gut geholfen! Es geht mir viel besser!"

„Laurentius, bitte glauben Sie mir, dass wir Ihnen helfen wollen. Sie müssen jetzt packen."

Laurentius' Gedanken rasten. Er hatte wahnsinnige Angst. Seine Stimme gehorchte ihm kaum, als er zum Ausdruck brachte, was er fühlte: „Sie halten mich für verrückt und wollen mich wegsperren."

Dr. Borissa befürchtete, ihrem Patienten ein Beruhigungsmittel spritzen zu müssen, um die Verlegung vornehmen zu können. Mit einem Seufzer setzte sie sich an Laurentius Bett.

„Es geht nicht darum, Sie wegzusperren. Die Psychiatrien haben leider noch immer unter ihrem schlechten Ruf aus der Vergangenheit zu leiden. In den heutigen Zeiten wird dort erstklassige Medizin praktiziert. Ein Team von Ärzten, Psychiatern und Psychologen wird Sie betreuen und Ihnen mit modernsten Mitteln helfen. Bitte machen Sie keine Schwierigkeiten, die mich zwingen, ein Medikament einzusetzen."

In Laurentius brodelte es. Mit feuchten Augen blickte er die Ärztin an. Er hatte ihr vertraut. Wie konnte sie das zulassen? Und Raphael? Wusste er davon?

„Weiß mein Kloster darüber Bescheid?" Es war nur ein Flüstern, aber die Ärztin hatte ihn verstanden.

„Ihre Klosterleitung war in die Entscheidung einbezogen."

Dieser Satz traf Laurentius wie ein Schlag. Sie wollten ihn loswerden, weil er das Wunder erlebt hatte. Aber er würde nicht aufgeben. Niemals. Sollten sie ihn doch in die Psychiatrie bringen. Er würde seine Mission erfüllen, egal wo.

Mit zusammengebissenen Zähnen stand er auf und begann seine Sachen zu packen.

In einem Krankenwagen und begleitet von zwei Pflegern wurde er verlegt. Während der Fahrt starrte er aus dem Fenster, ohne die Landschaft wahrzunehmen, die sich malerisch in der Abendsonne erstreckte. Nach knapp einer Stunde hielt das Fahrzeug an. Als die Pfleger ihn aussteigen ließen und bis zu seiner Station begleiteten, wurde Laurentius klar, dass sie zur Psychiatrie gehörten.

Eine Reihe von Formularen wurde ausgefüllt. Man bat ihn, einen Katalog von Fragen zu beantworten, darunter, ob er Stimmen höre, Drogen oder Alkohol konsumiere, Suizidgedanken habe oder bereits einen Suizidversuch unternommen habe. Er fühlte sich benommen von der Tatsache, dass man ihn offensichtlich für verrückt hielt. Gesenkten Hauptes folgte er den Pflegern, die ihn in ein Zimmer führten, dessen zweites Bett unbesetzt schien. Als er die nur von außen bedienbare Türklinke bemerkte, wurde ihm bewusst, dass er sich in einer geschlossenen Abteilung befand. Die Pfleger stellten seine Tasche im Zimmer ab und verabschiedeten sich.

Laurentius sank auf die Knie und betete. Er vertraute sich dem heiligen Franziskus an und war bereit, alles zu ertragen, was ihm bestimmt war. Gleichzeitig wurde ihm klar, dass er so schnell wie möglich von hier wegmusste. Allein der Gedanke, eingesperrt zu sein, löste Übelkeit in ihm aus.

Die Ankunft eines weiteren Patienten unterbrach seine Meditation. Ein hagerer Mann mittleren Alters wurde von einer Krankenschwester ins Zimmer geführt. Sie wies ihm sein Bett zu, zeigte auf den Schrank und öffnete die Tür zu dem kleinen Nebenraum, in dem sich zwei Waschbecken, eine Toilette und eine Dusche befanden.

Der Hagere blieb inmitten des Zimmers wie abgestellt stehen und blickte mit leeren Augen zur Wand. Nach einer Weile wurde es Laurentius unheimlich. Er trat auf den Mann zu und versuchte Blickkontakt herzustellen. Vergebens.

„Buona sera, mein Name ist Laurentius. Kann ich Ihnen helfen? Möchten Sie sich vielleicht setzen?"

„Ach ja, setzen ...", erwiderte der Angesprochene, als habe er vergessen, dass diese Möglichkeit bestand. Mit schlurfenden Schritten tappte er zum Bett, setzte sich und starrte weiter an die Wand.

Laurentius schluckte. Das Zusammenleben mit diesem Herrn würde vermutlich schwierig werden. Noch ein Grund, schnellstens hier wegzukommen.

Kurz darauf klopfte es erneut. Eine schlanke Frau in einem weißen Kittel, darunter Jeans und Sneaker, trat ein. Sie schien nicht älter als dreißig zu sein.

„Mein Name ist Dr. Maria Sgro." Sie musterte Laurentius mit strahlend blauen Augen. Laurentius ergriff ihre ausgestreckte Hand. „Hallo, ich bin Laurentius."

Sie strich eine Locke aus dem Gesicht. „Laurentius – ein schöner Name."

„Früher hieß ich Giuliano, bevor ich ins Kloster ging."

„Interessant, das müssen Sie mir erzählen. Ich bin die Psychologin hier und komme, um die Termine für unsere Sitzungen zu planen."

„Termine, klar, ich habe ja genug Zeit“, erwiderte er, der Unterton seiner Stimme klang bitter. Sie überging es.

„Gut, wir treffen uns täglich um 10 Uhr. Ich zeige Ihnen, wo sich mein Büro befindet.“ Sie drehte sich um und führte ihn zu ihrem Sprechzimmer, drei Türen weiter.

„Bis morgen dann.“ Sie verschwand in ihrem Zimmer.

Laurentius ging nicht gleich zurück. Sein Zimmergenosse sagte ihm wenig zu, also lief er langsam den Flur entlang. Er inspizierte die Beschriftungen: acht Patientenzimmer, zwei Ärztezimmer, ein Aufenthaltsraum mit Küchenzeile, ein Gruppenraum, ein Schwesternzimmer, zwei Toiletten und eine Sitzecke. Hier ließ er sich nieder. Der Flur war leer, und er war froh, keinem Patienten begegnet zu sein. Misstrauisch betrachtete er den Schließmechanismus der Eingangstür. Er begann seine Situation zu analysieren. Er musste hier weg, aber vorsichtig und strategisch vorgehen, denn man hielt ihn für verrückt und gewalttätig, vermutlich auch für essgestört.

Dem musste er gezielt Schritt für Schritt entgegenwirken.

Als die Schwestern begannen, das Abendessen auszuteilen, begab er sich zurück in sein Zimmer. Er klopfte extra laut an und wartete, damit der Hagere nicht überrascht würde. Nach dem dritten Klopfen, das ohne Reaktion blieb, trat er ein. Der Hagere saß noch genauso auf dem Bett wie zuvor. Laurentius setzte sich an den Tisch und wartete auf das Abendessen. Als die Schwester eintrat, half er ihr mit dem zweiten Tablett.

„Sie können gerne damit in den Aufenthaltsraum gehen, wenn Sie möchten“, sagte die Schwester.

„Ja, vielleicht.“

Die Aussicht, seine Mahlzeit in Gesellschaft des Hageren einnehmen zu müssen, schien ihm zwar nicht erbaulich, doch er wusste nicht, welche Überraschungen ihn im Aufenthaltsraum erwarten würden.

Der Hagere rührte sich nicht, und Laurentius wagte nicht, ihn nochmals anzusprechen. Er achtete darauf, alles aufzuessen, dann setzte er sich ebenfalls auf sein Bett und versuchte sich mit einem Buch abzulenken.

Plötzlich sprach der Hagere ihn an: „Darf ich essen?"
Laurentius war verblüfft. „Wie bitte?"
„Darf ich essen?", wiederholte der Hagere.
„Ja, das Essen auf dem Tablett dort drüben ist für Sie."
Daraufhin schlurfte der Mann zum Tisch. Zu Laurentius' Erstaunen nahm er seine Mahlzeit stehend ein.
Laurentius zwang sich, weiterzulesen. Er unterbrach die Lektüre nur, um zu beten, und als er müde wurde, ging er ins Bad, um sich für die Nacht fertig zu machen.
Er war kaum eingeschlafen, als ihn die Stimme des Hageren aufschreckte.
„Darf ich schlafen?"
Laurentius murmelte „Ja" und drehte sich auf die andere Seite.

Am nächsten Morgen klopfte er pünktlich bei Dr. Sgro an. Zu seiner Überraschung öffnete sie die Tür selbst und bat ihn, auf einem der großzügigen Sessel Platz zu nehmen. Sie machte ihn darauf aufmerksam, dass er die darauf liegenden Kissen gerne nutzen könne, um es sich bequem zu machen, oder sie beiseitelegen könne. Dann setzte sie sich in den anderen Sessel, der mit einer flauschigen Decke ausgelegt war.
Er wartete höflich darauf, was sie ihm zu sagen hatte, und so herrschte für eine Weile Stille zwischen ihnen, während sie sich gegenseitig aufmerksam musterten.
„Laurentius, wie geht es Ihnen?", eröffnete die Ärztin schließlich das Gespräch.
„Na ja ... körperlich geht es mir wieder gut", antwortete er vorsichtig.
„Das ist schön. Und wie geht es Ihnen sonst?"
Laurentius erkannte, dass sie nicht lockerlassen würde.
„Hm, dass ich hier bin, macht mich nicht gerade froh", sagte er.
„Möchten Sie mir erzählen, wie es dazu gekommen ist?"
„Das ist eine lange Geschichte."
„Wir haben Zeit."

Genua, Italien

Der Fahrer des Lieferwagens stand wie versteinert neben seinem Fahrzeug. In einem Schockzustand versuchte er zu begreifen, was geschehen war. Als er in den Hof des Geflügelbetriebs eingebogen war, um zur Laderampe zu fahren, war sein Chef wild gestikulierend herumgelaufen – und im nächsten Moment direkt vor seinen Wagen gerannt. Obwohl das Tachometer kaum mehr als 30 km/h angezeigt hatte und er die Bremse mit aller Kraft durchgetreten hatte, war er nicht rechtzeitig zum Stehen gekommen. Der Kopf von Signore Lonza prallte mit einem schrecklichen Krachen gegen die Motorhaube. Alles schien sich in Zeitlupe abzuspielen. Am schlimmsten war, dass er nichts tun konnte, um den Aufprall zu verhindern. Dieses dumpfe, verheerende Geräusch würde ihn für immer verfolgen.

Mehrere Mitarbeiter eilten herbei und kümmerten sich um ihren Chef, der auf dem Boden lag, sich den Kopf hielt und wirres Zeug redete. Fragend sahen sie sich an. Fliegende Hühnerbrüste, die den Chef angegriffen haben sollten? Niemand konnte sich darauf einen Reim machen. Der herbeigerufene Krankenwagen transportierte Signore Lonza ab, während die Polizei den Unfall dokumentierte und Fotos aus verschiedenen Perspektiven schoss. Nachdem die Aussage des Fahrers aufgenommen worden war, begleitete ihn ein Kollege nach Hause. Kaum hatten sie die Polizeibeamten hinter sich gelassen, begann der Kollege auf den geschockten Mann einzureden: „Jetzt ist er wohl endgültig durchgedreht, der Alte. Kein Wunder, das kommt davon, wenn man den Hals nicht voll genug kriegt. Ich habe schon lange damit gerechnet, dass das hier alles auffliegt. Von wegen Bio-Geflügel – dass ich nicht lache! Der hat doch alles Mögliche unter die Ware gemischt. Du hättest sehen sollen, wie erbärmlich das Viehzeug aussah, das nachts hier ankam. Später, schön als Bio-Hähnchenbrust verpackt, haben ja alle keine Federn mehr. Jetzt wird es hoffentlich zu behördlichen Ermittlungen kommen."

Italien

Laurentius kehrte nach dem Gespräch bei Dr. Sgro in sein Zimmer zurück. Geschickt hatte er vermieden, mit ihr über das Wunder zu sprechen. Das wollte er erst, nachdem er die Psychologin überzeugt hatte, dass er sehr wohl Herr seiner Sinne war. Und danach würde er sich um seiner Freiheit willen vorsichtig davon distanzieren. Das war zwar schwach und hielt seinem Anspruch an Aufrichtigkeit nicht stand, aber er sah keinen anderen Weg, um wieder auf freien Fuß zu kommen. Andere, die lange vor ihm Ähnliches erlebt hatten, hätten niemals abgeschworen, auch nicht, um sich kurzfristig einen Vorteil zu verschaffen. Er wollte mit allen Mitteln kämpfen, dass die Welt erfuhr, was sich in der Basilika zugetragen hatte, aber heutzutage gab es andere Möglichkeiten als damals, und diese gedachte er zu nutzen. Dazu musste er aber seine Freiheit wiedererlangen.

Auf seinem Bett lag ein Zettel. Darauf stand in krakeliger Schrift: ‚Angebot zur Freundschaft!' Er ordnete ihn dem Hageren zu, der zu seinem Erstaunen nicht anwesend war, und lächelte über den kindlichen Kontaktversuch. Er nahm sich vor, ihm freundlich zu begegnen, wenn er zurückkehrte.

Tief ins Gebet versunken hatte er das Klopfen nicht gehört. Plötzlich stand ein Mann in weißem Kittel vor ihm. Laurentius blickte ihn erschrocken an.

„Sie haben nicht auf mein Klopfen reagiert."

„Verzeihung, ich war im Gebet."

„Mein Name ist Dr. Callieri, ich bin der leitende Psychiater dieser Station. Frau Dr. Sgro hat mich informiert."

Laurentius ahnte, dass von diesem Mann Gefahr ausging. Er schien hier das Sagen zu haben. Seinem stechenden Blick fehlte jegliche Herzlichkeit. Laurentius schätzte ihn trotz seiner Glatze und Leibesfülle auf höchstens fünfzig.

„Ich habe Ihnen ein Medikament verschrieben, das Ihnen helfen wird, zur Ruhe zu kommen. Davon...", er holte eine Pillendose aus der Tasche seines Kittels, „nehmen Sie jeden Morgen eine.“ Die Geste, mit der er das Medikament auf Laurentius’ Nachttisch legte, war eine unmissverständliche Aufforderung, es sogleich einzunehmen. „In vierzehn Tagen sehen wir weiter“, sagte Dr. Callieri.

„Vielen Dank“, murmelte Laurentius, dem nichts anderes übrig zu bleiben schien, als die Tablette einzunehmen. In der Hoffnung, dass der Psychiater ihn dann allein ließe, steckte er sie sich unter die Zunge, griff nach dem Wasserglas und schluckte auffällig.

Mit einem knappen „Bis dann also“ verabschiedete sich Callieri, und Laurentius entsorgte die Pille in einem Papiertaschentuch, das er später in die Toilette werfen würde. Die Toilette sofort aufzusuchen wagte er nicht, aus Sorge, Callieri könne sich noch auf dem Flur befinden und die Spülung hören.

Der sollte sich erst mal selbst beruhigen und das nervöse Zucken um sein Auge in den Griff bekommen, dachte Laurentius grimmig, als er das Taschentuch in seinem Ärmel verschwinden ließ.

Kurze Zeit später kehrte der Hagere zurück. Laurentius lächelte ihm zu. „Vielen Dank für Ihr Angebot der Freundschaft. Ich nehme es gerne an.“ Sein Gegenüber zeigte keinerlei Reaktion. Laurentius beobachtete verblüfft, wie er zu seinem Bett schritt, sich umständlich darauf niederließ und die Wand anstarrte.

Mit einem Seufzer wandte sich Laurentius wieder seiner Lektüre zu. Es fiel ihm schwer, sich darauf zu konzentrieren. Raphael hatte ihn seit seiner Ankunft hier nicht besucht, ihm aber wenigstens einige Bücher zukommen lassen. Die Sorgen um den Abschluss seines Studiums und das Ablegen der ewigen Profess drängten sich in sein Bewusstsein. Er legte das Buch zur Seite. Ein öffentliches Auftreten als gescheiterter Student und gescheiterter Mönch, der ein Wunder verkündet, würde ihm sicherlich keinen guten Stand verschaffen. Doch durfte er die Verkündung des Wunders aufschieben? Aus der Psychiatrie heraus zu agieren schien jedenfalls die denkbar schlechteste Option. Ein Blick auf seinen Zimmergenossen bestätigte ihm, dass er damit richtiglag.

Sein erstes Ziel war es, die Anstalt zu verlassen. Zweitens wollte er Raphael bitten, ihm die ewige Profess zu gewähren, und drittens plante er, sein Examen abzulegen, um die notwendige Reputation zu erlangen, die es ihm ermöglichen würde, dem Wunder die verdiente Anerkennung zu verschaffen. Mit diesen klaren Zielen vor Augen empfand er Zufriedenheit. Fortan bewegte er sich durch die Station, als wäre sie seine Seelsorgeeinheit. Bald kannte er jeden Patienten und das gesamte Personal. Laurentius fand für jeden ein freundliches Wort und half dem Personal bei der Essensausgabe und anderen Tätigkeiten. Er war sich bewusst, dass Dr. Callieri sein Verhalten als Wirkung des Medikaments interpretieren würde, welches er ihm verschrieben hatte und dessen Einnahme Laurentius täglich vortäuschte.

So angenehm wie die Gespräche mit Dr. Sgro verliefen, erwartete Laurentius, dass er bald auf eine offene Station verlegt werden würde. Dr. Sgro, die er insgeheim Maria nannte, vermittelte ihm das Gefühl, wertgeschätzt und verstanden zu werden. Sie überließ es ihm zu entscheiden, worüber er sprechen wollte und worüber nicht. Manchmal ergänzte sie seine Erzählungen um Aspekte, die er bislang nicht in Betracht gezogen hatte, oder stellte Fragen, die ihm halfen, seine Gefühle besser zu verstehen. Sie drängte ihn nicht, über den Angriff auf Angelo oder über das Wunder zu sprechen. Er wusste, dass diese Dinge thematisiert werden mussten, wollte sich damit aber Zeit lassen.

Ganz anders gestalteten sich die Gespräche mit Dr. Callieri.

Herrisch rief der Psychiater „Herein!“, als Laurentius an dessen Sprechzimmertür klopfte. Anders als in Marias Zimmer dominierten hier dunkle Farben. Sowohl der Eichenschrank als auch der Schreibtisch waren hässlich, abgenutzt und zu groß für den Raum. Dr. Callieri saß auf einem imposanten Lederstuhl und forderte Laurentius mit einer knappen Geste auf, ihm gegenüber auf einem der kantigen Besucherstühle Platz zu nehmen. Dann blätterte er wieder in einer Akte, blickte kurz auf und blätterte weiter. Laurentius ging davon aus, dass es sich dabei um seine Krankengeschichte handelte. Er musste dem Psychiater eine ganze Litanei von Fragen zu seinem Gesundheitszustand beantworten, und damit nicht genug, auch über seine Familie bis hin zu den Großeltern wollte der Psychiater Bescheid wissen.

Callieri machte mit winziger Schrift Notizen in die Akte, lehnte sich in seinem Ungetüm von Stuhl zurück und musterte Laurentius kühl. „Sie hatten oder haben noch immer Halluzinationen, haben sich beinahe zu Tode gehungert und einen Ordensbruder tätlich angegriffen. Das sind die Fakten."

Laurentius wusste nichts zu erwidern.

„Stimmen Sie mir bezüglich dieser Fakten zu?"

„Ja", hörte sich Laurentius antworten, obwohl er dem keineswegs zustimmte.

„Gut, dann wäre das schon mal geklärt. Haben Sie aktuell Halluzinationen?"

„Nein." Es ist leider eine Tatsache, dass ich hier bin, dachte Laurentius, obwohl ich wünschte, es wäre eine Halluzination. Auch das behielt er für sich.

„Hatten Sie jemals zuvor Halluzinationen?"

„Nein, noch nie."

„Was denken Sie darüber?"

„Es kam mir sehr real vor."

„Das ist typisch. Unser Gehirn kann uns alle möglichen Dinge glauben lassen. Ein Beispiel dafür sind Träume. Unter Stress oder in Ohnmachtszuständen kann das genauso passieren. Verstehen Sie, was ich meine?"

„Ja."

„Ja?"

„Ja, das verstehe ich natürlich."

„Nun gut. Und, sind Sie immer noch der Meinung, dass sich die übernatürlichen Ereignisse tatsächlich zugetragen haben?"

„Ich bin mir nicht sicher."

„Laut Ihrer Akte waren Sie sich sehr sicher – so sicher, dass Sie fast verhungert wären."

Laurentius dachte kurz nach, bevor er antwortete: „Sie sagten selbst, unser Gehirn kann uns allerhand vorgaukeln. Auch Träume erleben wir auf gewisse Weise."

„Das stimmt. Der Unterschied liegt jedoch darin, dass man nach dem Aufwachen erkennt, dass es nur ein Traum war."

Laurentius gab sich Mühe, beschämt zu wirken.

Er zog die Schultern zur Brust und senkte das Kinn. „Ich bin Franziskanermönch und dem heiligen Franziskus sehr verbunden."

„So verbunden, dass Sie ihn wieder auferstehen lassen?", entgegnete Callieri mit einem sarkastischen Ton.

Die beiden Männer schwiegen, bis der Psychiater demonstrativ auf seine Uhr blickte. „Unsere Zeit ist um. Wir sprechen uns in vier Wochen wieder. Bitte nehmen Sie Ihr Medikament weiterhin wie verschrieben."

Laurentius nickte, stand auf und verließ schnell den Raum. Trotz allem war er zuversichtlich, dass es ihm gelingen würde, die Dinge in die gewünschte Richtung zu lenken.

Auf dem Flur tauchte unvermittelt der Hagere auf und zischte: „Siezen Sie mich nicht, da ich heute Nacht erblindet bin."

Laurentius versuchte gar nicht erst, diese wirren Worte zu verstehen. Er ignorierte den Mann und hoffte, dass dieser noch eine Weile auf dem Gang verweilen würde, damit er im Zimmer in Ruhe beten konnte.

In seinem zweiten Gespräch mit Callieri vier Wochen später gestand Laurentius ein, dass seine Sinne ihm wohl einen Streich gespielt hatten. Den Angriff auf Angelo erklärte er mit seinen durch das Fasten strapazierten Nerven. Noch am selben Tag wurde er auf die offene Station verlegt – unter der Auflage, seine Medikation fortzusetzen und die Gespräche mit Dr. Sgro weiterzuführen.

Laurentius fühlte sich frei wie ein Vogel. Er durfte im Park spazieren gehen, war endlich wieder der Natur nahe und spürte die Sonne auf seiner Haut. Es schien, als würde alles gut werden. Während seiner Streifzüge auf dem Klinikgelände fiel ihm auf, dass einige Patienten im hauseigenen Kiosk arbeiteten. Das reizte ihn, nicht nur als Ablenkung, sondern auch um etwas Nützliches zu tun. Noch verlockender war der Gedanke, Zugang zu allen Tageszeitungen und Magazinen zu haben. Er fragte eine Schwester danach, die ihn an die Klinikverwaltung verwies. Bald darauf saß Laurentius täglich einige Stunden im Kiosk, bediente gelegentlich Patienten oder Besucher und las sich querbeet durch die vielfältigen Tageszeitungen.

Er war nicht sicher, wonach er suchte – vielleicht nach einem Zeichen oder Hinweis, dass der heilige Franziskus noch immer in der Welt aktiv war. Während er die Zeitungen durchforstete, fand er zahlreiche Artikel über merkwürdige Ereignisse und irrationales Verhalten. Diese Berichte betrafen Menschen, die unter ähnlichen Umständen wie er plötzlich in die Psychiatrie eingewiesen wurden. Er stieß auf Geschichten über ungewöhnliche Phänomene, die Politiker, Geschäftsleute, Flüchtlinge und Feuerwehrleute betrafen. Besonders aufmerksam machten ihn Artikel über soziale und wirtschaftliche Missstände – schließlich hatten Heilige ein Herz für Arme und Benachteiligte.

Laurentius sammelte alle Informationen in einer Mappe, die er unter seiner Wäsche versteckte. Im Laufe der Wochen vervollständigte sich sein Verständnis der Ereignisse jener Nacht, in der das Wunder sich ihm offenbart hatte. Er war überzeugt, dass nicht nur der heilige Franziskus auferstanden war. In einem Bericht über Flüchtlingsboote, die in einen Sturm geraten waren und sich unerklärlicherweise plötzlich über dem Meer erhoben, erkannte er das Eingreifen des heiligen Copertinus. Diesem Heiligen wurden die Fähigkeiten zugeschrieben, schweben zu können und sich an mehreren Orten gleichzeitig aufzuhalten. Das abrupte Erlöschen eines Waldbrandes führte er auf das Wirken der heiligen Agathe zurück, die laut Legende in der Lage war, Feuersbrünste mit ihrem Haar zu löschen.

Laurentius hielt es auf vielfache Weise für erwiesen, dass die Heiligen zurückgekehrt waren, um der Umweltzerstörung

Einhalt zu gebieten, die Tiere zu beschützen und den Armen zu helfen. Er konnte seine Entlassung kaum erwarten. Dr. Sgro hatte ihm gegenüber bereits angedeutet, dass sie seine Entlassung befürworten würde, damit er sein Studium beenden konnte.

Nach weiteren sechs Wochen, die ihm wie eine Ewigkeit vorkamen, stand Laurentius' Entlassung kurz bevor. Dr. Callieri stellte ihm diese in Aussicht, unter der Bedingung, dass er weiterhin seine Medikamente einnahm. Laurentius stimmte zu. Raphael holte ihn persönlich ab. Überglücklich umarmte Laurentius ihn. Auf der Fahrt zum Kloster unterhielten sie sich über alltägliche Dinge und vermieden es sorgfältig, das Thema des Wunders anzusprechen. Obwohl Laurentius darauf brannte, Raphael seine gesammelten Beweise zu präsentieren, wusste er, dass es noch zu früh dafür war. Er musste zunächst beweisen, dass er stabil war, und sein Studium abschließen.

Die anderen Brüder empfingen ihn mit offenen Armen, bis auf Angelo. Laurentius spürte, dass Angelo ihn beobachtete, und trotz dessen heuchlerisch hervorgebrachter Beteuerungen, ihm den Angriff verziehen zu haben – bevorzugt, wenn Raphael zugegen war –, nutzte Angelo jede Gelegenheit, ihn daran zu erinnern. Laurentius hielt all das mit scheinbarer Gelassenheit aus, denn seine Ziele standen ihm klar vor Augen. Er widmete sich intensiv seinen Studien und beendete sie erfolgreich. Schließlich wurde seinem Antrag, die ewige Profess abzulegen, entsprochen. Die feierliche Zeremonie, in der er sein Gelübde ablegte, markierte einen bedeutenden Moment in seinem Leben.

Seine Brüder wollte er an seiner Freude teilhaben lassen, indem er ein Festmahl für sie kochte. Zuvor jedoch nutzte er die Gelegenheit, sein Gewissen zu erleichtern, indem er Raphael während der Beichte offenbarte, dass er dem Wunder niemals abgeschworen hatte. So war Raphael zum Schweigen verpflichtet, und Laurentius hatte ausreichend Zeit, ihm alle gesammelten Beweise vorzulegen. Raphael reagierte während der Beichte nicht auf das Geständnis. Laurentius hörte jedoch, wie sein Beichtvater tief einatmete. Als er die ihm auferlegten

Gebete sprach, bemerkte er aus dem Augenwinkel, wie eine Gestalt aus der Kirche eilte. Er war nicht sicher, aber er glaubte, Angelo erkannt zu haben.

Sogleich durchfuhr ihn der Schrecken. Was, wenn sein alter Widersacher gelauscht hatte?

Am darauffolgenden Sonntag, nachdem das Festmahl zu seinen Ehren verspeist war und Raphael, von einer fiebrigen Erkältung geplagt, sich zurückgezogen hatte, ergriff Angelo das Wort. Mit erhobenem Weinglas rief er: „Auf Bruder Laurentius!" Während die anderen Brüder ebenfalls ihre Gläser erhoben, flüsterte Angelo ihm heiser zu: „Wann dürfen wir denn mit der nächsten heiligen Erscheinung rechnen?"

Mit einem harten Stoß in Angelos Rippen parierte Laurentius den verbalen Angriff. Doch das kam Angelo gerade recht. Geschickt verlagerte er sein Gewicht und fiel mitsamt Stuhl und Weinglas krachend zu Boden. Der laute Aufprall ließ nicht nur Laurentius, sondern auch die anderen Mönche aufschrecken. Das hatte Laurentius keineswegs gewollt.

Angelo hielt sich den Kopf und grinste zynisch: „Da schau her, noch immer gewalttätig. Das habe ich mir doch gleich gedacht. Ein paar Wochen in der Psychiatrie reichen offensichtlich nicht aus, um im Oberstübchen Ordnung zu schaffen. Wie auch? Bei dir spuken noch immer die Heiligen herum. Stimmt doch, was ich sage, lieber Bruder, oder etwa nicht?"

Laurentius war zutiefst enttäuscht, dass der Abend, auf den er so hart hingearbeitet hatte, durch Angelos Intrige verdorben wurde. Er hatte vorgehabt, am folgenden Tag die Presse über das Wunder zu informieren und sich anschließend seinen Brüdern zu offenbaren. Doch Angelos Attacke machte seine Pläne zunichte. Alle Augen ruhten auf ihm, und Laurentius fühlte, wie ihm Tränen in die Augen stiegen.

In einem Anfall von Verzweiflung und Wut stürzte er sich auf den am Boden kauernden Angelo und packte ihn fest am Kragen. „Was willst du von mir?", rief er. „Vom ersten Tag an hast du mich schikaniert. Damit ist jetzt Schluss, du bösartiger Neidhammel!"

Angelo keuchte dramatisch und behauptete, er bekäme keine Luft, was Laurentius noch wütender machte. In seiner aufgestauten Verzweiflung wollte er nicht nachgeben. Die anderen Brüder mussten dazwischengehen, um ihn von Angelo wegzuziehen und ihn zu beruhigen.

„Ruft einen Arzt!“, japste Angelo und hielt sich theatralisch den Hals, als wäre er knapp dem Tode entronnen. Die Brüder sahen sich unsicher an, nicht wissend, ob sie wegen Laurentius oder Angelo handeln sollten. Dennoch zögerten sie nicht, den Notruf zu wählen.

Als der Arzt schließlich eintraf, zeigte sich Angelo plötzlich wie verwandelt. Mit übertriebener Freundlichkeit begrüßte er den jungen Arzt, als handele es sich um einen guten Freund, und beteuerte, dass es ihm schon viel besser ginge. Dann nahm er ihn beiseite, um beschwörend auf ihn einzureden.

Angelo flüsterte dem Arzt zu, dass er sich große Sorgen um Laurentius mache. Er erwähnte, dass Laurentius erst vor wenigen Wochen aus der Psychiatrie entlassen worden und erneut gewalttätig geworden sei. Außerdem, so fügte er hinzu, wirke Laurentius suizidal auf ihn. Aus diesem Grund, erklärte Angelo, sei es zu Laurentius’ eigenem Schutz das Beste, ihn erneut in eine Einrichtung einzuweisen.

Der junge Arzt, sichtlich beeindruckt von der ernsthaft besorgten Schilderung eines scheinbar erfahrenen Mönchs, zweifelte nicht an Angelos Worten. Ohne weitere Rückfragen verabreichte er Laurentius ein Beruhigungsmittel und veranlasste seine Einweisung.

Laurentius war erneut auf der geschlossenen Station der psychiatrischen Anstalt gelandet.

Dr. Callieri hatte Bereitschaftsdienst. Mit müden Augen musterte er den nächtlichen Neuzugang. „Das ging ja schneller als gedacht“, seufzte er. „Lassen Sie mich raten: Sie haben die Tabletten abgesetzt, und die Wahnvorstellungen sind zurückgekehrt?“

Laurentius war noch benommen. Er hatte weder die Kraft noch die Motivation, sich weiter zu verstellen. Er sah Callieri direkt in die Augen und gestand: „Ich habe die Pillen nie genommen. Und das waren keine Wahnvorstellungen. Der heilige Franziskus ist mir wirklich erschienen. Ich kann es durch sein Wirken in der Welt beweisen."

Der Psychiater nickte gelangweilt. Laurentius' Worte vermochten ihn nicht zu überraschen. „Sehen Sie, das ist es", sagte er. „Wir werden morgen ausführlich darüber sprechen."

Er schrieb etwas in die Akte und deutete den Pflegern an, Laurentius in sein Zimmer zu bringen.

Dort angekommen, legte sich Laurentius, um seinen schnarchenden Mitbewohner nicht zu stören, vollständig bekleidet ins Bett. Er versuchte, im Schlaf Erleichterung und vielleicht sogar Vergessen zu finden.

Laurentius erwachte ausgeruht und voller Entschlossenheit. Trotz der Umstände verspürte er einen starken Tatendrang. Der Entschluss, sich vor nichts und niemandem mehr zu beugen, hatte sich in ihm gefestigt. Während sein Zimmergenosse weiterhin laut schnarchte, wandte Laurentius sich betend an den heiligen Franziskus. Er versprach ihm, dass er der Ehre, die ihm durch das Wunder zuteilwurde, in vollem Umfang gerecht würde. Inbrünstig bat er um Mut und Kraft, um sein Schicksal erfüllen zu können.

Solchermaßen gestärkt, machte er sich auf den Weg zum Frühstücksraum. Da er die Station gut kannte, bewegte er sich sicher durch die Gänge. Als er den Eingang des Raumes erreichte, hörte er plötzlich das Wort „Mönch" und horchte auf. Ohne bemerkt zu werden, blieb er stehen und lauschte.

Die beiden Schwestern, die das Frühstück vorbereiteten, unterhielten sich offenbar über ihn. Sie schienen nicht damit gerechnet zu haben, dass zu so früher Stunde bereits Patienten eintreffen könnten.

„Ach was, der ist wieder da?"

„Ja, und deswegen hat der Chef Maria heute Morgen beim Schichtwechsel ordentlich angefahren. Die Arme konnte nicht ahnen, wer heute Nacht eingeliefert wurde. Der Alte ist immer unausstehlich, wenn er nachts rausmuss, aber heute hat er alles übertroffen."

„Was hat er gemacht?“

„Alles habe ich nicht mitbekommen. Aber als Maria aus seinem Zimmer kam, hat er ihr nachgerufen, dass sie lieber darauf achten sollte, die Spielchen der Patienten zu durchschauen, anstatt sich von ihnen um den Finger wickeln zu lassen. Stell dir das mal vor! So eine Gemeinheit! Sie ist dann erst mal an die frische Luft gegangen. Als ich ihr vorhin Kaffee gebracht habe, hatte sie verheulte Augen.“

Laurentius war bestürzt. Es traf ihn hart, dass dieser selbstgefällige Psychiater Maria für seine erneute Einweisung verantwortlich gemacht hatte. Er nahm sich vor, sich das nicht gefallen zu lassen und es dem Psychiater heimzuzahlen.

Mit grimmiger Miene betrat Laurentius den Frühstücksraum. Die Schwestern begrüßten ihn freundlich, warfen sich dabei jedoch bedeutungsvolle Blicke zu. Laurentius schenkte ihnen keine Beachtung. Obwohl ihm der Appetit vergangen war, nahm er sich einen Teller und häufte Rührei und Speck darauf. Er fischte ein Stück Butter aus der mit Eiswasser gefüllten Terrine, legte eine Scheibe Brot dazu und goss sich eine Tasse Tee ein. Mit dem Teller setzte er sich ans Fenster, von dem aus er einen herrlichen Blick auf den Park hatte. Während er bedächtig sein Frühstück verzehrte, sammelte er seine Gedanken und ordnete seine Argumente, um später überzeugend aufzutreten und seine geistige Gesundheit glaubhaft darzustellen. Dieser Callieri würde sich an ihm die Zähne ausbeißen. Er sah jetzt ein, dass es ein Fehler gewesen war, sich von Angelo provozieren zu lassen. Aber andererseits war er nicht bereit, sich weiterhin alles von diesem Mitbruder gefallen zu lassen. Im Rückblick erkannte Laurentius, dass er einmal mehr auf Angelos Manipulation hereingefallen war. Der Rippenstoß war mitnichten so heftig gewesen, dass er seinen boshaften Mitbruder mitsamt Stuhl hätte umwerfen können. Also hatte Angelo bewusst Theater gespielt, und er, Laurentius, war darauf reingefallen – wieder einmal.

Angelo hatte genau kalkuliert, dass Laurentius sich den bösartigen Spott an seinem Ehrenabend nicht gefallen lassen würde. Nun, da Laurentius dies klar durchschaute, quälte ihn die

Reue, nicht klüger gehandelt zu haben. Aber weder Angelo noch Dr. Callieri würden ihn davon abhalten können, seine Mission zu erfüllen. Er war ein vollwertiges Mitglied des Franziskanerordens und hatte sein Theologiestudium erfolgreich abgeschlossen. Niemand konnte ihm die Anerkennung verwehren, die er sich hart erarbeitet hatte.

Sein Entschluss, der Welt die Wahrheit über die Auferstehung des heiligen Franziskus zu verkünden, stand felsenfest. Kein Hindernis – nicht einmal die erneute Einweisung in die Psychiatrie – würde ihn aufhalten. Die Menschheit musste erfahren, dass die Heiligen zurückgekehrt waren, um den selbstzerstörerischen Kurs der Menschheit zu korrigieren. Es war ihre Aufgabe, die Ausbeutung der Natur zu beenden und die geschundenen Tiere zu schützen.

Laurentius war überzeugt davon, dass es viele Gläubige gab, die offen für das Wunder wären und es nicht als Hirngespinst abtun würden – im Gegensatz zu dem engstirnigen Psychiater. Diese Menschen galt es zu erreichen. Sie würden seine Botschaft aufnehmen und verstehen, dass es höchste Zeit war, umzukehren. Je mehr Menschen sich in Zukunft hinter dieses Vorhaben stellen würden, desto größer wären die Chancen, den weltweiten Kurs zu korrigieren und die göttliche Ordnung wiederherzustellen.

Dieses Mal würde er sich nicht verstellen und das Wunder nicht leugnen, sondern standhaft bleiben. Man konnte ihn hier nicht ewig festhalten; schließlich gab es Gesetze. Da er weder für sich selbst noch für andere eine Gefahr darstellte, konnten sie ihn nicht zwingen, irgendwelche Medikamente einzunehmen. Dass er Angelo einen Rippenstoß verpasst und ihn anschließend am Kragen gepackt hatte, war zwar nicht in Ordnung, aber wenn man die Umstände aus seiner Perspektive betrachtete, war es zumindest nachvollziehbar. Außerdem gab es im Kloster immer wieder Streit unter den Brüdern – er selbst war bereits Zeuge der ein oder anderen Handgreiflichkeit geworden. Seinetwegen konnten sie ihn nochmals begutachten, aber damit musste es dann genug sein. Er wollte schnellstens seinen Job im Kiosk zurückzubekommen, damit ihm nicht entging, was die Heiligen unternahmen, während er hier festgehalten wurde.

Laurentius hatte bei diesen strategischen Überlegungen Appetit bekommen und wollte sich noch einen Tee und ein Croissant holen, als sich ihm der Hagere in den Weg stellte. Der war also immer noch hier. Laurentius deutete das als schlechtes Zeichen für dessen geistige Gesundheit. Wenigstens musste er dieses Mal das Zimmer nicht mit ihm teilen.

„Das bleibt unser Geheimnis!", flüsterte der Verwirrte ihm ins Ohr, bedachte ihn mit wilden Blicken und schlurfte davon, als wäre nichts gewesen.

Laurentius sah ihm verdutzt nach und fragte sich, was wohl im Kopf dieses Menschen vor sich ging. Konnte man das überhaupt verstehen?

„Guten Morgen", sagte eine vertraute Stimme und riss ihn aus seinen Gedanken.

„Maria, ähm, Verzeihung, Dr. Sgro", verbesserte er sich.

„Wie geht es Ihnen?"

„Eigentlich ganz gut", erwiderte Laurentius und blickte verlegen zu Boden.

„Über das ‚Eigentlich' möchte ich gerne mehr erfahren. Kommen Sie bitte morgen um 14 Uhr in mein Sprechzimmer."

Brüssel, Belgien

Am frühen Morgen kam es in Brüssel zu einem Zwischenfall, als während einer EU-Ratssitzung drei Abgeordnete das Parlamentsgebäude fluchtartig verließen. Auf der Tagesordnung stand die EU-Verordnung über den Schutz von Tieren beim Transport. Die drei ungarischen Abgeordneten klagten unabhängig voneinander über Atemnot, Schüttelfrost und Übelkeit. Aus Sicherheitsgründen wurde das Gebäude evakuiert. Eine Vergiftung konnte bislang nicht nachgewiesen werden, und es fanden sich keinerlei Hinweise auf einen terroristischen Anschlag. Zur nachmittäglichen Sitzung kehrten die Parlamentarier in das Gebäude zurück. Die drei betroffenen Abgeordneten sahen sich jedoch außerstande, den Sitzungssaal wieder zu betreten.

Italien

Das Gespräch mit Maria empfand Laurentius als angenehm, ähnlich wie die Gespräche während seines letzten Aufenthalts. Sie hörte ihm zu, bedrängte ihn nicht und zeigte Verständnis. Kein einziges Mal ließ sie ihn spüren, dass sie wegen ihm Schwierigkeiten mit Callieri gehabt hatte.

Laurentius wollte ihr gegenüber ehrlich sein. Er erklärte, was ihn dazu bewogen hatte, sein Erlebnis in der Basilika zu verleugnen und warum er nun nicht mehr dazu bereit war. Dann schilderte er die Ereignisse der Wundernacht ausführlich, zeigte Parallelen zu Zeitungsartikeln auf, und begründete, dass all diese Ereignisse miteinander zusammenhingen.

„Verstehen Sie, dass man hier zu gar keinem anderen Schluss gelangen kann?“, fragte er abschließend mit hoffnungsvollem Blick.

„Ich verstehe, dass *Sie* hier zu gar keinem anderen Schluss gelangt sind“, entgegnete sie zu seinem Leidwesen.

Er nahm es ihr nicht übel. Sie stand unter Callieris Kommando.

Dabei war er sich sicher, in ihren Augen etwas anderes zu erkennen. Als er sie direkt fragte, ob sie Wunder grundsätzlich für möglich hielte, zögerte sie einen Augenblick zu lange, bevor sie ausweichend antwortete, dass es nicht um ihre persönlichen Ansichten ginge.

Laurentius hatte längst das kleine Kruzifix bemerkt, das sie um den Hals trug. Er vertraute seinem Instinkt, der ihm sagte, dass Dr. Maria Sgro eine gläubige Person war.

Ganz anders verhielt es sich bei Callieri. Er verkörperte den klassischen Atheisten. Während Maria von einer Aura der Güte und Liebe umgeben war, wirkte Dr. Callieri in jeder Hinsicht unangenehm. Seine Nähe war so kühl wie sein Blick. Der gelangweilte Zynismus, den er ausstrahlte, signalisierte Laurentius, dass der Psychiater keinerlei Zugang zu seinen Emotionen hatte. Laurentius fragte sich, wie man einem solchen Menschen die Leitung einer psychiatrischen Station anvertrauen konnte. Und diesem Mann war er erneut ausgeliefert. Von seiner Einschätzung hing ab, ob Laurentius auf die offene Station wechseln und wieder im Kiosk arbeiten durfte – und wann er hier wieder herauskam.

Mit klopfendem Herzen stand Laurentius vor der Tür zum Sprechzimmer des Psychiaters. Er wusste, dass nichts, was er sagen würde, Einfluss auf die Beurteilung des Psychiaters haben würde. Dass er die verschriebenen Tabletten nicht genommen hatte und so kurz nach seiner Entlassung wieder eingewiesen worden war, machte ihn in Callieris Augen bestimmt zu einem schwierigen Fall, der diesmal eine längere Begutachtung erforderte.

Wenn er zu passiv auftrat, würde Callieri ihn als „nicht kooperativ" einstufen und hier versauern lassen. Trat er zu aktiv für seinen Standpunkt ein, würde Callieri ihm Wahnvorstellungen unterstellen. Jegliche Äußerung über seinen Glauben würde Öl ins Feuer des Psychiaters gießen. Versuchte er jedoch, rein logisch zu argumentieren, riskierte er einen intellektuellen Machtkampf, den er nicht gewinnen konnte, da die Macht aufseiten Callieris lag.

Laurentius wollte sich intuitiv Callieris Stimmung anpassen. Es ging nicht darum, was er glaubte, sondern darum, dem Psychiater glaubhaft zu machen, dass er weder für sich noch für andere eine Gefahr darstellte. Während er sich diese Überlegungen ins Gedächtnis rief, klopfte er energisch, aber nicht zu energisch an.

Das knappe „Bitte" folgte sofort.

Laurentius setzte eine leutselige Miene auf. Er zwang sich, nicht daran zu denken, dass Maria von Callieri schikaniert worden war.

„Buongiorno", wünschte er und blieb höflich ein paar Schritte vor dem Schreibtisch des Arztes stehen.

„Buongiorno", entgegnete Callieri und musterte ihn mit frostigem Blick. „Nehmen Sie Platz, Sie kennen sich ja aus."

Laurentius ignorierte den überheblichen Ton und setzte sich schweigend.

„Tja, wie es aussieht, hatten Sie Sehnsucht nach uns. Nun werden Sie eine Weile bei uns bleiben."

Laurentius war nicht überrascht. Dass Callieri ihn zappeln lassen würde wie einen Fisch auf dem Trockenen, hatte er geahnt.

„Sehnsucht würde ich es nicht direkt nennen wollen", entgegnete er ruhig.

„Wie würden Sie es denn nennen?"

„Ich habe mich provozieren lassen und falsch reagiert."

Callieri blätterte in der Akte, murmelte gelangweilt: „Hatten wir das nicht bereits?"

„Doch, das hatten wir bereits. Leider hat sich das Verhältnis zwischen meinem Ordensbruder Angelo und mir nicht gebessert. Deshalb kam es zu dem Zwischenfall."

„Zwischenfall?"

„Zwischenfall oder Vorfall, wie Sie wollen. Jedenfalls hat Angelo die Gelegenheit genutzt, mich ausgerechnet am Tag meiner Examensfeier seine Gemeinheit spüren zu lassen."

„‚Tätlichkeit' lautet der Terminus in Ihrer Akte."

„Ich habe Bruder Angelo als Antwort auf seine Provokation einen Rippenstoß versetzt. Daraufhin hat er sich theatralisch samt seinem Stuhl zu Boden geworfen und mich weiter beleidigt."

Callieri winkte ab. „Schon gut, Sie müssen sich nicht rechtfertigen."

„Das möchte ich aber, und ich möchte, dass Sie wissen, dass es zwar nicht lobenswert ist, aber durchaus vorkommt, dass sich innerhalb eines Klosters Streitigkeiten entwickeln, die zu Tätlichkeiten führen. Was ich damit sagen möchte, ist, dass man deshalb nicht gleich in die Psychiatrie eingewiesen werden muss. Jedenfalls ist das keinem meiner Ordensbrüder bisher passiert."

„Da stimme ich Ihnen unbedingt zu. Ich kann mir durchaus vorstellen, dass das Leben in einer Gemeinschaft wie der Ihren nicht ohne Konflikte verläuft. Allerdings ist hier", Callieri deutete mit einer affektierten Geste auf die Akte, „die Rede von ‚würgen bis zur Bewusstlosigkeit'. Außerdem gibt es in Ihrem Fall eine Vorgeschichte."

„Wenn ich Ihnen jetzt sage, dass ich Angelo lediglich am Kragen gepackt habe, damit er sein Schandmaul hält, glauben Sie mir sowieso nicht. Von Bewusstlosigkeit kann keine Rede sein, das werden meine Brüder bezeugen. Wir waren schließlich nicht allein. Mittlerweile ist mir klar geworden, dass Angelo so geschickt war, mit seiner Attacke zu warten, bis Raphael, unser Guardian, zu Bett gegangen war. Denn wenn Raphael noch da gewesen wäre, hätte Angelo sich das nicht erlaubt – oder zumindest hätte Raphael ihn rechtzeitig gestoppt."

„Wie gesagt, wir sind hier nicht vor Gericht. Uns geht es darum, Ihnen zu helfen."

Laurentius zwang sich zu einem Lächeln. „Sie haben mir bereits geholfen."

„Ach?"

„Ja, mir ist inzwischen klar, dass es Angelos Absicht war, mich hierherzubringen. Aus Eifersucht und vermutlich aus anderen Gründen, die sich meiner Kenntnis entziehen, wollte Angelo mich vom ersten Tag an nicht im Kloster haben. Ich werde mich in Zukunft weder von ihm noch von jemand anderem dazu provozieren lassen, meine Hände zu erheben."

„Das ist ein guter Vorsatz. Er muss allerdings im Alltag bestehen."

„Das wird er."

„Wir werden sehen."

Laurentius schwieg. Offenbar konnten seine Worte den Psychiater nicht überzeugen, aber gab es eine andere Möglichkeit?

„Sie haben also die Medikamente abgesetzt“, griff Callieri das Gespräch von der vergangenen Nacht wieder auf.

„Um ehrlich zu sein, habe ich sie nie genommen.“

Callieri schrieb eifrig in die Akte.

„Ich wollte erreichen, dass Sie mich so schnell wie möglich hier rauslassen, also habe ich gute Miene zum bösen Spiel gemacht. Sie wollten, dass ich sage, ich hätte mir alles nur eingebildet, und das habe ich auch gesagt, um entlassen zu werden. Aber damit ist jetzt Schluss. Ich weiß, was ich gesehen habe, und dazu stehe ich. Punkt.“

„Laurentius, wir haben doch darüber gesprochen, dass man unter bestimmten Umständen Dinge sieht oder erlebt, die nicht real sind.“

„Ja, das haben wir, und ich habe verstanden, was Sie mir sagen wollten. Aber ich habe nicht geträumt. Ich war in der Krypta, nicht in meinem Bett. Und ich habe noch nie unter Halluzinationen gelitten, genauso wenig wie jemals eine psychische Krankheit bei mir diagnostiziert wurde. Immerhin habe ich mein Studium abgeschlossen. So daneben, wie Sie es mir einreden wollen, kann ich ja wohl kaum sein. Was ich erlebt habe, ist ein Wunder – nicht mehr und nicht weniger. Basta!“

„Ich will Ihnen gar nichts einreden, Laurentius. Gerade weil Sie intelligent sind, sollte es möglich sein, sich vernünftig mit Ihnen zu unterhalten. Es macht keinen Sinn, wenn Sie versuchen, etwas zu sagen, von dem Sie glauben, dass ich es hören will. Tatsächlich habe ich Verständnis dafür, dass Sie für Ihre Wahrnehmung einstehen. Was ich Ihnen zu erklären versuche, ist, dass das Gehirn sich täuschen kann, verstehen Sie? Genauso wie es optische Täuschungen gibt, kann sich auch das Gehirn irren – und zwar bei vollem Bewusstsein. Das lässt sich zum Beispiel mit dem Gummihand-Experiment belegen.“

„Gummihand-Experiment?“ Laurentius hatte noch nie davon gehört.

„Ja, man kann das Gehirn dazu bringen, eine Gummihand als Teil des eigenen Körpers zu erkennen. Man nimmt eine Hand der Versuchsperson aus dem Sichtfeld und streichelt parallel sowohl die Gummihand als auch die verbleibende Hand mit einem Pinsel. Nach kürzester Zeit reagiert das Gehirn auf eine Bedrohung der Gummihand, etwa durch einen Schlag oder Messerstich, als wäre es die eigene Hand. Über dieses Experiment ist viel geschrieben worden. Sie finden sicher etwas darüber in unserer Bibliothek, falls es Sie interessiert."

„Danke, das werde ich tun. Aber ich muss nicht Psychologie studieren, um zu begreifen, dass sich mir ein Wunder offenbart hat. Ich frage mich, wie Sie sich in der Welt orientieren, wenn Sie Ihrer eigenen Wahrnehmung so wenig vertrauen."

Laurentius dachte an das Vorurteil, dass Psychiater angeblich selbst Probleme hätten. Bei Dr. Callieri hätte ihn das jedoch nicht überrascht. Es war schwer vorstellbar, dass dieser Arzt ein zufriedenes Leben führte, angesichts seiner kühlen Arroganz, seiner unförmigen Gestalt, des ständig nervös zuckenden Augenlids und der gelangweilten Routine, die er im Umgang mit seinen Patienten an den Tag legte.

„Das ist der Punkt, Laurentius. Es geht darum, die eigene Wahrnehmung zu reflektieren, sie zu prüfen und mit der Wirklichkeit und der Erfahrung anderer abzugleichen."

„Aber es waren keine anderen dabei. Und falls doch, würden Sie allen Betroffenen vermutlich einen klugen Vortrag über Massenhysterie oder kollektive Wahrnehmungsstörungen halten. Aus Ihrer Sicht gibt es keine Wunder, aus meiner schon. An diesem Punkt werden wir uns nicht einig – aber deshalb können Sie mich nicht ewig hier festhalten."

„Richtig, Laurentius, das hatten wir auch bereits besprochen. Sie dürfen glauben, was Sie wollen – nur gewalttätig dürfen Sie nicht sein."

„Das ist ein Punkt für Sie. Und wie ich bereits sagte, habe ich das erkannt. Es wird garantiert nicht mehr vorkommen, dass ich mich zu so etwas hinreißen lasse."

Der Arzt griff nach einer weiteren Akte und deutete damit an, dass die Sprechzeit vorbei war.

Laurentius erhob sich und ging zur Tür. „Dann bis in vier Wochen", schickte ihm Callieri hinterher.

Auf dem Flur atmete Laurentius tief durch. Er hoffte, nicht mehr allzu viele dieser Sitzungen mitmachen zu müssen, aber sein Gefühl sagte ihm, dass er einen langen Atem und viel Geduld brauchen würde.

Er versuchte, sich so gut es ging abzulenken, und füllte die Zeit mit Gebeten, Meditation und Bewegung. Daneben informierte er sich laufend über das Zeitgeschehen, immer auf der Suche nach Hinweisen auf das Wirken der Heiligen. In einem Magazin stieß er auf die Geschichte eines Flüchtlings, die ihn zutiefst aufwühlte.

Mittelmeer, Libyen

Bei jeder Welle rechnete Faruk damit, dass sie kentern würden. Ihr marodes Schlauchboot wurde von der aufgewühlten See hin- und hergeworfen wie ein Spielzeug. Die vormals orangefarbene Außenhaut war spröde, und die hölzernen Bodenbretter ächzten bedrohlich. Das zweite Boot sah zwar etwas seetüchtiger aus, war aber genauso hoffnungslos überfüllt wie ihres. Faruk hatte das schon erkannt, als sie an Bord gingen, doch es war ihm egal gewesen. Seit er Amun und das Baby verloren hatte, machte die Flucht für ihn keinen Sinn mehr. Nur weil Selçuk ihn immer wieder hartnäckig daran erinnerte, dass er Amun versprochen hatte weiterzumachen, hielt er durch. Faruk dachte zurück an den Beginn der Reise, die sie gemeinsam von Niamey, der Hauptstadt Nigers, aus angetreten hatten.

Amun war mit ihrem zweiten Kind schwanger gewesen und hatte unter ständiger Übelkeit gelitten. Die Strapazen der Flucht hatten ihre Beine anschwellen lassen, doch kein Wort der Klage war über ihre Lippen gekommen. Sie hatte sich verbissen auf ihr Ziel konzentriert, eine bessere Zukunft zu finden, und Faruk hatte alles versucht, um sie zu entlasten. Meist trug er das Gepäck allein und half Selçuk zusätzlich. Ab der Wüstenstadt Agadez lagen weitere 1800 Kilometer vor ihnen. Sie mussten die Sahara durchqueren, um die Mittelmeerküste Libyens zu erreichen. Faruk hatte zwei Plätze in einem klapprigen Kleinbus ergattert, der sie in die Oasenstadt Séguédine bringen sollte.

Das stetige Gerüttel in dem rostigen Gefährt war noch schlimmer als die Stöße, die sie bei jeder Bodenwelle und jedem Schlagloch ertrugen. Staub war überall. Er klebte an den Zähnen, drang in jede Ritze und legte sich wie eine Kruste auf die Augenlider. Der unsägliche Durst quälte sie zusätzlich. Faruk machte sich Sorgen um Amun. Mehr als einmal überlegte er, ob sie nicht aussteigen und zu Fuß weitergehen sollten, aber ein Blick auf die am Straßenrand liegenden Gebeine belehrte ihn eines Besseren. Dazu kam die ständige Sorge ums Geld. Es reichte höchstens für die Etappe bis zum Meer. Für die Überfahrt würde er hart arbeiten müssen. Er ging davon aus, dass das Baby längst geboren sein würde, bevor sie sich eine Bootspassage leisten konnten.

An den letzten Teil der Fahrt hatte Faruk keine Erinnerung. Sie setzte erst wieder ein, als sie endlich, völlig erschöpft, das Meer erreichten. Mit ihrem letzten Geld kaufte er Wasser und Fladenbrot. Er fand Arbeit im Hafen und rechnete sich aus, wie lange es dauern würde, bis er sich mit seinem Tageslohn von 10 Dinar die Bootspassage für sich und seine Familie leisten konnte. Für 2000 Dinar würde ein Fischerkahn oder ein Schlauchboot sie zumindest zwölf Meilen vor die Küste bringen – und damit in internationale Gewässer. Es war die tödlichste Fluchtroute der Welt, aber es war ihre einzige Chance. Ihre ganze Hoffnung setzten sie darauf, von einem Rettungsschiff aufgegriffen und nach Malta gebracht zu werden.

Die Überfahrt wurde zum Albtraum.

Faruk dachte daran, wie sehr Amun gelitten hatte, als es so weit gewesen war, das Baby aber nicht kommen konnte. Er hatte keine Möglichkeit gehabt, ihr zu helfen. Sie war nach tagelanger Qual in seinen Armen gestorben. Wenigstens war ihr das sichere

Ertrinken erspart geblieben, dem er und Selçuk entgegensahen, dachte Faruk bitter.

In der ersten Nacht, nachdem sie in See gestochen waren, zog ein mörderischer Sturm auf. Die Menschen in den Booten fühlten sich dem Tode geweiht. Die Schreie der Kinder gingen im Heulen des Windes unter. Am frühen Morgen hatten einige Männer bereits aufgegeben, doch Faruk schöpfte immer noch wie besessen Wasser aus dem Boot. Als es hell wurde, hörte das Schlingern der Boote plötzlich auf. Die Wellen schlugen nicht mehr über die Bordwände, und die Gischt raubte ihnen nicht länger den Atem.

Gespenstische Stille herrschte plötzlich rings um die Boote und unter den erschöpften Flüchtlingen. Überall um sie herum tobte das Meer, doch ihre Boote schienen über dem Wasser zu schweben. Faruk wähnte sich in einem Traum. Er biss sich in die Hand, um sicherzugehen, dass er noch bei Sinnen war. Selçuks Körper hing wie ein nasser Sack auf seinen Knien.

Zwei Tage, nachdem der Sturm sich gelegt hatte, wurden sie von einem großen Schiff aufgenommen. Ein Wunder war geschehen. Allah hatte sie gerettet.

Italien

Der Besuch des Guardians war zu kurz gewesen, um alles zu besprechen, was Laurentius auf dem Herzen lag. Raphael hatte wissen wollen, wie sich die Dinge an jenem Abend entwickelt hatten, der Laurentius erneut in die Psychiatrie gebracht hatte. Er hatte aufmerksam zugehört und keinen Hehl aus seiner Bestürzung gemacht. Offensichtlich hatte er von Angelo andere Informationen erhalten. Zum Schluss hatte der Guardian gesagt, er habe sich in letzter Zeit sehr über Laurentius' Entwicklung gefreut, und dieser Rückschlag mache ihm zu schaffen.

Laurentius hatte gespürt, dass Raphael sich bemühte, ihm nicht zu zeigen, wie enttäuscht er war. Laurentius konnte sich in seine Lage versetzen – vermutlich war Raphael genauso enttäuscht von Angelo wie von ihm. Er hätte gerne mit dem Guardian darüber gesprochen, wie seine Pläne für die Zukunft aussahen und ihm von seinen Visionen erzählt, davon, wie er plante, die Welt über das Wunder zu informieren. Aber er erkannte, dass es dafür noch zu früh war.

So sehr es ihn ärgerte, er musste sich noch in Geduld üben. Raphael würde sich Angelo zur Brust nehmen und die anderen Brüder zu den Ereignissen jenes Abends befragen, dessen war sich Laurentius sicher. Seine Aufgabe bestand darin, seinen Psychiater davon zu überzeugen, dass er ihn entlassen musste – ohne sich selbst untreu zu werden und ohne das Wunder zu verleugnen.

Mit einem Seufzer griff er nach dem dicken Ordner, in dem er alle Zeitungsartikel über mysteriöse Ereignisse gesammelt hatte, und begann, nach Beispielen zu suchen, die Callieri davon überzeugen könnten, dass in der Welt Dinge geschahen, die sich nicht allein mit Logik erklären ließen. Während sein Zimmergenosse schnarchend in seinem Bett lag und sich hin und her wälzte, blätterte Laurentius durch den Ordner – und wurde schließlich fündig.

Inzwischen waren vier Wochen vergangen – für Laurentius eine quälend lange Zeit des Eingesperrtseins und der erzwungenen Untätigkeit. Er hatte sich sorgfältig auf seinen Termin bei Callieri vorbereitet, dennoch war er nervös, als er an die Tür des Psychiaters klopfte. Ein nicht unwesentlicher Faktor war, dass er nicht vorhersehen konnte, in welcher Stimmung er Callieri antreffen würde. Der Psychiater war schwer einzuschätzen. Hatte das „Herein“ nicht schon gereizt geklungen?

Laurentius schickte ein Stoßgebet zum Himmel und trat ein.

„Buongiorno!“

„Buongiorno. Nehmen Sie Platz.“

Wie erwartet, las Callieri in der Akte. Laurentius beobachtete ihn aufmerksam und bemühte sich, seinen Atemrhythmus dem des Psychiaters anzupassen, um eine Art Gleichklang herzustellen.

„Nun …“ Callieri ließ die Akte sinken.

Laurentius lächelte freundlich.

„Wie kommen Sie zurecht?“

„Ich wäre natürlich lieber im Kloster, aber ich komme zurecht.“

„Sie nehmen die Medikamente noch immer nicht?“

„Nein.“

„Haben Sie Halluzinationen?“

„Ich habe mich gefragt, ob Sie den Glauben an Gott als Halluzination bezeichnen würden.“

„Und zu welchem Schluss sind Sie gekommen?“

„Ich möchte Ihnen diesen Bericht eines Flüchtlings zeigen. Vielleicht haben Sie schon davon gehört.“

Callieri nahm den Artikel entgegen und las. „Und?“

„Denken Sie, dass dieser Mann halluziniert?“

„Nein. In diesem Fall halte ich die Aussagen und das Verhalten des Mannes für angemessen.“

„Dass dieser Faruk sagt, Allah habe ihn gerettet, ist also angemessen. Er glaubt an Gott, wie Millionen andere Menschen. Sie stimmen mir sicher zu, dass es ebenso Millionen von Menschen gibt, die weder an Allah noch an einen anderen Gott glauben. Welcher Teil sollte Ihrer Meinung nach in die Psychiatrie eingewiesen werden?“

„Ich stimme Ihnen zu, dass es gläubige und nicht gläubige Menschen gibt. Auf diese Freiheit hat sich unsere Gesellschaft verständigt. Aber worauf wollen Sie hinaus?“

„Ich will darauf hinaus, dass Faruk von einem Ereignis berichtet, für das es keine vernünftige Erklärung gibt – weshalb er es als ein Wunder Gottes betrachtet.“

„Verstehe. Allerdings würde ich den Glauben des Mannes und das Wunder der Rettung getrennt betrachten. Für die Rettung gibt es sehr wohl eine vernünftige Erklärung. Sie scheint dem Flüchtling lediglich nicht bekannt zu sein. Ob man an Gott glaubt oder nicht, ist eine persönliche Angelegenheit und nicht Gegenstand einer psychiatrischen Indikation – jedenfalls solange es sich nicht um einen religiösen Wahn handelt. Zum Glück kann man in vielen Teilen der Welt glauben, was man will.“

Laurentius war verunsichert. Er hatte keine andere Erklärung für die Rettung gefunden, als dass der heilige Copertinus eingegriffen haben musste. Ihm war zu seinen Lebzeiten nachgesagt worden, er könne schweben und sich an mehreren Orten zugleich aufhalten. Der Legende nach hatte er eines Tages, während er predigte, Menschen beobachtet, die ein Kreuz auf einem Hügel errichten wollten, es aber kaum schafften, das schwere Teil hinaufzubringen. Kurzerhand schwebte er zu ihnen, packte das Kruzifix und trug es hinauf – ohne seine Predigt zu unterbrechen. Laurentius, der diese Legende kannte, hatte beim Lesen des Artikels sofort geschlussfolgert, dass auch der heilige Copertinus auferstanden war und dieses Wunder mit seinen besonderen Fähigkeiten vollbracht hatte. Seine übernatürlichen Kräfte hatten die Boote über Wasser gehalten. Dass er gleichzeitig an mehreren Orten sein konnte, erklärte, warum beide Boote gerettet worden waren. Von dieser Erkenntnis hatte Laurentius dem Psychiater erzählen wollen, doch dessen erste Reaktionen ließen ihn vorsichtig werden.

„Welche vernünftige Erklärung haben Sie denn?“, fragte er.

„Ich vermute, dass eine Monsterwelle die Flüchtlingsboote emporgehoben hat. Solche Phänomene kommen bei starken Stürmen vor.“

„Aha.“ Laurentius bemühte sich, nicht zu enttäuscht zu klingen. „Das ist interessant. Allerdings hätte diese Monsterwelle dann auch auf Land treffen müssen, oder?“

„Ich bin kein Fachmann auf diesem Gebiet. Falls Sie mehr darüber wissen möchten, müssten Sie sich informieren. Ich könnte mir vorstellen, dass es solche Wellen gibt, ohne dass gleich die verheerenden Auswirkungen eines Tsunamis an Land spürbar sind.“

„Ja, das ist immerhin möglich“, antwortete Laurentius. Mit diesem Artikel konnte er Callieri also nicht überzeugen. Dennoch beschloss er, seine Strategie weiterzuverfolgen. „Jedenfalls gehören Glaube und Wunder eng zusammen“, sagte er.

„Und?“

„Und das bedeutet, dass Sie alle Gläubigen psychiatrisch behandeln müssten, weil sie an die Wunder von Jesus und den Heiligen glauben."

„Laurentius, bitte. Ich habe Ihnen doch erklärt, dass sich die Kulturen auf die Regeln ihrer jeweiligen Religion verständigt haben. Darum geht es nicht. Es geht einzig und allein um Sie. Sie erklären eine Halluzination oder einen Traum, den Sie vielleicht während einer kurzen Absence hatten, zu einem Wunder. Es gibt keine Zeugen, keine Beweise und keine Anhaltspunkte dafür, dass diese Dinge wirklich geschehen sind. Trotzdem beharren Sie darauf, hungern sich fast zu Tode und werden gewalttätig. Das sind genügend Gründe für eine psychiatrische Behandlung."

„Ich darf Sie immerhin darauf hinweisen, dass nicht jedes Wunder Zeugen hatte."

„Ja, das dürfen Sie. Und ich mache Sie darauf aufmerksam, dass die Neurologie weiß, dass im Gehirn bei Sauerstoffmangel vieles passiert. Meines Wissens haben Sie in der besagten Nacht größere Mengen Weihrauch verbrannt. Es ist möglich, dass Sie zu wenig Sauerstoff aufgenommen haben und deshalb ohnmächtig wurden."

„Ja, vorstellbar ist das", antwortete Laurentius und fügte nach einer wohlüberlegten Pause hinzu: „Aber ich weiß, dass es nicht so war, und das ist kein Grund, mich hier einzusperren."

„Stimmt. Das haben wir bereits besprochen. Auch Sie dürfen glauben, was Sie wollen. Allerdings sollten Sie sich dabei nicht selbst schaden und anderen schon gar nicht."

„Das habe ich verstanden. Dass ich es mit dem Fasten übertrieben habe, ist mir bewusst. Es wird bestimmt nicht noch einmal passieren. Und mit Bruder Angelos Provokationen habe ich abgeschlossen. Ich werde mich nie wieder von ihm zu Tätlichkeiten hinreißen lassen."

„Schön! Unsere Stunde ist um. Wir sprechen uns in vier Wochen wieder."

Laurentius verließ das Sprechzimmer des Psychiaters. Er hatte das Gefühl, dass ihm dieses Gespräch mehr geschadet als genützt hatte. Wenigstens hatte er dem Psychiater gegenüber in der Flüchtlingssache nicht auf das Wirken des heiligen Copertinus bestanden, obwohl ihm die Theorie von der Monsterwelle absurd erschien. Aber was konnte er tun, um diesen Ignoranten dazu zu bewegen, ihn freizulassen oder zumindest auf die offene Station zu verlegen? Zunächst musste er weitere vier Wochen in diesem Gefängnis ausharren.

Verzagt ging er in Richtung Teeküche. Ein Kaffee würde ihm jetzt guttun. Als er die Teeküche betrat, war sein erster Impuls, sofort wieder umzudrehen – der Hagere stand am Fenster. Doch da dieser regungslos in die Ferne starrte, blieb Laurentius bei seinem Vorhaben und setzte Wasser auf. Mit dem frisch gebrühten Kaffee wollte er in sein Zimmer zurückkehren. Er musste nachdenken, denn letztlich ließ sich für jedes Wunder eine andere Erklärung finden, wenn man nur die richtige Haltung dazu einnahm. Man konnte den Menschen Halluzinationen oder Hysterie unterstellen, wie in seinem Fall, oder das Phänomen der Massenpsychosen als Erklärung heranziehen. Aber Laurentius wusste es besser.

In seine Überlegungen vertieft, bemerkte Laurentius nicht, dass sich der Hagere von hinten an ihn herangeschlichen hatte. Erst als dieser ihm ins Ohr zischte: „Sprechen Sie mich nicht an!“, zuckte er zusammen. Laurentius erschrak so sehr, dass er die Hälfte seines Kaffees verschüttete. Verärgert wischte er das Malheur weg, schluckte jedoch die Zurechtweisung, die ihm auf der Zunge lag, hinunter. Der Hagere würde sie ohnehin nicht verstehen.

Mit einer halb vollen Tasse ging er auf sein Zimmer zurück und nahm seine Gedanken wieder auf.

Wunderheilungen führte man auf die Selbstheilungskräfte des Körpers zurück, und Psychiater bezeichneten ungewöhnliche Phänomene als Psychosen oder Ähnliches. Laurentius erkannte, dass allein die eigene Erfahrung und der unerschütterliche Glaube einem Wunder Bedeutung verliehen. Insofern konnte er nicht darauf hoffen, seinen Psychiater mit Beispielen zu überzeugen. Letztlich ging es darum, seinen Glauben zu leben und anderen Gläubigen als Vorbild zu dienen.

Seufzend schob er den Ordner mit den gesammelten Zeitungsartikeln beiseite und nahm sich vor, seine Entlassung durch möglichst unauffälliges Verhalten zu beschleunigen.

Obwohl er dieses Ziel fest im Blick hatte, fiel es ihm von Tag zu Tag schwerer, sich dem Diktat der Klinik zu unterwerfen. Das Wissen, dass er nicht jederzeit zur Tür hinaustreten konnte, lastete ständig auf ihm und wich nicht einmal von ihm, wenn er betete, las oder meditierte. Es erfüllte ihn mit einer unterschwelligen Gereiztheit, die sich besonders nachts bemerkbar machte.

Gegen Ende der dritten Woche, als ihn die Schlaflosigkeit auf den Flur hinaustrieb, um sich Bewegung zu verschaffen, kam es zu einem Zwischenfall. Er war eine Weile auf und ab gegangen und hatte sich schließlich in der Sitzecke niedergelassen, um in einem Journal zu blättern. Dabei war er eingenickt.

Sogleich träumte er, Angelo befinde sich über ihm und würge ihn unerbittlich. Halb im Schlaf schlug Laurentius um sich. Dann riss er die Augen auf. Über ihm war nicht Angelo, sondern der Hagere, der ihn mit irrem Blick ansah und zischte: „Wo ist mein Geschenk?“

Erschrocken sprang Laurentius auf und stieß den Hageren dabei um. Dieser stolperte, stürzte rücklings und schlug hart mit dem Kopf auf den Boden, wo er regungslos liegen blieb. Noch während Laurentius überlegte, ob er zuerst Hilfe holen oder sich um den Ohnmächtigen kümmern sollte, packten ihn plötzlich zwei Pfleger, zerrten ihn vom Hageren weg und verfrachteten ihn in einen Raum, den er noch nie zuvor bemerkt hatte. Bevor er sich versah, schloss sich die Tür, und er war allein. Laurentius sah sich um. Das Deckenlicht tauchte den Raum in kaltes, unbarmherziges Licht. Es gab kein Fenster.

Die spärliche Einrichtung bestand aus einem mit Styropor gefüllten Würfel, der als Hocker diente, und einer Matratze. In der Ecke befanden sich ein winziges Waschbecken und eine WC-Schüssel aus Edelstahl. Daneben lagen zwei Einwegwaschlappen, Handtücher, ein paar Blättchen Seife und eine Rolle Toilettenpapier. Der Spülmechanismus war im Boden eingelassen und ließ sich durch einen schwarzen Trittschalter betätigen.

Wenn er sich einige Minuten nicht bewegte, reduzierte sich die Helligkeit der Beleuchtung in Stufen, bis nur noch ein dämmriges Licht den Raum erfüllte – es erinnerte ihn an die Nachtlampe in seinem Kinderzimmer. Laurentius schlug die Hände vors Gesicht. Man hatte ihn unschuldig in eine Arrestzelle gesperrt. Welche Prüfungen sollten ihm noch auferlegt werden?

Mit dem Rücken zur Wand kauerte er sich auf die Matratze und begann, leise zu beten, um sich zu beruhigen und das Gedankenkarussell in seinem Kopf zu stoppen. Nach einer gefühlten Ewigkeit öffnete sich die Tür. Ein ihm unbekannter Pfleger trat ein, wünschte ihm einen guten Morgen und stellte ein Tablett auf dem Hocker ab. Auf dem Gang stand ein zweiter Pfleger, der unmissverständlich klarmachte, dass Laurentius keinen Schritt hinaus wagen durfte.

Laurentius fühlte sich wie ein Gewaltverbrecher. Bevor sich die Tür wieder schloss, rief er: „Hallo! Was soll das? Ich möchte hier nicht bleiben! Das ist ein Missverständnis. Lassen Sie mich das bitte erklären."

„Wir bringen Sie in einer Stunde zu Dr. Callieri."

Eine Stunde. Laurentius konzentrierte sich darauf, keinen Fehler zu machen. Er zwang sich, den größten Teil des Frühstücks zu essen und wusch sich anschließend sorgfältig.

Obwohl er sich seiner Unschuld sicher war, fürchtete er sich vor der Begegnung mit Dr. Callieri. Als die Pfleger schließlich wiederkamen, um ihn zu holen, konnte er seine Nervosität kaum verbergen.

Der Psychiater saß wie immer hinter seinem Schreibtisch und las, doch Laurentius spürte, dass er sich in Gefahr befand. Mit feuchten Händen wartete er auf die Aufforderung, sich zu setzen.

Callieri ließ ihn warten. Schließlich legte er das Papier beiseite.

„Bitte", sagte er knapp, begleitet von einer ebenso knappen Geste.

Laurentius konnte dem Tonfall nicht entnehmen, in welcher Stimmung sich der Psychiater befand. Er setzte sich auf die Stuhlkante, bereit, jederzeit aufzuspringen und den Raum, der ihm bedrohlich erschien, so schnell wie möglich zu verlassen.

„Was ist heute Nacht vorgefallen?"

„Ich konnte nicht schlafen, also habe ich mir im Flur etwas die Beine vertreten. Später bin ich in der Sitzecke eingeschlafen. Als ich erwachte, stand ein Patient über mir und beugte sich zu mir herunter. Ich habe mich erschrocken und bin aufgesprungen. Der Patient hat sich ebenfalls erschrocken, ist gestolpert und gestürzt. Da er keine Anstalten machte, wieder aufzustehen, und nicht ansprechbar war, wollte ich Hilfe holen. Doch bevor ich das tun konnte, waren die beiden Pfleger schon da, haben mich mitgenommen und eingesperrt."

Dr. Callieri musterte Laurentius schweigend. „Das ist aus Ihrer Sicht alles?"

„Ja." Laurentius schluckte trocken.

„Laurentius, ich muss Ihnen mitteilen, dass wir gezwungen sind, Anzeige gegen Sie zu erstatten. Herr Brambilla liegt im Koma. Sein Zustand ist sehr ernst."

„Im Koma? Du meine Güte!" Laurentius musste sich am Stuhl festhalten. „Aber warum wollen Sie mich anzeigen? Ich habe ihm nichts getan. Er ist gestolpert!"

„Die Verletzungen, die Herr Brambilla aufweist, deuten auf einen anderen Sachverhalt hin."

„Was für einen Sachverhalt meinen Sie?"

„Das wird noch untersucht. Ich kann und darf mich diesbezüglich nicht äußern."

Laurentius fühlte sich wie gelähmt. Eine eisige Kälte kribbelte durch seine Hände und stieg die Arme hinauf. „Bitte, das ist doch nicht möglich!", flehte er. „Ich bin unschuldig!"

„Das ist an anderer Stelle zu klären. Sie werden ausreichend Gelegenheit haben, sich dazu zu äußern. Das Kloster ist bereits informiert. Vermutlich wird man dort einen Anwalt mit Ihrer Verteidigung beauftragen. Bis dahin sollten Sie sich nicht weiter zu dem Vorfall äußern. Hoffen wir in Ihrem und unserem Interesse, dass sich der Zustand des armen Mannes bessert."

Laurentius wusste nichts zu entgegnen. Er kniff sich in den Arm, um seine Tränen zurückzuhalten. Vor Callieri wollte er nicht weinen.

Der Psychiater nickte knapp, und sofort traten die beiden an der Tür postierten Pfleger neben Laurentius, fassten ihn an den Armen und zogen ihn förmlich vom Stuhl. Wie ein Schaf trottete er zwischen ihnen zu seinem neuen Gefängnis. Dort ließ er sich auf den Boden sinken. Benommen starrte er vor sich hin. Manchmal hob er den Kopf, richtete den Blick zur Decke seiner Arrestzelle, suchte Halt, fand keinen und versank wieder in Resignation. Den Pfleger, der zwei belegte Brote auf einem Pappteller und einen Becher lauwarmen Tee in der Zelle abstellte, nahm er nur als Schatten wahr. Der Mann sagte etwas zu ihm, aber seine Worte drangen nicht zu Laurentius durch. Er verlor jegliches Zeitgefühl.

Als Maria plötzlich vor ihm stand, hatte er außer ein paar Schlucken Tee nichts zu sich genommen.

„Laurentius, bitte, Sie müssen etwas essen. Es wird sich alles aufklären, da bin ich ganz sicher. Kommen Sie doch erst mal hoch." Sie streckte ihm ihre Hand entgegen.

Ohne es zu wollen, griff er danach wie ein Ertrinkender. Sie half ihm auf die vom langen Sitzen schmerzenden Beine.

„So ist es besser. Sie dürfen sich jetzt nicht aufgeben und alles, was wir erarbeitet haben, über den Haufen werfen. Ich bin leider gerade erst zum Dienst gekommen, deshalb habe ich noch keine genauen Informationen über den Zustand von Herrn Brambilla, aber ich werde mich sofort darum kümmern und Sie umgehend informieren. Wir haben mehrere Kameras auf dem Flur, und es wird nicht lange dauern, bis das Material gesichtet und ausgewertet ist."

„Dr. Callieri hat gesagt, dass er mich anzeigt. Ich werde nie mehr hier rauskommen."

„Jetzt erst mal eins nach dem anderen. Setzen Sie sich hier hin, das ist bequemer." Sie zeigte auf das schmale Lager, dann entriegelte sie einen an der Wand befestigten Klapphocker und setzte sich ihm gegenüber.

„Möchten Sie mir erzählen, was passiert ist?"

Laurentius nickte. Er wollte nichts Falsches sagen, sich nicht zusätzlich durch widersprüchliche Aussagen belasten. Er musste sich konzentrieren. Die Anstrengung stand ihm auf die Stirn geschrieben.

„Laurentius, entspannen Sie sich. Sie haben von mir nichts zu befürchten. Es würde mir sehr helfen, wenn Sie mir alles mit Ihren eigenen Worten berichten würden, da ich sonst nur auf die Akte von Dr. Callieri angewiesen bin."

Das leuchtete Laurentius ein. Noch einmal schilderte er stockend die Ereignisse der vergangenen Nacht.

Maria glaubte ihm. Laurentius spürte ihr Wohlwollen, und der Unterschied zu Callieris Reaktion könnte kaum größer sein. Während Maria beide an dem Vorfall Beteiligten bedauerte, schien Callieri sich an Laurentius' Unglück zu weiden. Laurentius hatte den Verdacht, dass der Psychiater sich längst ein Bild von ihm gemacht hatte – eines, dass wenig mit dem zu tun hatte, was er, Laurentius, wirklich tat oder sagte. Es war, als würde Callieri sich darüber freuen, einen weiteren Beweis für seine vorgefasste Meinung gefunden zu haben.

Marias warme Stimme und die Zuversicht, die sie ausstrahlte, holten Laurentius zurück ins Leben. Kaum hatte sie die Zelle verlassen, weinte er vor Erleichterung.

Obwohl Laurentius schon am nächsten Tag entlastet wurde, erholte er sich nicht von dem Schock, der durch die Verlegung in die Sicherheitszelle und das anschließende Gespräch mit Callieri ausgelöst worden war. Er konnte kaum essen. Stundenlang stand er reglos im Flur und starrte aus dem Fenster. Selbst die Zuflucht zur Natur, die ihm früher immer Trost gespendet hatte, brachte keine Linderung. Wenn er das bunte Gefieder der Distelfinken betrachtete, spürte er schmerzlich, wie sehr die leuchtenden Farben im Gegensatz zu seinen grauen Gedanken standen. Auch die Nachricht, dass Herr Brambilla aus dem Koma erwacht war, verbesserte Laurentius' Zustand nicht. In den Sitzungen mit Maria schwieg er viel, und Dr. Callieri hatte er schon gar nichts mehr zu sagen. Er sprach nur noch mit Raphael, der ihn regelmäßig besuchte. Ihm gegenüber gestand Laurentius schließlich ein, dass ihm alle Hoffnung abhandengekommen war. Der Schrecken, den die Vorstellung, die Psychiatrie nie mehr verlassen zu können, in ihm ausgelöst hatte, saß zu tief und hatte etwas in ihm zerstört.

Raphaels gut gemeinte Ratschläge und die Beteuerung, für ihn zu beten, bewirkten nichts. Von Mal zu Mal schien Laurentius' Lebenskraft mehr zu schwinden.

In einer Art Beichte offenbarte er dem Guardian schließlich, dass er sich gegen die düstersten Gedanken nicht mehr wehren konnte. Zu Raphaels Entsetzen sprach er davon, seinem Leben ein Ende setzen zu wollen, da es für ihn ohne Sinn sei, wenn er dem Wunder nicht gerecht werden könne.

Nach diesem Gespräch verbrachte Raphael eine unruhige Nacht. Wirre Träume wechselten sich mit schlaflosen Phasen ab, in denen er sich fragte, ob er seiner Verantwortung gerecht wurde.

Müde lauschte er dem Gesang der Brüder zur Matutin. Als er das Haupt zum Gebet senkte, schenkte Gott ihm eine Idee.

Dr. Callieris Stimme war selbst durch die schallisolierte Tür bis auf den Gang zu hören. Doch der Guardian blieb unbeeindruckt; sein Entschluss stand fest. Dem Psychiater blieb nichts anderes übrig, als die Papiere für Laurentius' Entlassung auszuhändigen.

Nachdem alle Formalitäten erledigt waren, machte sich Raphael auf den Weg zu Laurentius. Er verbarg seinen Schrecken beim Anblick der verhärmten Gestalt.

„Laurentius, wir gehen heute gemeinsam nach Hause", sagte er.

Laurentius blickte ihn verständnislos an.

„Du hast richtig gehört. Hier sind deine Entlassungspapiere. Der Orden übernimmt jetzt wieder die alleinige Verantwortung für dich. Im Gegensatz zu Dr. Callieri habe ich nicht den Eindruck, dass man dir hier noch helfen kann – ganz im Gegenteil. Frau Dr. Sgro scheint meine Auffassung zu teilen. Ich schlage vor, du packst deine Sachen, und danach verabschiedest du dich von den Menschen hier."

Wie in Trance holte Laurentius den Koffer vom Schrank und begann, seine privaten Sachen darin zu verstauen. Für die Bücher hatte Raphael eine Kiste mitgebracht. Schweigend packten sie alles zusammen. Raphael bat einen Pfleger, die Sachen zum Wagen zu bringen.

„Nimm dir Zeit, dich zu verabschieden“, sagte Raphael zu dem noch immer ungläubig dreinblickenden Laurentius. „Ich hole dich ab, sobald alles im Auto verstaut ist.“

Allein im Zimmer kniete sich Laurentius hin und betete. Er hatte zwar verstanden, dass Raphael ihn hier herausholte, aber die Wucht der Erleichterung war noch nicht zu ihm durchgedrungen. Mit einer sanften Geste strich er den Bezug seines Bettes glatt und verließ das Zimmer.

Als Erstes ging er zu Maria. Sie antwortete sofort auf sein Klopfen. Er hatte sich nicht überlegt, was er sagen würde, doch als er ihr gegenüberstand, fanden sich die richtigen Worte: „Ich möchte mich verabschieden, nicht Auf Wiedersehen sagen. Danke für alles, was Sie für mich getan haben.“

Er spürte, dass sich Maria ehrlich für ihn freute. Als sie entgegnete, das Wiedersehen müsse ja nicht an diesem Ort stattfinden, konnten sie gemeinsam darüber lachen. Sie wünschte ihm viel Kraft und sagte, sie sei überzeugt, dass er auf einem guten Weg sei. Die Pläne, die Raphael für ihn habe, seien ganz in seinem Sinne.

Laurentius wollte die Psychiatrie so schnell wie möglich verlassen, denn er traute dem Frieden nicht. Zu aufgewühlt, um Maria nach diesen Plänen zu fragen, wandte er sich rasch ab. „Ich schaue noch kurz im Bereitschaftsraum vorbei“, sagte er, und obwohl ihm der Name schwer über die Lippen ging, fügte er hinzu: „Bitte grüßen Sie Herrn Dr. Callieri.“

Erst nach seiner Ankunft im Kloster schöpfte Laurentius Vertrauen und glaubte, dass die Psychiatrie wirklich hinter ihm lag. Raphael sagte ihm, er solle sich Zeit nehmen, anzukommen, seine Sachen einzuräumen und ihn später in seinem Büro aufsuchen. Auf dem Weg zu seiner Zelle begegnete Laurentius niemandem. Er sog den vertrauten Geruch der alten Mauern ein, und sofort fühlte er sich, als wäre eine Last von ihm abgefallen. In seiner Zelle angekommen, sank er auf die Knie und betete lange. So gestärkt machte er sich schließlich auf den Weg zu Raphaels Büro. Er hatte keine Ahnung, was ihn dort erwarten würde. Der Gedanke, möglicherweise gleich Angelo zu begegnen, flößte ihm Angst ein. Zaghaft klopfte er an. Raphael schien auf ihn gewartet zu haben. Er war allein und deutete freundlich lächelnd auf einen Stuhl.

„Laurentius, bitte nimm Platz. Ich habe einiges mit dir zu besprechen. Dein Schicksal liegt mir sehr am Herzen, das weißt du. Zum Glück hat sich mir ein Ausweg gezeigt."

Gespannt blickte Laurentius seinen Vorgesetzten an.

„Wie du sicher weißt", fuhr Raphael fort, „gibt es im Vatikan die Kongregation zur Selig- und Heiligsprechung. Ein Freund von mir arbeitet dort in leitender Funktion. Es ist mir gelungen, ihn davon zu überzeugen, dass du deinen Dienst an unserer Gemeinschaft in Zukunft am besten dort leistest. Zudem erhältst du die Gelegenheit, dem Heiligen Vater persönlich von deinem Erlebnis zu berichten."

Laurentius wagte kaum, sich zu rühren, aus Angst, dies könne ein Traum sein. Er starrte Raphael an, als sei er ein Geist.

„Du hast mich verstanden?", fragte Raphael.

Statt zu antworten, fiel Laurentius auf die Knie. Tränen der Erleichterung flossen über seine Wangen. „Danke! Das ist wunderbar! Ich weiß nicht, was ich sagen soll ..."

„Steh auf. Du musst jetzt nichts sagen. Ich freue mich auch. Also bereite dich vor. Sobald du reisebereit bist, werde ich das Nötige veranlassen."

Laurentius erhob sich. Zurück in seiner Kammer, drohte sein Herz vor Freude zu bersten. Endlich waren seine Gebete erhört worden. Raphael hatte gesagt, er solle sich vorbereiten. Dem Heiligen Vater gegenüberzutreten und von jener Nacht in der Krypta zu berichten, das wollte gut überlegt sein. Doch wo sollte er anfangen? Sollte er dem Heiligen Vater auch von den anderen Begebenheiten berichten? Wie viel Zeit würde man ihm gewähren?

Aufgeregt ging er im Kreis herum. Er musste zur Ruhe kommen, bevor er sich an die Arbeit machen konnte.

Auf dem Weg zum Fitnessraum begegnete ihm Bruder Angelo. Laurentius grüßte ihn so freundlich, als hätte es nie ein Zerwürfnis zwischen ihnen gegeben, blieb jedoch nicht stehen, sondern setzte seinen Weg zielstrebig fort. Angelo blickte ihm verdutzt nach.

Nach nur fünf Tagen reiste Laurentius ab. Er war zwar noch immer spindeldürr, aber ansonsten kaum wiederzuerkennen. Seine Augen strahlten, sein Gang war dynamisch, und seine Haltung drückte Zuversicht aus.

Diesmal fiel ihm der Abschied vom Kloster leicht, denn er konnte es kaum erwarten, seine neuen Aufgaben in Angriff zu nehmen. Zuletzt führte er mit Raphael noch ein ausführliches Gespräch darüber, wie er sich seine Audienz beim Heiligen Vater vorstellte.

Nago am Gardasee, Italien

Die Waldbrandgefahr war von Tag zu Tag gestiegen. Eine solche Trockenheit habe er niemals zuvor erlebt, berichtete Mario Ricci, der Kommandant der Freiwilligen Feuerwehr von Nago. Was den Brand ausgelöst hatte, war nicht bekannt. „Bei diesen Verhältnissen reicht eine achtlos weggeworfene Kippe genauso wie eine ungünstig platzierte Glasscherbe, um einen großflächigen Brand auszulösen."

Die Feuersbrunst auf den Hängen um Nago wäre dem Trupp um Mario Ricci beinahe zum Verhängnis geworden. „Wir hatten seit Stunden gegen die Flammen gekämpft und dabei immer darauf geachtet, den Wind im Rücken zu haben, als er sich plötzlich drehte. Innerhalb von Sekunden raste die Feuerwand auf uns zu und kreiste uns ein – hinter uns gab es nur den Abgrund." Mario Ricci und seine tapferen Kollegen erlebten Todesangst. Die verzweifelten Blicke, die sie durch die Sichtfenster ihrer Atemschutzmasken tauschten, sprachen Bände. Sie sahen sich dem sicheren Tod gegenüber.

Mario reagierte geistesgegenwärtig. Er rief sein Team zum Fahrzeug. Besser zusammen sterben als jeder für sich, dachte er und fuhr mit vollem Tempo direkt auf die Flammenwand zu.

Sein Plan war es, durchzukommen, bevor sie verbrannten. Dann geschah das Unvorstellbare: Am klaren Himmel bildete sich plötzlich eine schwarze Wolke, die sich direkt über dem Fahrzeug entlud. Die Asche auf der Windschutzscheibe verwandelte sich in schwarze Schlieren. Das Fahrzeug konnte sich durch eine Regenschneise hinter die Brandlinie retten. Als die erschöpften Männer in Sicherheit waren, löste sich die Wolke auf.

„Es ist ein Wunder, dass wir das überlebt haben", sagten Mario Ricci und seine Männer übereinstimmend und erinnerten sich daran, dass die heilige Agathe, die der Legende nach Flammen mit ihrem Haar löschen kann, die Schutzpatronin der Feuerwehrleute ist.

Rom, Italien

Laurentius sollte mit dem Zug nach Rom reisen. Frau Lotti, die gute Seele des Klosters, hatte die Fahrkarte besorgt und darauf geachtet, dass er nicht umsteigen musste. Im Morgengrauen wurde er zum Bahnhof gebracht. Als er in den Zug stieg und seinen Platz aufsuchte, verspürte er eine leichte Wehmut, weil er seine Wahlheimat verlassen musste. Doch die freudige Erwartung überwog. Gedankenverloren blickte er aus dem Fenster, hinter dem die liebliche Landschaft Liguriens vorbeizog. Von den Olivenhainen und den sanft geschwungenen Hügeln, die mit leuchtend rotem Mohn oder kanariengelben Rapsblüten übersät waren, nahm er ebenso wenig wahr wie von den Wäldern oder seinen Mitreisenden.

Die knapp zweistündige Anreise verging wie im Flug. Am Hauptbahnhof betrat Laurentius zum ersten Mal römischen Boden – und kam aus dem Staunen nicht mehr heraus. Ein Bediensteter des Vatikans holte ihn mit einer Limousine ab. Kurz tauchten Erinnerungen an Pietros stinkendes Auto auf. Der Gegensatz hätte nicht größer sein können.

Die Ewige Stadt präsentierte sich im strahlenden Sonnenschein. Alles, was Laurentius je über Rom gesehen oder gelesen hatte, wurde von der Wirklichkeit übertroffen. Er fühlte sich um Jahrhunderte zurückversetzt, während er versuchte, aus dem fahrenden Wagen Blicke auf die geschichtsträchtigen Bauwerke zu erhaschen.

Dann lag der Vatikan vor ihm. Die Harmonie des imposanten Petersplatzes mit der Basilika San Pietro in Vaticano ließ ihn ehrfürchtig erschauern.

Ich bin vom Grab des heiligen Franziskus zum Grab von Petrus gereist, dachte er plötzlich und wurde jäh wieder an das Wunder erinnert. Augenblicklich fühlte er sich zu diesem Ort hingezogen, als hätte er sein ganzes Leben darauf gewartet, hier anzukommen.

Im Gästehaus der Franziskaner wurde er von einem Angestellten in Empfang genommen, der ihm sein Zimmer und den Speiseraum zeigte. Das Frühstücksbuffet war noch nicht abgeräumt. Man lud ihn herzlich ein, sich zu stärken und informierte ihn darüber, dass er noch am selben Tag seinen künftigen Vorgesetzten treffen würde.

Bruder Sebastian hatte beim Frühstück in seiner Nähe gesessen, sich aber nicht zu erkennen gegeben. Laurentius war er wegen seines Hinkens aufgefallen, als er zum Buffet ging. Sein linkes Bein schien von der Hüfte an steif zu sein. Mit einer leichten Drehung zog er es bei jedem Schritt schlurfend hinter sich her. Niemals wäre Laurentius auf die Idee gekommen, dass dieser Bruder Pater Sebastian sein könnte.

Als er sein Frühstück beendet hatte und sich erheben wollte, um sich zu erkundigen, wo er erwartet wurde, stand Sebastian plötzlich vor ihm. Seine ernst blickenden Augen wirkten durch die dunkel gerahmten Brillengläser unnatürlich vergrößert. Sofort nahm Laurentius die Traurigkeit wahr, die den Mitbruder umgab. Er fragte sich, ob Sebastian möglicherweise Schmerzen wegen seines Beins hatte. Einst musste er eine stattliche Größe gehabt haben, aber wegen seines gebeugten Rückens überragte Laurentius ihn um mindestens eine Haupteslänge. Laurentius trat einen Schritt zurück, um nicht auf die fortgeschrittenen Geheimratsecken seines Mitbruders blicken zu müssen. Dafür drängten sich ihm die borstigen Haarbüschel aus Sebastians Ohren und Nase auf. Vor Verlegenheit wusste Laurentius nicht, wohin er schauen sollte, und senkte den Blick.

Sebastian musterte ihn kühl, dann streckte er ihm eine für seinen schmalen Körper ungewöhnlich breite Hand entgegen. „Ich bin Pater Sebastian, und du musst Laurentius sein. Heute haben wir hier nur einen Gast."

Laurentius ergriff die Hand und versuchte, ein höfliches Lächeln aufzusetzen. Er hatte sich den Bruder anders vorgestellt. „Ich freue mich, hier sein zu dürfen, und noch mehr auf unsere Zusammenarbeit", platzte es aus ihm heraus.

Ein eisiger Blick traf ihn, und Laurentius erschauerte. Hätte er das mit der Zusammenarbeit besser nicht sagen sollen? Das stand ihm nicht zu. Er war nur ein Mitarbeiter – vermutlich einer von vielen. „Ähm, ich meine, ich freue mich auf meine Mitarbeit", verbesserte er sich hastig.

„Wir werden sehen", entgegnete Sebastian knapp. „Folge mir an deinen Arbeitsplatz."

Trotz seines steifen Beins ging der Bruder zügig voraus, bis sie vor einer schmalen Tür anhielten. „Hier ist es."

Abermals fühlte sich Laurentius an Pietro erinnert. Ihm wurde übel.

Sebastian öffnete die Tür zu einem fensterlosen Raum, der mit einem wurmstichigen Schreibtisch und einem einzigen Stuhl ausgestattet war. Auf dem Tisch befanden sich ein Laptop, eine Wasserkaraffe samt Glas, daneben ein Telefon, ein Stapel grauer Aktenordner und ein Kalender.

„Deine nächsten Termine sind eingetragen. Mach dich mit diesen Unterlagen vertraut und lies dich in die Akten ein. Ich habe jetzt zu tun, komme aber am Nachmittag wieder vorbei und erkläre dir den Verlauf deiner Ausbildung bei uns."

Damit schloss sich die Tür. Laurentius war allein. Er atmete auf, ließ sich auf den Stuhl sinken und goss sich etwas Wasser ein, um den unangenehmen Geschmack in seinem Mund loszuwerden. Als die Erinnerung an Pietro verblasste, griff er nach dem Kalender. In der Spalte für den nächsten Vormittag stand ‚Therapie'. „Was soll das bedeuten?", murmelte er. Hastig blätterte er weiter. Der Therapietermin wiederholte sich zweimal wöchentlich. Lediglich ein weiterer Termin war eingetragen: in acht Wochen, am Donnerstag um 11:45 Uhr. In akkuraten Buchstaben stand auf dem Kalenderblatt das Wort ‚Audienz'.

Laurentius schoss das Blut in den Kopf, seine Hände wurden feucht, und ihm wurde erneut übel, doch dieses Mal vor Aufregung. Jetzt war es also so weit. Er würde dem Heiligen Vater von der Nacht der Nächte erzählen dürfen. Lange Zeit verlor sich Laurentius in seinen Träumen. Er stellte sich den Verlauf der Audienz vor und malte sich voller Vorfreude aus, wie der Heilige Vater sich ihm gütig zuwenden würde, nachdem Laurentius seinen Ring geküsst hatte.

Er nahm sich vor, sich kurzzufassen, denn die Zeit des Heiligen Vaters war sicher begrenzt. 11:45 Uhr – das war womöglich kurz vor dem Mittagessen, überlegte er. Er tröstete sich damit, dass er den Tagesablauf des Heiligen Vaters nicht kannte. In jedem Fall würde es wichtig sein, ihm genau zu beschreiben, was sich in jener Nacht zugetragen hatte. Der Heilige Vater sollte sich das Geschehen in allen Einzelheiten vorstellen können. Und natürlich würde Laurentius die Gelegenheit nutzen, von seinen anderen Beobachtungen zu berichten. Er wollte dem Heiligen Vater seine Theorie über das Wirken der Heiligen darlegen und darum bitten, speziell diesen Fällen nachgehen zu dürfen. Nach einer Weile erinnerte ihn sein trockener Mund daran, dass er den Auftrag hatte, die Akten zu lesen. Er goss sich ein weiteres Glas Wasser ein und begann, Akte um Akte aufmerksam zu studieren.

Seine rasche Auffassungsgabe half ihm, die teils umfangreichen Unterlagen zügig durchzuarbeiten. Viele Fälle glichen sich: Menschen jeden Alters, die an schweren, als unheilbar geltenden Krankheiten litten, genasen plötzlich auf wundersame Weise. Tumore bildeten sich zurück oder verschwanden, Blutwerte regenerierten sich unerwartet, Menschen erwachten wider Erwarten aus dem Koma.

Entweder hatten sich die Betroffenen selbst an den Vatikan gewandt, oder die für sie zuständigen Priester hatten auf ein Wunder hingewiesen. Die Akten waren von einem der hiesigen Mitarbeiter angelegt worden und enthielten zahlreiche Vermerke über medizinische Behandlungen. In einigen Fällen wurde auf psychiatrische Diagnosen verwiesen. Doch kein Fall war vergleichbar mit Laurentius' eigenem Erlebnis oder den Geschichten, die er aus der Presse gesammelt hatte. In keinem der Fälle war ein direktes Eingreifen von Heiligen erkennbar.

Enttäuscht schob er einen weiteren Ordner beiseite. Es ging offensichtlich darum, mit den Betroffenen, die ihre Genesung für ein Wunder hielten, Termine für ein persönliches Gespräch zu vereinbaren. Deshalb also der Terminkalender. Laurentius verstand, welcher Art seine Tätigkeit hier sein sollte. Das entsprach nicht seinen Vorstellungen. Er wollte in eigener Sache recherchieren, den Fällen nachgehen, auf die er in der Presse aufmerksam geworden war. Doch durfte er das gleich an seinem ersten Tag ansprechen? Zumal er keinerlei Informationen darüber hatte, was Bruder Sebastian über ihn und jene Nacht berichtet worden war.

Laurentius überlegte, dass es vernünftig wäre, zunächst herauszufinden, welche Haltung Pater Sebastian zu seinem Erlebnis und seiner Theorie hatte. Außerdem musste er noch einmal Rücksprache mit Raphael halten. Doch vor allem musste er die Audienz abwarten – acht lange Wochen. Aus Laurentius' Sicht eine halbe Ewigkeit.

Er war mitten in diesen Überlegungen, als der Pater eintrat. Ein Anklopfen hatte Laurentius entweder nicht gehört, oder es war gar nicht erfolgt.

„Hast du dir einen Einblick verschaffen können?“, fragte Sebastian.

Laurentius schrak auf. „Ja, ich habe einige Akten überflogen“, beeilte er sich zu antworten.

„Du siehst, es gibt viel zu tun. Am Anfang wirst du uns nur zuarbeiten. Deine Aufgabe ist es, dich mit den Akten vertraut zu machen, sie gründlich zu studieren, sie uns vorzustellen und Termine zu vereinbaren. Du solltest zunächst verstehen, wie diese Akten zusammengesetzt sind, wer die Impulsgeber sind und welches Anliegen die Menschen jeweils verfolgen. Im nächsten Schritt wirst du uns zu den Betroffenen begleiten, um unsere Arbeit zu beobachten und dich anschließend mit uns darüber auszutauschen, wie die Fälle zu bewerten sind. Später wirst du eigene Erfahrungen sammeln, natürlich in Begleitung erfahrener Kollegen, die deine Mentoren sein werden und für deine Ausbildung zuständig sind. In den kommenden drei Monaten sind jeweils zwei Termine pro Woche mit dem jeweiligen Mentor vorgesehen. Ich klinke mich später mit ein. Gibt es noch Fragen, oder hast du alles verstanden?"

Laurentius erkannte, dass es vorteilhaft war, sich bei der Verifizierung von Wundern mit erfahrenen Brüdern auszutauschen und deren Arbeitsweise kennenzulernen. Der Pater hatte recht. Er selbst hatte keine Ahnung, wie man mit Menschen sprach, die glaubten, ein Wunder erlebt zu haben. Nur zu gut erinnerte er sich daran, wie damals mit ihm gesprochen worden war.

Er fasste sich ein Herz und fragte: „In meinem Kalender steht zweimal in der Woche ‚Therapie'. Was bedeutet das?"

„Eine vorausgehende Psychotherapie ist Grundvoraussetzung für diese Ausbildung. Wenn du andere verstehen willst, solltest du zuerst dich selbst verstanden haben. Bruder Georg wird sich diesbezüglich bei dir melden. Noch etwas?"

Laurentius wagte nicht zu widersprechen. Zu erwähnen, dass er schon während seines Aufenthalts in der Psychiatrie therapeutische Gespräche geführt hatte, wäre ihm peinlich gewesen, zumal er nicht wusste, wie viel von seiner Vorgeschichte in Rom bekannt war. Warum hatte ihm Raphael nicht gesagt, dass eine Therapie zu der Stelle gehörte? Er spürte, wie er innerlich ärgerlich wurde, mahnte sich jedoch zur Geduld. Zunächst ging es darum, sich hier zurechtzufinden und seine Ausbilder kennenzulernen – vor allem aber ging es um die Audienz. Auf jeden Fall war es besser, hier zu sein, als in der Psychiatrie unter Dr. Callieris strenger Aufsicht. „Nein", sagte er schließlich.

„Ich begleite dich zur Messe. Danach hast du eine halbe Stunde freie Zeit bis zum Abendessen."

Dass Sebastian ihn begleitete, war hilfreich, denn Laurentius hätte sich in den vielen Gängen sicher verlaufen. Er versuchte, sich die Wege einzuprägen.

Laurentius konnte das Ende der Messe kaum erwarten. Im Stillen dankte er allen Heiligen, dass ihn sein Weg nach Rom geführt hatte. Er war so zuversichtlich wie seit Langem nicht.

In den folgenden Tagen lernte Laurentius die Brüder Pius, Michael und Bernhard kennen, mit denen er in den kommenden Monaten zusammenarbeiten würde. Pius war ihm auf den ersten Blick sympathisch. Er hatte einen wachen Blick, gute Manieren und einen scharfsinnigen Humor, der sie alle zum Lachen brachte. Pius erklärte ihm die Abläufe genauer.

„Wenn sich ein Aktor – das kann zum Beispiel ein Priester sein – wegen eines Wunders bei uns meldet, legen wir eine Akte an. Darin werden alle Unterlagen gesammelt und durchlaufen eine erste Prüfung. Diese Unterlagen findest du in den grauen Ordnern. Unsere Aufgabe besteht darin, persönliche Vorgespräche zu führen und ein Gutachten abzugeben. Zunächst bearbeiten wir ausschließlich nationale Vorgänge. Sobald deine Einarbeitungsphase abgeschlossen ist, bekommst du auch internationale Fälle. Wir reisen grundsätzlich zu zweit. Akten, die unsere Prüfung überstehen – das sind kaum mehr als drei Prozent – gehen an den Kirchenanwalt. Was danach übrig bleibt, landet beim Kongregationsgremium. Um dort zu bestehen, ist eine Zweidrittelmehrheit nötig. Nur etwa jede dritte Akte schafft das. Das letzte Wort hat immer der Heilige Vater. Ohne seine Zustimmung gibt es kein Wunder. Basta!"

Da Pius nur wenige Jahre älter war, traute sich Laurentius nachzufragen: „Woran erkennst du, dass es sich bei der Genesung eines Menschen um ein Wunder handelt?"

Pius' Antwort kam wie aus der Pistole geschossen: „Es ist ein Wunder, wenn du daran glaubst."

„Ja, das leuchtet mir ein, aber woran erkennst du es?"

„Es erkennt dich."

Laurentius schwieg. Damit konnte er nicht viel anfangen.

Pius grinste. „Warte ab, bis du mit uns unterwegs warst und selbst mit einigen Betroffenen gesprochen hast. Dann verstehst du, was ich meine. Die Spreu trennt sich schnell vom Weizen."

Laurentius musste sich also in Geduld üben.

Pius wechselte das Thema. „Ist dies dein erster Besuch in Rom?"

„Ja."

„Schön, dann wirst du viel zu entdecken haben. Aber übernimm dich nicht. Auf dich warten fast dreitausend Jahre Kunstgeschichte und über neunhundert Kirchen."

„Neunhundert Kirchen ..." Laurentius war ehrlich überrascht.

Pius schlug vor, sich fürs Erste auf die nähere Umgebung zu beschränken. „Bis du den Petersdom, die Vatikanischen Museen und die Sixtinische Kapelle durchhast, wirst du eine Weile beschäftigt sein. Wir dürfen außerhalb der Besuchszeiten hinein, damit wir nicht in den endlosen Touristenschlangen stehen müssen. Keine Sorge, es wird dir neben der Arbeit nicht langweilig. Und du kannst dir im Gästehaus ein Rad leihen – das ist in den engen Gassen am besten. Wir können gerne mal zusammen einen Ausflug machen."

Laurentius nickte schüchtern. Er wusste nicht, ob er Pius trauen konnte. Pietros Schatten lauerte überall. Natürlich hatte er sich zu Hause ein wenig auf Rom vorbereitet und geplant, die Ewige Stadt in überschaubare Abschnitte einzuteilen. Weite Strecken zu Fuß zu gehen, machte ihm nichts aus, aber der Vorschlag, sich ein Rad zu nehmen, gefiel ihm. Ob Michelangelo, Bernini oder Caravaggio – er wollte sie alle besichtigen.

Doch zunächst wollte er sich beweisen, also nahm er sich wieder den Akten an. Das Vereinbaren der Termine fiel ihm leicht. Die meisten Leute wollten ihre Geschichten sofort am Telefon erzählen. Er musste sie bremsen und erklären, dass man sie besuchen würde, was ausnahmslos begeistert aufgenommen wurde. Bereits am Telefon zeigten sich die sehr unterschiedlichen Charaktere. Manche waren vorsichtig oder misstrauisch, andere angespannt und ängstlich. Viele waren aufgeregt bis zur Hysterie oder – aus Laurentius' Sicht am angenehmsten – von tiefer Demut und Ruhe geprägt. Es machte ihm Spaß, die Akten für Pius, Michael oder Bernhard vorzubereiten und diese dann mit ihnen zu besprechen. Unterdessen fieberte er der Audienz entgegen.

Bruder Georg stellte sich ihm vor, als er zum Mittagessen ging. Er war ein gemütlicher älterer Herr mit gütigem Blick, großen Ohren und schütterem Haar. Laurentius mochte ihn sofort. Bereits in der ersten Sitzung stellte er überrascht fest, wie offen er Bruder Georg gegenüber sein konnte. Zum ersten Mal traute er sich, über seine Wut zu sprechen. Ohne das Gespenst der geschlossenen Abteilung im Nacken wagte er es, sein eigenes Verhalten kritisch zu hinterfragen.

Georg war deutlich professioneller als alle therapeutischen Gesprächspartner, die Laurentius bisher kennengelernt hatte – er übertraf sogar Maria.

Laurentius fühlte sich verstanden wie nie zuvor. Und er fühlte sich durchschaut. Es war, als könne Georg direkt in seine Seele blicken, und es schien sinnlos, ihm etwas verheimlichen zu wollen. Nach kürzester Zeit hatte Laurentius ihm seine gesamte Lebensgeschichte erzählt, ohne etwas auszulassen – nicht einmal die scheußlichen Übergriffe von Pietro.

Laurentius konnte nicht erkennen, wie Georg vorging, er tat oder sagte nichts Besonderes, und dennoch brachte er alles in Laurentius in Bewegung. Manchmal sagte Georg während einer Sitzung nicht mehr als: „Wo spürst du das in deinem Körper?" Wenn sich daraufhin heißes Kribbeln in Laurentius' Bauch ausbreitete oder der Druck auf seinen Lungen ihm fast den Atem nahm, war Georg in seinem Element. Ein paar gezielte Fragen nach der Herkunft dieser Empfindungen und den damit verbundenen Gefühlen, und schon kam Licht in die düstersten Ecken seiner Seele.

Mit Georgs Hilfe begann Laurentius zu verstehen, dass die Wut, die er mit sich herumtrug, eine alte Wut war – die nie gelebte Wut auf seine Mutter. Obwohl er ihr nach dem Lesen ihres Briefes verziehen hatte, waren die Gefühle des verlassenen Kindes, das an seinem zwölften Geburtstag von ihr verlassen worden war, noch immer präsent. Dieses Kind war wütend, und unter Stress brach diese Wut aus ihm heraus – so war es zu den Attacken auf Angelo gekommen.

Ein weiteres altes Gefühl, das Laurentius mit Georgs Hilfe entdeckte, war das tiefe Gefühl des Verlassenseins. Es hing mit dem Schock nach dem Verlust seiner Mutter zusammen. Er fühlte sich nicht nur von ihr verlassen, sondern auch von seinem Vater, der nie Zeit für ihn gehabt und stets kühl und abweisend zu ihm gewesen war. Als Kind war er verlassen worden, fühlte sich hilflos und einsam. Diese Gefühle hafteten ihm noch immer an. Laurentius erkannte, was ihn zum Opfer gemacht hatte – sowohl für seine Mitschüler als auch für Pietro und Angelo. Er war angeschlagen, und die anderen hatten das gespürt und gnadenlos ausgenutzt: Die Mitschüler, um ihn zu mobben, Pietro, um seine Triebe zu befriedigen, und Angelo, um seinen Sadismus auszuleben. Es war ein schmerzhafter Prozess für Laurentius, zu erkennen, dass sein Leben seit dem zwölften Geburtstag vom Trauma des Mutterverlusts geprägt gewesen war. Er hatte erst nach Rom kommen müssen, um das mit Georgs Hilfe zu begreifen. Dennoch fühlte er sich danach befreit wie nie zuvor. In diese Fallen würde er künftig nicht mehr tappen. Georg half ihm, diese Gefühle wertzuschätzen, anstatt sie zu verdrängen, sie als Teil seiner Geschichte anzuerkennen und bewusst als Warnzeichen zu nutzen.

In einer Sitzung bei Georg erinnerte sich Laurentius daran, wie er als Kind versucht hatte, bei den Carabinieri eine Vermisstenanzeige für seine Mutter aufzugeben, nur um mitleidige Blicke zu ernten. Er zeigte Georg den Brief, den ihm sein Vater so lange vorenthalten hatte und den er Pietro hatte entreißen müssen. Daraufhin schlug Georg vor, er könne sich darum bemühen, den Aufenthaltsort seiner Mutter herauszufinden. Schließlich sei der Vatikan nicht ohne Möglichkeiten, und er selbst wäre bereit, ihm zu helfen, eine Suche in die Wege zu leiten.

Laurentius, der diese Möglichkeit noch gar nicht in Betracht gezogen hatte, bat sich Bedenkzeit aus. Einige Tage rang er mit seinen ambivalenten Gefühlen von Angst und Sehnsucht, dann bat er Georg darum, Nachforschungen anzustellen.

„Ihren Aufenthaltsort herauszufinden, dürfte für unsere Rechercheabteilung kein Problem sein", sagte Georg, erfreut über Laurentius' Mut, sich der Situation zu stellen. Er versprach, sich sogleich darum zu kümmern.

Laurentius fragte nicht nach, aber mit jeder Sitzung wunderte er sich mehr, dass Georg das Thema nicht wieder aufgriff. Nach zwei Monaten, als die Spannung für Laurentius fast unerträglich geworden war, eröffnete ihm Georg schließlich, dass es leider nicht gelungen sei, etwas über den Verbleib seiner Mutter in Erfahrung zu bringen.

Damit hatte Laurentius nicht gerechnet. „Das sagst du mir jetzt aber nicht, weil sie gestorben ist, oder?", platzte es aus ihm heraus.

In den letzten Wochen hatte Laurentius sich ein Wiedersehen mit seiner Mutter ausgemalt und sich darauf gefreut, endlich Genaueres darüber zu erfahren, warum sie ihn damals verlassen hatte. Jetzt fühlte er eine abgrundtiefe Enttäuschung.

„Aber nein, Laurentius, wo denkst du hin? Wenn wir herausgefunden hätten, dass sie tot ist, hätte ich es dir selbstverständlich sofort gesagt. Tatsächlich gibt es leider keinerlei Spur von deiner Mutter."

Laurentius war verblüfft. In seiner täglichen Arbeit wunderte er sich immer wieder darüber, was die Rechercheabteilung alles über die Menschen herausfand, die im Mittelpunkt eines Wunders standen oder dies behaupteten. Dass man über seine Mutter gar nichts herausgefunden hatte, konnte er kaum glauben. Schwerer wog jedoch, dass er es auch nicht glauben wollte.

„Vielleicht hat sie wieder geheiratet und einen anderen Namen angenommen", vermutete Georg.

„Ja, wie denn, ohne Papiere? Und sie hat sich meines Wissens nicht scheiden lassen. Man kann nicht mehrfach heiraten."

„Na ja, eine Lösung für die Papiere könnte man sich vorstellen – mit Geld erreicht man ja bekanntlich hierzulande einiges –, aber merkwürdig ist es schon."

„Oder es ist ihr doch etwas zugestoßen …", überlegte Laurentius. „Meinst du, es macht Sinn, es noch mal über die Carabinieri zu versuchen?"

„Das steht dir natürlich frei, nur versprechen würde ich mir davon nichts. Was ich dir jetzt sage, darf ich dir nicht verraten, aber ich denke, ich kann mich auf deine Verschwiegenheit verlassen. Wir hatten Einblick in die Akten. Man hat deinen Vater damals nicht nur vernommen, sondern auch als Tatverdächtigen ins Visier genommen. Er hat den Brief, den er dir vorenthalten hat, als Beweis vorgelegt, dass deine Mutter die Familie verlassen hat. Man konnte ihm nichts nachweisen. Die Akte wurde geschlossen."

„Die Akte wurde geschlossen? Das klingt furchtbar. Meine Mutter ist verschwunden, und sie schließen einfach die Akte!" Laurentius' Trauer verwandelte sich in Wut, vor allem auf seinen Vater. Was hatte der seiner Mutter angetan?

„Dieser Feigling", schimpfte Laurentius. „Vermutlich hat er den Brief gelesen. Aber ihn mir zu geben, hat er sich nicht getraut."

„Vielleicht kannst du ihn eines Tages danach fragen?"

„Ja, vielleicht", entgegnete Laurentius resigniert. „Das könnte aber sehr lange dauern."

Georg legte ihm die Hand auf die Schulter. „Es tut mir leid, Laurentius."

„Schon gut, es ist ja nicht deine Schuld. Danke, dass du dich für mich eingesetzt hast. Ich weiß das zu schätzen."

Danach sprachen sie nie wieder über das Thema, doch Laurentius beschäftigten die Gedanken an seine Mutter und ihr spurloses Verschwinden noch lange. Er erwog, sich erneut an die Behörden zu wenden, aber da er mittlerweile wusste, welche Möglichkeiten der Vatikan hatte, begriff er, dass er sich damit nur einer weiteren Enttäuschung aussetzen würde. Also ließ er es bleiben.

Seine freie Zeit verbrachte Laurentius mit langen Streifzügen durch die Ewige Stadt. Er bewunderte das Pantheon, das

Kolosseum, die Piazza Navona mit dem Bernini-Brunnen und besuchte Kirchen mit Werken von Caravaggio und Michelangelo.

Parallel dazu ging ihm seine Arbeit immer besser von der Hand. Er las Akte um Akte, machte Termine und stellte seinen Kollegen die Fälle vor. Gespannt lauschte er ihren Berichten, wenn sie von den Einsätzen vor Ort zurückkamen. Teilweise wunderte er sich über den respektlosen Ton, den sie gegenüber den Betroffenen anschlugen, doch er vermutete, dass dies der Routine geschuldet war.

An einem Montagmorgen war es dann so weit. Um 10 Uhr betrat Pius sein Büro. „Kann das denn wahr sein? Es sind schon wieder so viele", sagte er und deutete auf den Aktenstapel, über den sich Laurentius beugte. „Aber gut – Wunder gibt es immer wieder", fügte er grinsend hinzu. „Heute schaust du dir selbst mal eins an, einverstanden?"

Laurentius war sprachlos.

„Komm, wir fahren gleich los. Wir müssen quer durch die ganze Stadt und noch ein Stück weiter, das dauert."

„Muss ich etwas mitnehmen?"

Pius hob seine Aktentasche hoch.

„Nur deinen Verstand, den Rest habe ich hier drin."

Laurentius folgte Pius zu einem bereits wartenden Wagen nebst Fahrer.

„Haben wir etwa einen Chauffeur?", fragte Laurentius ungläubig.

„Ja, natürlich. Wir müssen uns auf Wichtigeres als den Verkehr konzentrieren. Ein Wunder kostet den Vatikan bis zu 300.000 Euro, habe ich dir das noch nicht erzählt?"

Laurentius schüttelte den Kopf. Beeindruckt setzte er sich auf die Rückbank neben Pius, der die entsprechende Akte aus seiner Tasche nahm.

„Via Aventina 313", sagte Pius zum Fahrer. Dann öffnete er die Akte. Er las eine Weile, blätterte um, las weiter. „Du solltest auch noch mal reinschauen".

Laurentius schlug sie auf. Er erinnerte sich daran, wie er den Termin mit der Tochter der Signora vereinbart hatte.

„Fällt dir etwas auf?", wollte Pius wissen.

„Die Signora ist recht betagt – meinst du das?"

„Richtig. Das macht unsere Arbeit nicht leichter."

Nach einer knappen Stunde Fahrt hielten sie vor einer Vortvilla.

„Da ist es. Via Aventina 313", sagte Pius. Sie stiegen aus und gingen zum Eingang.

Pius betätigte die Klingel und raunte Laurentius zu: „Ich bin gespannt auf die Geschichte, die sich hinter dieser schicken Fassade verbirgt. Pass gut auf."

Eine Dame mittleren Alters öffnete. „Bitte?"

„Wir haben einen Termin bei Signora Maldini."

„Das ist meine Mutter. Bitte, treten Sie ein. Sie gestatten, dass ich vorausgehe?"

Schweigend folgten die Mönche der Frau in einen Wintergarten.

„Mama, die Herren aus dem Vatikan sind da."

Eine alte Dame erhob sich aus dem Sessel. Obwohl sie von stattlicher Größe war, wirkte sie zart und zerbrechlich. Ihr graues Haar war schütter geworden, und ihr Blick trübe. Sie reichte den Mönchen eine blasse, von dunklen Adern durchzogene Hand.

„Bongiorno, Signora Maldini. Ich bin Pater Pius, und das ist mein Kollege, Bruder Laurentius."

Die alte Dame stand schweigend vor ihnen. Unsicher blickte sie sich nach ihrer Tochter um.

„Bitte nehmen Sie doch Platz", sagte die Tochter. „Darf ich Ihnen etwas bringen? Einen Tee vielleicht?"

Pius nickte. „Ich nehme gerne ein Glas Wasser. Du auch, Laurentius?"

„Ja, bitte."

Sie setzten sich, und Laurentius bemerkte, dass die alte Dame sich bemühte, eine vorbildliche Haltung einzunehmen. *So einen geraden Rücken hätte ich mit 89 auch gerne*, dachte er. Die Tochter kehrte mit einer Karaffe Wasser und drei Gläsern zurück, goss ein und ging hinaus. Laurentius war sich sicher, dass sie in Hörweite bleiben würde.

Pius wies auf eine der gerahmten Fotografien, die auf der Kommode standen. „Darf ich fragen, wer die Personen auf dem Bild dort sind?"

„Ja, natürlich." Die alte Dame stand auf und holte das Foto. Ihr langer Zeigefinger tippte auf die abgebildeten Menschen. „Das ist mein verstorbener Mann Serafino. Neben ihm steht sein Sohn aus zweiter Ehe, und das mit dem Baby auf dem Arm bin ich – mit unserer Tochter."

„Interessant. Und auf dem Bild dort hinten, ist das auch Ihr verstorbener Mann?"

Laurentius erkannte auf der Fotografie, die offenbar an einem Strand aufgenommen worden war, eine Gruppe ausgelassen feiernder Männer, die sich mit riesigen Bierkrügen zuprosteten. Im Hintergrund standen zwei grell geschminkte Blondinen in provozierend knapper Badekleidung.

„Ja, das ist Serafino mit seinem Kegelclub. Sie haben sich jede Woche getroffen und sind zweimal im Jahr zusammen verreist. Serafino hat so gerne gefeiert ..."

„Signora, Sie haben sich an den Vatikan gewandt. Möchten Sie uns in Ihren eigenen Worten beschreiben, was sich zugetragen hat, das Sie als Wunder erlebt haben?"

„Ja, das will ich", sagte die alte Dame, sammelte sich einen Moment und begann: „Das war im Frühjahr, am Geburtstag meines verstorbenen Mannes, also genau gesagt, am 18. April."

„Entschuldigen Sie, wenn ich Sie unterbreche. Gestatten Sie mir noch die Frage: Hatten Sie ein gutes Leben mit Ihrem Mann?"

„Ein gutes Leben? Ach, du meine Güte ... Eine jede Ehe hat ihre Höhen und Tiefen, das wissen Sie sicher. Aber im Großen und Ganzen war mein Serafino ein feiner Mann."

„Gut. Erzählen Sie bitte weiter."

„Also ... Wo war ich? Ach ja. Ich erwachte am 18. April wie immer bei Tagesanbruch. Als ich aufstehen wollte, gehorchten mir meine Beine nicht. Verstehen Sie? Ich wollte aufstehen, aber meine Beine waren nicht mehr da ..." Die alte Dame starrte abwesend in die Ferne. Ihre Kiefer mahlten.

Pius warf Laurentius einen Blick zu. „Ihre Beine waren nicht mehr da“, wiederholte er.

Die Signora wandte sich ihm wieder zu. „Nein, meine Beine waren schon da, aber ich konnte sie nicht benutzen. Verstehen Sie?“

„Ihre Beine haben nicht funktioniert.“

„Ja, sie waren weg.“

„Hm.“ Pius lächelte die Signora an, und Laurentius erkannte den Schalk in seinem Blick.

„Also, Ihre Beine waren wie gelähmt?“

„Nein, es war schlimmer. Es war furchtbar. Sie waren weg.“ Abermals schweifte ihr Blick in eine imaginäre Ferne, und ihre Kiefer mahlten heftiger.

„Signora, ich verstehe: Ihre Beine waren weg. Was haben Sie dann gemacht?“

„Ich habe mich gefürchtet. Ich war allein und dachte, jetzt kommt meine letzte Stunde. Dann habe ich gebetet.“

„War Ihre Tochter nicht da?“

„Nein, Stephania kommt erst am Mittag. Ich habe den Rosenkranz gebetet, immer wieder, dann das Vaterunser und ‚Gegrüßet seist du, Maria‘. In meiner Not habe ich meinen verstorbenen Mann angerufen. Verstehen Sie, ich habe zu Serafino gebetet, dass er mir helfen möge. Und da schoss das Leben in meine Beine zurück wie ein heißer Strom.“

Pius nickte.

„Mein Serafino hat mich erhört.“

„Und dann?“

„Dann bin ich aufgestanden, habe mir einen Tee zubereitet und bin zur Beichte gegangen.“

Pius blätterte in der Akte. „Genau, hier steht, Sie gehören zur Gemeinde von Monsignore Sarti.“

„Richtig. Der Monsignore ist ein feiner Mensch, genau wie mein Serafino. Ich habe ihm alles erzählt, und er hat sofort gesagt, dass Serafino ein Wunder an mir getan hat.“

„Ja, der Monsignore hat sich an uns gewendet. Eine Frage hätte ich noch: Ist Ihnen so etwas schon einmal passiert?“

„Nein, wo denken Sie hin?“

„Wir danken Ihnen für das Gespräch, Signora."

„Ja, aber – wie geht es jetzt weiter? Wird mein Serafino heiliggesprochen?"

„Es gibt vieles zu prüfen. Das wird geraume Zeit in Anspruch nehmen. Bis ein Wunder dokumentiert ist, vergehen viele Jahre."

„Ach so." Die alte Dame war sichtlich enttäuscht.

„Nochmals vielen Dank! Sie hören von uns."

Als hätte sie auf das Stichwort gewartet, erschien die Tochter und begleitete die Mönche hinaus.

„Nun, was hältst du davon?", wollte Pius wissen, nachdem sie eingestiegen waren.

„Also, ich würde nicht sagen, dass der gute Serafino das Leben eines Heiligen geführt hat."

„Allerdings." Pius grinste.

Laurentius fühlte sich bestätigt. Er fuhr fort: „In der Akte wird auf die Möglichkeit einer transitorischen ischämischen Attacke verwiesen. Was ist das genau?"

„Das ist eine Art vorübergehender Schlaganfall."

„Ich bin kein Arzt, aber das kann ich mir gut vorstellen, vor allem in Anbetracht des hohen Alters der Signora."

„Das sehe ich genauso. Ich denke, die alte Dame hat viel Glück gehabt. Ein Wunder kann ich hier allerdings nicht erkennen."

„Ich ehrlich gesagt auch nicht, obwohl es Monsignore Sarti bestimmt gefreut hätte, eines in seiner Gemeinde zu haben. Ich habe seinen Namen mehrfach in den Akten gelesen."

„Gut aufgepasst, Laurentius. Manche sind eifrig, wenn es darum geht, ein Wunder zu entdecken. Dann sind wir uns also einig. Du kannst nachher dein erstes Gutachten schreiben. Orientiere dich dabei im Wesentlichen am medizinischen Teil der Akte. Jetzt verstehst du besser, was ich neulich meinte, als ich sagte, dass sich die Spreu schnell vom Weizen trennt."

„Es war beeindruckend, wie du vorgegangen bist. Die Fotografien waren sehr hilfreich."

„Daran siehst du, wie wichtig es ist, dass wir die Menschen in ihrer privaten Umgebung besuchen. In den meisten Wohnungen finden sich Hinweise. So eindeutig wie in diesem Fall ist es nicht immer, aber im Laufe der Zeit wird man erfahrener. Man lernt, die richtigen Fragen zu stellen. Manchmal sind es Familienangehörige, Dienstboten oder Nachbarn, die uns wertvolle Hinweise geben. Ein wenig detektivisches Gespür und Fantasie benötigen wir schon, aber meist liegt es schnell auf der Hand, womit wir es zu tun haben."

„Die alte Dame wird enttäuscht sein."

„Ja, es wäre sicher schön für sie, wenn sich ihr Serafino wenigstens posthum zum Heiligen entwickelt hätte. Aber es ist nicht ungewöhnlich, dass sich unsere Untersuchungen über Jahre hinziehen. Ich denke, das Ergebnis muss die Signora nicht mehr erleben. Du solltest einen entsprechenden Vermerk in die Akte machen." Pius klopfte Laurentius aufmunternd auf die Schulter. „Schließlich soll man den Menschen ihren Glauben nicht nehmen. Und betuchte ältere Damen spenden gerne Teile ihres Vermögens an die Kirche."

„Du denkst wirklich an alles", sagte Laurentius anerkennend.

„Ich wurde gut ausgebildet."

Laurentius hatte verstanden. Die Signora sollte in dem Glauben sterben, dass ihr Serafino ein Heiliger war.

Nach ihrer Rückkehr saß Laurentius lange über den Akten. Seine Haltung zu dieser Arbeit hatte sich nach dieser Erfahrung verändert. Die Fälle hatten nun Gesichter bekommen, und die Arbeit begann ihm Freude zu machen.

In der folgenden Nacht beschäftigte ihn seine eigene Geschichte. Er stellte sich vor, wie zwei seiner Kollegen im Kloster vorbeikommen würden, um ihn zu seinem Erlebnis zu befragen. Doch im Vergleich zu den Fällen, die er jetzt täglich bearbeitete, war seine Geschichte ganz anders. Ihm ging es nicht darum, selbst selig- oder heiliggesprochen zu werden – obwohl sein Lebenslauf durchaus akzeptabel war. Es ging ihm darum, die Welt darauf aufmerksam zu machen, dass der heilige Franziskus auferstanden war. Das hatte er schließlich mit eigenen Augen gesehen. Andere Heilige schienen ebenfalls am Werk zu sein. Insofern wären seine Kollegen für seinen Fall vermutlich nicht zuständig. Was er erlebt hatte, musste er dem Heiligen Vater persönlich vortragen. Gut, dass die Audienz näher rückte – in drei Tagen würde es so weit sein.

Ein Termin, den er gemeinsam mit Bernhard am Mittwoch wahrnehmen sollte, wurde kurzfristig abgesagt, da die Person, bei der sich das Wunder offenbart haben sollte, inzwischen doch an ihrer Krankheit verstorben war.

Bruder Sebastian traf Laurentius nur einmal kurz auf dem Gang. Obwohl Sebastian sich erkundigte, wie es Laurentius bei seinem ersten Termin ergangen war, war deutlich zu spüren, dass er in Eile war und mit anderen Dingen beschäftigt.

Am Donnerstag erwachte Laurentius voller Freude. Noch vor der ersten Messe ging er seine Unterlagen ein letztes Mal durch. Er hatte eine Mappe zusammengestellt, die er dem Heiligen Vater überreichen wollte, nachdem er ihm von der Nacht des Wunders berichtet hatte. Er konnte nicht erwarten, dass der Heilige Vater sich alles merken würde.

Beim Frühstück zwang er sich, einen Toast zu essen, und zog sich dann umgehend in seine Arbeitskammer zurück. Er war sich nicht sicher, wo genau er sich einfinden sollte, doch eine Notiz, die auf seinem Schreibtisch lag, löste das Problem. Er würde um 10 Uhr abgeholt werden. Laurentius wurde ruhiger. Alles würde sich zum Guten wenden.

Pünktlich um 10 Uhr stand ein Wagen für ihn bereit. Die Fahrt zu einem der Nebengebäude dauerte nur wenige Minuten. Laurentius wunderte sich, warum er sich so frühzeitig einfinden sollte, da die Audienz erst für 11:45 Uhr angesetzt war. Vermutlich hing es mit dem eng getakteten Zeitplan des Heiligen Vaters zusammen. Ehrfürchtig meldete er sich bei dem Herrn hinter der dicken Glasscheibe an.

„Kongregation für die Heilig- und Seligsprechung, richtig?"

„Ja."

„Laurentius Ferrari. Ich habe einen Termin."

„Bitte warten Sie dort drüben, Sie werden abgeholt."

Laurentius war zu aufgeregt, um sich zu setzen. Nach zehn Minuten, die ihm wie eine Ewigkeit vorkamen, erschien ein eleganter Herr, der sich nicht vorstellte und dessen Funktion

Laurentius sich nicht erklären konnte. Der Mann forderte ihn auf, ihm zu folgen. Sie gingen zusammen ein paar Gänge entlang, bis der elegante Herr vor einer der riesigen Türen stehen blieb, anklopfte und Laurentius dann in einen Raum schob, dessen Pracht ihm den Atem raubte. Die Wände waren mit riesigen Gemälden und Teppichen geschmückt, die gewölbte Decke mit vergoldetem Stuck verziert. Zu beiden Seiten der Tür standen Wachen der Schweizergarde.

Hinter einem antiken Schreibtisch saß ein riesiger schwarzer Mann. Laurentius hatte schon einige beleibte Menschen gesehen, doch dieser Berg von einem Mann wirkte auf ihn wie eine übernatürliche Erscheinung.

„Bitte, treten Sie näher“, dröhnte der Mann mit tiefer, basslastiger Stimme. „Ich bin Augusto Logamino. Ihr Kloster hat uns informiert, dass Sie den Heiligen Vater über bestimmte Vorkommnisse unterrichten möchten.“ Mit einer knappen Geste wies der Riese auf einen Stuhl. „Bitte, nehmen Sie Platz und sprechen Sie.“

Laurentius schluckte nervös. War dies eine Art Vorstufe zur Audienz? Musste er erst diesem Koloss alles erzählen? Vermutlich war dieser Mann einer der Sekretäre des Heiligen Vaters, versuchte er sich zu beruhigen.

Zögernd ließ er sich auf den Stuhl nieder, besann sich kurz, und begann dann stockend, von der besagten Nacht zu berichten.

Der Mann unterbrach ihn nicht mit Fragen und ließ sich keinerlei Regung anmerken. *Ob er bereits informiert gewesen war?*, fragte sich Laurentius.

„Das sind die Unterlagen zu Ihrem Bericht?“ Der Koloss deutete auf Laurentius’ Mappe.

„Äh …, ja“, antwortete Laurentius und drückte die Mappe fest gegen seine Brust.

„Die können Sie hierlassen.“

Bevor sich Laurentius versah, stand er wieder auf dem Gang. Der Elegante nahm ihn in Empfang und geleitete ihn in einen größeren, aber weniger prunkvollen Raum. Darin hielten sich nach Laurentius’ Schätzung etwa fünfzig Personen auf. Der

Raum verfügte über mehrere Türen, und neben jeder standen zwei prächtig gekleidete Wachen. Ihm wurde ein Platz in der letzten Stuhlreihe zugewiesen. Kurz darauf öffnete sich eine der Türen. Der Heilige Vater trat ein, gefolgt von einem Priester und zwei Gardisten, und bekreuzigte sich. „In nomine patris et filii et spiritus sancti. Amen."

„Amen", sagten die Anwesenden.

Laurentius ertappte sich dabei, wie er den Heiligen Vater unverhohlen anstarrte, unfähig, seinen Blick abzuwenden. Rasch senkte er den Kopf, als er merkte, wie unpassend sein Verhalten war.

Nachdem sich der Papst auf dem prächtigen, mit rotem Samt bezogenen Stuhl niedergelassen hatte, ergriff der Priester das Wort. „Liebe Brüder", begann er in die gespannte Stille hinein, „ihr habt euren Dienst im Vatikan angetreten. Ab jetzt gehört ihr zur großen vatikanischen Familie. Seid herzlich willkommen. Generationen vor euch haben viel geleistet, und auch ihr werdet mit eurem Einsatz dazu beitragen, dem Herrn zu dienen. Der Heilige Vater segne euch."

Der Papst erhob sich, murmelte einen Segen, bekreuzigte sich und verließ den Raum, gefolgt von den Priestern und Wachen. Die anderen – wie Laurentius nun erkannte – neuen Kollegen erhoben sich und verließen nacheinander den Raum.

Laurentius blieb trotzig sitzen. *Das kann doch nicht alles gewesen sein*, dachte er. Seine Audienz stand noch aus! Aber niemand kam. Stattdessen betrat ein junger Novize den Raum, offenbar damit beschäftigt, ihn aufzuräumen. Als er Laurentius sah, blieb er verwundert stehen. „Sie sind noch hier? Das ist nicht vorgesehen. Bitte folgen Sie mir, ich bringe Sie hinaus."

Laurentius wollte protestieren, aber die Worte blieben ihm im Hals stecken. Er stand langsam auf und trottete hinter dem Novizen her. Kurz bevor er die große Glasbarriere erreichte, die den Empfangsbereich trennte, hielt er inne und wandte sich an den Herrn hinter der Scheibe. „Entschuldigen Sie, aber hat man mich vergessen?"

Der Mann blickte auf. „Vergessen?“ Er runzelte die Stirn. „Sie wurden doch abgeholt, oder?“

„Ja, aber ich sollte eine Audienz beim Heiligen Vater bekommen.“

Der Mann hinter der Scheibe musterte ihn skeptisch. „Aha. Moment.“ Er griff zum Telefon.

Daraufhin erschien der Elegante. „Haben Sie etwas vergessen?“

„Äh, nein“, sagte Laurentius, „ich warte auf die Audienz.“

Der Elegante räusperte sich. „Daran haben Sie soeben teilgenommen.“

„Aber ich dachte ...“ Laurentius’ Stimme erstarb.

„Ihr Anliegen wird dem Heiligen Vater übermittelt, hat man Ihnen das nicht gesagt?“

Laurentius schüttelte den Kopf.

„Es hat alles seine Richtigkeit, glauben Sie mir. Kommen Sie, Ihr Wagen wartet.“

Laurentius wurde sanft nach draußen geschoben. Der Fahrer brachte ihn zurück, und als er endlich in seinem Büro und allein war, rollten ihm die Tränen über die Wangen.

Pius, der nur kurz bei ihm hereinschauen wollte, erschrak. „Meine Güte, Laurentius, was ist denn geschehen?“

„Ich bin dumm gewesen! Dumm und eitel, und dafür habe ich die Rechnung bekommen ...“, platzte es aus ihm heraus.

„Komm, mach mal halblang. Was auch immer passiert ist, es darf nicht dazu führen, dass du dich fertigmachst.“

„Nein, wirklich, ich bin selbst schuld.“

Obwohl Laurentius sich vorgenommen hatte, genau das nicht zu tun, erzählte er Pius die ganze Geschichte. Er begann mit der Nacht in Assisi und endete bei der Enttäuschung, die er soeben erlebt hatte.

Pius legte nachdenklich seine Hand auf Laurentius’ Schulter. „Möchtest du meinen Rat dazu hören?“, fragte er.

„Ja, bitte!“ Laurentius blickte ihn erwartungsvoll an.

„Du solltest dich in Geduld und Bescheidenheit üben, mein Freund. Die Mühlen des Vatikans mahlen langsam. Ich habe dir erklärt, dass bisweilen Jahre vergehen, bevor eine Heiligsprechung erfolgt. Bedenke, dass jedes Jahr Tausende von Akten angelegt werden. Immerhin hast du das Privileg, hier zu sein. Du bist also genau an der richtigen Stelle. Dein Guardian hat sein Bestes getan, und auch du hast alles getan, was zu tun ist."

„Aber ..."

„Kein Aber! Du hast deinen Bericht abgegeben, zwar nicht persönlich, wie du es dir gewünscht hast, aber immerhin. Der Heilige Vater wird davon erfahren. Mehr kannst du nicht tun. Es würde deiner Sache mehr schaden als nützen, wenn du dich jetzt nicht fügst."

Laurentius dachte nach. Pius hatte recht, aber die Enttäuschung nagte an ihm. Schließlich sagte er: „Danke, Pius, du bist ein guter Freund. Aber ... ich befürchte, dass ich als Spinner abgetan werde. Verstehst du das? Sag mir bitte ehrlich, wie mein Bericht bei dir ankommt."

Pius sah ihn eine Weile an, dann antwortete er: „Nun ja ... Das ist schon ein starkes Stück. Ich muss darüber nachdenken."

„Klar. Mir würde es wahrscheinlich nicht anders gehen. Ich weiß selbst, dass es unvorstellbar klingt, was ich in dieser Nacht erlebt habe. Aber bitte sag mir, ob du es wenigstens als eine Möglichkeit betrachten kannst."

Pius seufzte leise. „Ach, Laurentius, was soll ich sagen? Du weißt selbst am besten, was du gesehen hast. Auf mich wirkst du nicht wie jemand, der Halluzinationen hat, wenn es das ist, was du wissen willst."

Laurentius nickte. „Das beruhigt mich zumindest ein wenig."

„Na, das ist für den Anfang nicht schlecht", versuchte Pius zu scherzen, obwohl ihm der Sinn nicht danach stand.

„Ich möchte es so ausdrücken: Wir als gläubige Christen sind von Haus aus geübt im Umgang mit Wundern und Mysterien. Wir glauben an die Auferstehung von Jesus Christus, an die jungfräuliche Geburt, an die Gemeinschaft der Heiligen. Und schau dir nur unsere Arbeit an: Tagtäglich suchen wir nach Wundern. Daher denke ich, dass du auf offene Ohren treffen wirst. Dennoch rate ich dir zur Geduld. Wenn ich dich richtig verstanden habe, sind die Heiligen dabei, ins Weltgeschehen einzugreifen. Insofern arbeitet die Zeit für dich."

„Das ist richtig, Pius. So habe ich es noch gar nicht betrachtet. Aber bei Jesus war wenigstens der Stein vor dem Grab weg. In der Krypta haben Raphael und Angelo keinerlei Spuren von Franziskus' Auferstehung finden können."

„Seit wann schert sich ein Wunder um Spuren?"

Laurentius konnte nicht anders, als gegen seinen Willen zu lachen. „Ich hätte nicht gedacht, dass du so darüber denkst."

„Siehst du, es ist gut, dass wir miteinander gesprochen haben."

Laurentius fühlte sich getröstet. Er war sicher, in Pius einen Freund gefunden zu haben. Es war vermessen gewesen zu glauben, er könne den Heiligen Vater persönlich unter vier Augen sprechen. Jetzt schämte er sich für seine Naivität, doch gleichzeitig empfand er Erleichterung.

„Nochmals danke, Pius. Du hast mir sehr geholfen. Ich werde deinen Rat beherzigen und mich an die Arbeit machen. Ehrlich gesagt, freue ich mich schon auf unseren nächsten Termin."

Pius klopfte ihm auf die Schulter. „Gut so. Bis später."

Laurentius nahm sich eine Akte vom Stapel. Die Geschichte einer jungen Frau lenkte ihn ab. Sie glaubte, es sei die Stimme der Heiligen Jungfrau, die sie dazu aufforderte, sich zu geißeln. Er ertappte sich dabei, wie er den Hinweisen auf eine psychiatrische Diagnose Glauben zu schenken begann, noch bevor sie mit der Frau gesprochen hatten. Schnell vereinbarte er einen Termin mit der Mutter der Frau und nahm sich die nächste Akte vor. Bis zur Abendmesse hatte er zwei weitere Akten gesichtet und entsprechende Termine vereinbart.

In der folgenden Woche stand ein Ortstermin mit seinem Kollegen Bernhard an. Bernhard war der Dienstälteste und hatte somit die meiste Erfahrung. Leider litt er unter starkem Mundgeruch. Laurentius war deshalb froh, dass Bernhard recht wortkarg war. In der Regel blickte er finster drein. Seine Haltung war leicht gebeugt, und meist zog er seine spitzen Augenbrauen hoch, wenn er seine Brüder beobachtete, was ihm einen überheblichen Ausdruck verlieh.

Sie trafen sich auf dem Parkplatz. Mit einem Ächzen schob Bernhard seine beachtliche Körperfülle auf die Rückbank und wischte sich den Schweiß von der Glatze.

„Schlimm, diese Hitze", sagte er. „Wir haben noch Zeit. Was hältst du von einem kurzen Abstecher zur besten Eisdiele Roms? Einverstanden?"

„Klar!", antwortete Laurentius erfreut.

Vor der Eisdiele hatte sich eine lange Schlange aus hungrigen Touristen und Schulkindern gebildet. Missmutig stellte sich Bernhard hinten an, Laurentius hielt sich dicht hinter ihm. Mit großen Augen sah er zu, wie Bernhard sieben Kugeln Eis in einen Becher füllen ließ. Als Laurentius an der Reihe war, wählte er nur eine Kugel Haselnuss und bedankte sich bei Bernhard, der für beide bezahlte.

„Wegen einer Kugel lohnt sich das Anstehen doch gar nicht", sagte Bernhard schnaufend, als sie wieder im Auto saßen, und beugte sich über seinen überfüllten Becher. Er nannte dem Fahrer eine Adresse im Stadtquartier Esquilino. Dann fragte er Laurentius: „Dein wievielter Termin ist das?"

„Der zweite."

Bernhards Augenbrauen stiegen vielsagend. „Halt dich im Hintergrund, beobachte und schweige."

Laurentius hatte nichts anderes im Sinn und nickte.

„Die Akte hast du studiert?"

Er nickte erneut.

„Gut, dann wollen wir mal sehen, ob sich an Carlo Pesaro ein Wunder offenbart hat oder ob er sich gar selbst zum Heiligen eignet."

Laurentius schwieg und genoss die Fahrt, die sie am Kolosseum vorbeiführte. Die ehrwürdigen antiken Gebäude Roms zu betrachten, war für ihn noch immer ein Erlebnis. Nach beinahe zwei Stunden hielt der Wagen vor einem schäbig wirkenden Hochhaus.

Bernhard zwängte sich schnaufend aus dem Wagen, die Aktenmappe unter den Arm geklemmt. Gemeinsam betrachteten sie das uneinheitlich gestaltete Klingelbrett. Die Namen darauf waren in verschiedenen Schriftgrößen notiert, manche mehrfach überklebt, und bei einigen Wohnungen fehlten sie ganz. Laurentius fragte sich, ob diese Wohnungen leer standen oder ihre Bewohner keine Post wünschten.

„Aha, siebter Stock“, murmelte Bernhard, tippte mit seinem dicken Finger auf einen der Klingelknöpfe und wartete. Kurz darauf ertönte der Summton, und Bernhard drückte die Tür auf. Der finstere Hausflur roch beißend nach Urin, und der schäbige Bodenbelag knirschte unter ihren Schritten. Laurentius rümpfte die Nase und folgte Bernhard, der sich mühsam durch den engen Flur schob. Sie passierten eine Wand mit verbeulten Briefkästen, bevor sie vor dem Aufzug stehen blieben. Dort, wo die Bedienknöpfe hätten sein sollen, klaffte ein Loch.

Bernhard seufzte unwillig. „Natürlich funktioniert der Aufzug nicht“, brummte er und setzte sich schwerfällig in Bewegung, um die Treppe zu nehmen. Nach jedem Stockwerk hielt er inne, schnaufte und wischte sich den Schweiß von der Glatze. Laurentius, der keine Probleme mit dem Aufstieg hatte, fühlte sich unwohl in diesem trostlosen Gebäude, das den Verfall der Umgebung zu spiegeln schien.

Im siebten Stock angekommen, wurden sie von einem verhärmten Mann erwartet, der in der offenen Tür stand. Ein ekelhaft saurer Geruch drang aus der Wohnung. Der Mann trug eine ausgebeulte Trainingshose und ein verwaschenes T-Shirt, das an ihm herabhing. Laurentius wusste, dass Signor Pesaro Mitte fünfzig war, hätte ihn aber leicht für jemanden gehalten, der die siebzig längst überschritten hatte.

„Buongiorno“, sagte Bernhard und stellte sich selbst und Laurentius vor.

„Buongiorno“, erwiderte Signor Pesaro, seine weiteren Worte wurden vom Lärm eines vorbeidonnernden Zuges verschluckt.

Der Mann drehte sich unbeholfen um und führte die beiden Mönche in seine Wohnung. Sie folgten ihm durch einen schmalen Flur, dessen Wände mit Heiligenbildern tapeziert waren. Laurentius hatte sich das Leben einer kinderreichen Familie in einfachen Verhältnissen ausgemalt, aber das, was er hier vorfand, schockierte ihn.

Im kleinen Wohnzimmer drängten sich acht verwahrloste Jungen unterschiedlichen Alters auf einer abgenutzten Eckbank. Ihre schmutzigen Gesichter und die knochigen Gliedmaßen zeugten von Verwahrlosung. Ihre Kleidung war zerlumpt und voller Flecken, und ihre Knie und Ellenbogen waren mit frischen und verschorften Wunden übersät.

Zwischen den Jungen auf der Bank lag ein struppiger Hund, dessen Fell wohl einmal weiß gewesen war. Er warf den Mönchen einen müden Blick zu, bevor er sich wieder der Schuhsohle widmete, die er kaute. In einer Ecke des Raums stand ein Laufgitter, in dem drei weitere Kleinkinder saßen. Daneben, auf einem wackeligen Stuhl, hielt Frau Pesaro einen schreienden Säugling auf ihrem Schoß. Ihre hohlen Wangen und die dunklen Ringe unter ihren Augen ließen sie erschöpft und ausgezehrt wirken, während sie mühsam versuchte, das Kind in den Schlaf zu wiegen.

Bernhard trat einen Schritt vor und lächelte sie freundlich an. „Buongiorno, Signora Pesaro."

Mit einer müden, fast ergebenen Geste erwiderte sie die Begrüßung.

Laurentius, der sich dicht hinter Bernhards breitem Rücken versteckte, betrachtete fassungslos die Umgebung. Eine so bedrückende Armut hatte er noch nie mit eigenen Augen gesehen. Sogar die ärmsten Familien, die er aus seiner Kindheit kannte, lebten unter besseren Verhältnissen. Früher hatte er seine Mutter begleitet, wenn sie zu Weihnachten Geschenke an die Erntehelfer verteilte. Jetzt schämte er sich dafür, dass er nichts für die Kinder mitgebracht hatte – nicht einmal ein Stück Schokolade.

Ein weiterer Zug donnerte vorbei, und Laurentius fragte sich, wie die Familie das ständige Dröhnen überhaupt aushalten konnte. Herr Pesaro, der sich ihnen gegenüber aufbaute, machte keine Anstalten, ihnen einen Platz anzubieten. Es gab ohnehin nur einen einzigen freien Stuhl, der so abgenutzt war, dass der Schaumstoff bereits aus dem zerrissenen Stoffbezug quoll.

Mit herrischem Ton rief Herr Pesaro plötzlich die Namen seiner Kinder auf. Jeder der größeren Jungen sprang bei Nennung seines Namens kurz auf. „Lukas, Markus, ..." Als er schließlich auf den Säugling zeigte und „Judas!" rief, dämmerte es Laurentius: Es waren die Namen der Jünger Jesu.

Mit einem seltsamen Glanz in den Augen trat Herr Pesaro dicht vor Bernhard und schien auf eine Reaktion zu warten. Bernhard hob die Hand, bekreuzigte sich und trat dann zu den Kindern, um jedem von ihnen das Kreuz auf die Stirn zu zeichnen. „Sie sind ein gottesfürchtiger Mann, Signor Pesaro. Der Herr hat Ihnen zwölf prächtige Jungen geschenkt."

„Ja! Das ist das Wunder! Jedes Kind ein Junge!", antwortete Pesaro mit unverhohlenem Stolz.

Bernhard sah den Vater nachdenklich an, bevor er fragte: „Darf ich Sie etwas fragen? Ihren Beruf als Bäcker üben Sie nicht mehr aus?"

„Mehlstauballergie", brummte der Mann kaum hörbar.

„Verstehe. Und wie kommen Sie zurecht?"

„Ich bessere meine Rente durch Gelegenheitsarbeiten auf. Die Kinder müssen essen."

Dann wandte sich Bernhard an Frau Pesaro. „Verzeihen Sie die Frage, aber haben Sie Fehlgeburten erlitten?"

Die Frau sah verängstigt von Bernhard zu ihrem Mann, und erneut donnerte ein Zug vorbei, der das Zimmer erzittern ließ.

„Nein", antwortete der Vater in den Lärm hinein. „Es gab keine Fehlgeburt."

Die angespannte Stille, die nach dem Zug einkehrte, machte Laurentius unbehaglich. Er räusperte sich und fragte: „Wo sind Ihre Kinder zur Welt gekommen?"

„Hier zu Hause", antwortete der Mann knapp.

Bernhard richtete seinen Blick erneut auf die Frau, die jedoch sofort auswich. Es war offensichtlich, dass sie nicht sprechen durfte.

„Welche Hebamme hat Sie begleitet?"

„Die ist vor ein paar Jahren weggezogen", entgegnete der Mann.

Bernhard lächelte freundlich und ließ sich nicht beirren. „Ja, aber das Jüngste ist doch noch kein Jahr alt, oder?", fragte er und sah die Mutter direkt an.

Der Mann schnitt ihm das Wort ab. „Wir haben selbst gewusst, wie es geht. Es kostet alles eine Menge Geld", knurrte er, ohne seine Ungeduld zu verbergen.

Bernhard sagte ruhig: „Der Herr schütze Sie und gebe Ihnen Kraft“ und machte ein Segenszeichen.

„Werden Sie sich darum kümmern, dass unser Wunder anerkannt wird?“, fragte der Vater.

„Gewiss. Wir werden uns für Ihre Familie einsetzen“, antwortete Bernhard diplomatisch.

Er nickte der Mutter freundlich zu, bedankte sich und wandte sich zum Gehen. Laurentius folgte ihm hinaus in den stickigen Flur, wo sie rasch die Treppe hinunterstiegen.

Im Wagen ließ Bernhard die Tür verärgert hinter sich zuknallen und wandte sich an Laurentius. „Nun, was ist deine Meinung?“

Laurentius zögerte, bevor er antwortete. „Ehrlich gesagt, Bernhard, ich würde zuerst gerne ein paar Tafeln Schokolade kaufen und sie hinaufbringen, wenn du nichts dagegen hast. Es war mir peinlich, dass wir den Kindern nichts mitgebracht haben.“

Bernhard blickte überrascht, dann nickte er. „Das ist eine gute Idee. Da vorne ist ein Kiosk.“

Während der Fahrer den Wagen langsam in Richtung des Kiosks steuerte, spürte Laurentius Erleichterung. Obwohl sie vermutlich kein Wunder anerkennen konnten, wollte er wenigstens ein kleines Zeichen der Fürsorge hinterlassen.

Bernhard gab dem Fahrer die Anweisung, zu halten, damit Laurentius aussteigen konnte.

Laurentius hielt den Beutel mit der Schokolade fest in den Händen, als er wieder in den Wagen stieg. Noch immer erschüttert, versuchte er seine Gedanken zu ordnen.

„Ich bin überrascht, dass wir die Wohnung so schnell wieder verlassen haben“, sagte Laurentius schließlich, um das Gespräch fortzusetzen. „Das hat gewiss mit deiner großen Erfahrung zu tun.“

„Allerdings“, antwortete Bernhard knapp. „Hast du bemerkt, dass das einzig Neue in der Wohnung die Tapete im Flur war?“

„Die mit den Heiligenbildern?“

„Genau. Ich denke, die wurde eigens für uns angebracht.“

Laurentius runzelte die Stirn. „Hätte er mal lieber etwas zum Anziehen für die Kinder gekauft.“

Bernhard nickte und fragte dann direkt: „Und wie beurteilst du das Wunder?"

Laurentius zögerte. „Ehrlich gesagt: Ich weiß nicht. Von einem solchen Wunder habe ich noch nie gehört."

„Aber von moderner Schwangerschaftsdiagnostik schon, oder?", fragte Bernhard mit einem wissenden Unterton.

„Was meinst du damit?"

„Heutzutage muss man das Geschlecht der Kinder nicht mehr nur dem Zufall überlassen."

Laurentius sah ihn überrascht an. „Willst du etwa sagen, dass es Abtreibungen gegeben hat?"

„Genau das", bestätigte Bernhard trocken. „Ich habe meine Quellen. Wenn mich ein Fall interessiert, recherchiere ich auf eigene Faust."

Laurentius war entsetzt. „Oh mein Gott. Und du hast dir zusätzliche Informationen besorgt?"

„Ja, dafür gibt es einen Etat."

„Wirklich?" Laurentius merkte, wie viel er noch zu lernen hatte. „Und wer weiß über so etwas Bescheid?"

„Um Informationen zu erhalten, sind Verwandte und Nachbarn oft die ersten Quellen. In diesem Fall war eine Krankenschwester recht auskunftsfreudig. Hast du bemerkt, dass die Frau nicht mit uns sprechen durfte?"

„Ja, und ihr Mann war auch nicht sehr aufgeschlossen", stimmte Laurentius zu. „Kein Wunder – im wahrsten Sinne des Wortes!"

Bernhard lächelte dünn. „Du sagst es, Laurentius."

Laurentius fühlte sich bedrückt, als er nachfragte: „Aha. Und was schreiben wir in unseren Abschlussbericht?"

„Wir schreiben, wie es ist", sagte Bernhard nüchtern. „Dass es in diesem Fall Hinweise auf Schwangerschaftsabbrüche gibt. Von wegen ‚Gelegenheitsarbeiten' … Wenn du mich fragst, wird mit den Kindern ein Geschäft gemacht."

Laurentius senkte den Kopf und atmete tief durch. Diese Erkenntnis machte das Geschehene noch tragischer.

„Dieser bauernschlaue Bäcker kann seine Geschichte meinetwegen dem Fernsehen oder der Presse verkaufen, aber für uns ist das nichts", sagte Bernhard zornig. „Wenn hier jemand den Status einer Heiligen verdienen würde, dann wohl eher seine Frau. Hast du gesehen, wie sie aussah?"

Laurentius nickte betrübt. „Schlimm!"

Bernhard seufzte und fuhr fort: „Ich habe fünf Geschwister. Bei der siebten Geburt haben weder meine Mutter noch das Kind überlebt."

Laurentius schluckte. „Das tut mir leid." Jetzt verstand er besser, warum Bernhard so wütend war. „Du meinst also, dieser Mann quält seine Frau und zwingt sie zu den Schwangerschaften, um daraus Profit zu schlagen?"

„Das meine ich nicht nur, das weiß ich", entgegnete Bernhard mit düsterer Stimme. „Hast du bemerkt, wie gierig er mich angestarrt hat? Es ist nicht das erste Mal, dass ich so etwas erlebe. Manche Leute erfinden alles Mögliche, um nicht arbeiten zu müssen."

Laurentius war erschüttert. „Mein Gott, was für ein Elend – und das auf dem Rücken dieser armen Frau und der Kinder."

Als sie erneut vor dem Haus der Familie hielten, stieg Laurentius aus, um den Beutel mit Schokolade und Süßigkeiten nach oben zu bringen. Bereits im Hausflur hörte er den Lärm der tobenden Kinder, die sich offenbar nach dem ungewohnten Besuch abreagierten. Herr Pesaro nahm den Beutel gleichgültig entgegen, und Laurentius konnte nur hoffen, dass die Süßigkeiten bei den Kindern ankamen.

Auf der Rückfahrt hing Laurentius seinen Gedanken nach. Er dachte an seine Mutter. Obwohl er nicht wusste, wovor genau sie damals geflohen war, hatte er ihr längst vergeben. Die Therapie bei Georg hatte ihm geholfen, Frieden mit dem Geschehen zu finden. Das, was er eben erlebt hatte, ließ ihn erahnen, welche Grausamkeit eine Ehe in sich bergen konnte.

In den folgenden Wochen begleitete Laurentius regelmäßig seine Kollegen zu weiteren Terminen. Ein Wunder, das diesen Namen verdiente, begegnete ihnen jedoch nicht. Vielmehr stellte sich heraus, dass viele Menschen, die sich an den Vatikan gewandt hatten, entweder Berühmtheit suchten – wie der zwölffache Vater – oder ihre eigene Geschichte verklärt sahen, wie Signora Maldini.

Dazu kamen zahlreiche Fälle, die eindeutig im Bereich der psychiatrischen Erkrankungen anzusiedeln waren. Laurentius war schockiert von den Auswüchsen religiöser Wahnvorstellungen und den Verhaltensweisen psychisch erkrankter Menschen, insbesondere von denen, die an Psychosen oder bipolaren Störungen litten. Während ihrer akuten Phasen schienen sie keine Grenzen zu kennen. Einige verschenkten ihr gesamtes Vermögen, indem sie Geldscheine wie „himmlischen Segen" in die Menge warfen. Andere öffneten ihre Wohnungen für Fremde oder verloren sich in exzessiven Ausschweifungen. Diese extremen Fälle erschütterten Laurentius zutiefst und ließen ihn erkennen, wie eng Glaube und psychische Erkrankungen miteinander verwoben sein konnten – eine Einsicht, die ihn sowohl nachdenklich als auch traurig stimmte.

Trotz der Schwere dieser Erlebnisse genoss Laurentius die Ausflüge mit seinen Mentoren sehr. Jedes Mal glich es einem kleinen Abenteuer, wenn sie eine fremde Wohnung betraten, ohne zu wissen, was sie dort erwarten würde. Doch die Aktenarbeit begann ihn allmählich zu ermüden. Es war höchste Zeit, dass ein neuer Mitarbeiter kam, der ihm diese monotone Aufgabe abnehmen konnte. Laurentius hatte längst verstanden, dass diese Art von Arbeit traditionell den Neuen überlassen wurde. Gleichzeitig wuchs in ihm die Ungeduld, endlich eigene Recherchen durchführen zu dürfen.

Die Erinnerung an die besondere Nacht, in der er Zeuge eines Wunders geworden war, verblasste allmählich, und Laurentius musste sich die Ereignisse immer wieder ins Gedächtnis rufen. Manchmal hatte er sogar Angst, dass ihm das Erlebte unwirklich vorkommen könnte. Vom Heiligen Vater oder dessen Sekretariat hatte er weiterhin nichts gehört, und mit jedem Tag, der ohne Nachricht verging, wurde er mutloser. Pius, dem das nicht entging, sprach ihn darauf an. Zwischen den beiden hatte sich mittlerweile eine Freundschaft entwickelt, doch auch Pius konnte ihm nicht helfen – außer ihm zu raten, Geduld zu haben.

Anfang November besuchte Laurentius gemeinsam mit Pius eine junge Frau, deren Tumor kurz vor dem Operationstermin auf unerklärliche Weise vollständig verschwunden war. Pius hielt den Zeitpunkt für gekommen, um Laurentius die Führung des Gesprächs zu überlassen, während er selbst sich im Hintergrund halten wollte. Laurentius freute sich über diese Verantwortung, war jedoch auch besorgt, ob er schon ausreichend Erfahrung hatte. Aufgeregt drückte er den Klingelknopf der Souterrainwohnung in der Altstadt, denn er hatte Chiara Marinos Akte beinahe auswendig gelernt und konnte es kaum erwarten, sie endlich kennenzulernen.

Sie hörten das Geräusch eines sich drehenden Schlüssels, dann öffnete sich die Tür, und im nächsten Moment verschlug es Laurentius die Sprache. Vor ihnen stand eine junge Frau, fast genauso groß wie er. Ihr Blick zog ihn sofort in den Bann. Noch nie zuvor, nicht einmal bei seiner Mutter, hatte Laurentius so strahlende Augen gesehen. Ihre Farbe war schwer zu bestimmen – ein helles Blau, das je nach Lichteinfall in Türkis und Violett überging. Ihr schwarzes Haar umrahmte ein Gesicht mit einem fast goldenen Teint. Unterhalb der Nase zog sich eine Narbe, die aussah, als wäre sie mit einem Schwert in diese ebenmäßige Schönheit geschlagen worden. In ihrem Gesicht sah Laurentius die ganze Schönheit und den Schmerz der menschlichen Existenz.

Er holte tief Luft. „Signorina Marino?“, brachte er mühsam hervor.

„Ja, aber Sie können mich gerne Chiara nennen.“

„Mein Name ist Laurentius, und das ist Bruder Pius. Wir kommen vom Vatikan.“

„Buongiorno. Bitte, treten Sie ein.“

Ihr kleines Apartment war spärlich möbliert, jedoch penibel aufgeräumt. Die bescheidene Küchenzeile glänzte vor Sauberkeit. Ein kleines Tischchen stand vor einem Zweisitzer-Sofa, das vermutlich als Schlafplatz diente. Eine Kaminattrappe verbreitete eine gemütliche Atmosphäre. Es duftete angenehm nach Rosen.

„Bitte, setzen Sie sich. Ich habe Tee aufgebrüht", sagte Chiara und deutete auf das Sofa. Laurentius setzte sich, Pius tat es ihm nach.

Kurz darauf stellte sie Teegeschirr und Gebäck auf den Tisch vor ihnen. Sie zog einen Hocker unter dem Tisch hervor und nahm den Mönchen gegenüber Platz.

Die Anmut, mit der sie den Tee einschenkte, verschlug Laurentius erneut die Sprache. Doch das Schweigen zwischen ihnen war nicht unangenehm, sondern schien vielmehr selbstverständlich.

Bedächtig trank Laurentius ein paar Schlucke, dann stellte er die Tasse ab. „Signorina Marino … Chiara", räusperte er sich, „die Ordensschwester, die das Krankenhaus leitet, in dem Sie beschäftigt sind, hat sich bezüglich Ihres Falles an den Vatikan gewandt. Würden Sie uns bitte schildern, was sich zugetragen hat?"

„Ehrlich gesagt, ist es mir ein wenig peinlich, dass Schwester Lucia das getan hat."

„Sie arbeiten dort als Krankenschwester?"

„Ja, genau. Ich arbeite auf der Kinderintensivstation. Als Kind wurde ich selbst oft operiert, und von klein auf war es mein Wunsch, später in diesem Beruf zu arbeiten."

Laurentius nickte ermutigend, in der Hoffnung, dass sie weitersprechen würde.

„Und dann, eines Tages, fiel mir plötzlich eine Infusionsflasche aus der Hand. Immer öfter hatte ich kein Gefühl mehr in meiner Hand, wenn ich nach etwas griff. Schwester Lucia organisierte ein CT für mich, und dann kam die Diagnose."

Sie senkte den Blick und schwieg. Laurentius ließ ihr die Zeit, die sie brauchte.

„Man hat bei Ihnen einen Hirntumor festgestellt", sagte er schließlich behutsam.

„Ja. Von einem Tag auf den anderen durfte ich nicht mehr arbeiten. Es mussten viele Untersuchungen gemacht werden, und schließlich bekam ich einen OP-Termin."

„Sie hatten also schon einen OP-Termin?"

„Ja. Ich wurde in den OP geschoben, und Dr. Perdrini verabreichte mir ein Beruhigungsmittel. Dann begann er mit der örtlichen Betäubung und verabreichte ein Kontrastmittel. Die OP sollte bei Bewusstsein durchgeführt werden. Doch plötzlich wurde alles abgebrochen."

„Die OP wurde abgebrochen?"

„Ja."

„Warum?"

„Der Tumor war nicht mehr da. Dr. Perdrini konnte ihn auf dem Monitor nicht mehr finden."

„Der Tumor war weg? Einfach so?"

„Ja. Also, nicht einfach so. Ich habe gebetet."

„Sie haben gebetet?"

„Ja, zur Heiligen Jungfrau, dass ich gesund werde – und sie hat mich erhört."

Laurentius sah der jungen Frau lange in die Augen. „Glauben Sie, dass Sie durch ein Wunder geheilt wurden?"

„Ich glaube, dass meine Gebete erhört wurden."

„Darf ich fragen, ob Sie oft beten?"

„Ja, natürlich. Ich bin in einer Großfamilie aufgewachsen, und Beten gehörte zum Alltag. Mit meiner Großmutter war ich mehrmals die Woche in der Kirche. Heute bleibt mir kaum Zeit dafür, aber der Dienst am Menschen ist auch eine Form des Gottesdienstes."

„Wie meinen Sie das?"

„Ich verbringe meine Freizeit im Sozialzentrum von Sant' Egidio in der Via d'Angelo."

„Das sagt mir leider nichts. Was genau machen Sie dort?"

„Ich unterstütze das Zentrum als Helferin. Es ist eine Anlaufstelle für Obdachlose. Sie bekommen dort ein Postfach und eine Meldeadresse, die sie beispielsweise gegenüber potenziellen Arbeitgebern oder Behörden angeben können. Außerdem können sie sich dort waschen, erhalten Kleidung, Nahrungsmittel und medizinische Versorgung."

Pius nickte anerkennend. „Ich habe davon gehört. Das ist ein wichtiger Akt der Nächstenliebe, den Sie dort leisten."

Chiara blickte verlegen zu Boden. „Ich wollte das nicht erwähnen“, sagte sie. „Es ist nur so …“ Sie suchte nach den richtigen Worten.

Laurentius kam ihr zu Hilfe: „… dass Sie deshalb kaum Zeit haben, den Gottesdienst zu besuchen. Das verstehen wir gut. Vielen Dank, dass Sie uns von Ihrer Heilung erzählt haben. Es wird zwar etwas Zeit in Anspruch nehmen, aber Sie werden ganz bestimmt von uns hören.“

Die beiden Mönche verabschiedeten sich höflich.

Im Auto ergriff Pius als Erster das Wort: „Du hast das Gespräch gut geführt, Laurentius. Du hast ihr nichts unterstellt und nichts hinzugedichtet. Sehr gut gemacht!“

„Danke, Pius. Ich habe hervorragende Lehrer.“

„Und was denkst du über den Fall?“

Laurentius hatte diese Frage befürchtet. „Ehrlich gesagt, neige ich dazu, die Heilung der jungen Frau als Wunder zu betrachten“, sagte er. „Obwohl ich weiß, dass es Spontanheilungen gibt.“

„Genau. Die Medizin kennt das Phänomen, aber sie kann es nicht erklären. Wir können das!“

„Also stimmst du mir zu?“

„Ja, wir müssen schließlich nicht jede Akte ablehnen, oder?“

Die Anspannung der letzten Stunden wich schlagartig. Laurentius lachte erleichtert auf. „Ihr Lebenswandel passt ins Bild“, sagte er. „Bist du bereit, den Bericht gemeinsam mit mir zu verfassen? Es ist mein erstes Wunder. Also jedenfalls das erste, das ich dokumentieren muss.“

„Ja, natürlich, gerne. Schreib einen Entwurf und leite ihn an mich weiter. Orientiere dich dabei am Stil, der den Akten zugrunde liegt. Ich schaue es mir dann an und melde mich bei dir.“

Nach qualvoll langen Wochen, als Laurentius schon nicht mehr daran glaubte, dass sich in seiner Sache etwas bewegen würde, erreichte ihn die Nachricht, dass er sich abermals bei der Kongregation für die Heilig- und Seligsprechung einfinden solle.

Vor Aufregung zitternd, stand er am darauffolgenden Tag vor dem schwarzen Riesen. Augusto Logamino begrüßte ihn lächelnd, was sein quadratisches Gebiss zum Vorschein brachte.

„Der Heilige Vater hat entschieden, dass Sie zusammen mit Bruder Sebastian reisen, um die erforderlichen Recherchen, Ihre Theorie betreffend, zu tätigen. Bruder Sebastian wurde bereits informiert. Er wird sich bezüglich der Details bei Ihnen melden. Ihre Berichte sind unverzüglich bei mir einzureichen. Alles Gute!"

Laurentius wusste nicht, was er sagen sollte. Mit zugeschnürtem Hals krächzte er ein „Danke" und beeilte sich, das Zimmer zu verlassen.

Im Gang lehnte er sich an die Wand und bekreuzigte sich. Endlich war sein langes Warten belohnt worden. Am liebsten wäre er in die Luft gesprungen und hätte seinen Jubel laut herausgeschrien, aber in Anbetracht des Ortes, an dem er sich befand, beherrschte er sich. Die Wachen musterten ihn bereits argwöhnisch.

Beschwingt kehrte er in sein Büro zurück. Obwohl er lange betete, wollte sich sein wild klopfendes Herz nicht beruhigen. Tausende von Fragen kreisten in seinem Kopf. Wann würde Sebastian sich melden? Wohin würden sie reisen? Durfte er mitbestimmen, oder hatte Sebastian alles schon geplant? In den letzten Tagen war er ihm bei den Mahlzeiten nicht begegnet. Insofern war zu vermuten, dass er sich auf einer Dienstreise befand. Laurentius versuchte, sich wieder auf seine Akten zu konzentrieren, aber es gelang ihm nicht.

Ich muss mich vorbereiten und meine eigenen Fälle sichten, schoss es ihm in den Kopf, und vor allem muss ich mich beruhigen. Er verließ sein Büro, zog sich um und begab sich in den Fitnessraum. Nachdem er eine halbe Stunde auf dem Laufband zugebracht und einige Kraftübungen absolviert hatte, normalisierte sich sein Puls. Zum Schluss duschte er kalt. Entspannt machte er sich daran, seine Unterlagen zu ordnen.

Er las die gesammelten Zeitungsausschnitte durch. Womit sollten Sebastian und er beginnen? Vielleicht mit dem Politiker, der seine Finger aufgegessen hatte, oder mit dem Japaner, der beinahe im Bad ertrunken war? Auch der Vorfall im Europaparlament schien ihm geeignet für eine Recherche. Laurentius las sich eine Meldung nach der anderen durch. Der Artikel über das Flüchtlingsboot erinnerte ihn wieder an Dr. Callieri, der der Meinung gewesen war, dass sich die Rettung der Bootsinsassen auf ganz natürliche Weise erklären ließ. Laurentius fand diesen Fall nach wie vor interessant, zumal er ihn eindeutig dem Wirken des Heiligen Copertinus zuordnete, aber ein wenig verunsichert hatte ihn Callieris Theorie von der Monsterwelle doch. Leider hatte er versäumt, Callieri mit der Tatsache zu konfrontieren, dass die Boote nicht an Land geworfen wurden, sondern in ruhiger See anlanden konnten.

Erst kürzlich hatte er den Bericht eines Feuerwehrkommandanten gelesen, der seine Rettung selbst auf das Wirken der Heiligen Agathe zurückführte. Vielleicht war das der richtige Fall für den Anfang.

Ich könnte Bruder Raphael zurate ziehen, dachte er. Sogleich wählte er die Nummer des Klosters und hörte kurz darauf die vertraute Stimme des Guardians.

Laurentius' Stimme überschlug sich vor Aufregung, als er Raphael berichtete, dass es endlich so weit sei. Er wusste nicht, ob Raphael über diese neue Entwicklung bereits informiert war, aber er spürte deutlich, dass dieser sich ehrlich mit ihm freute. Raphael riet ihm, Bruder Sebastian die Auswahl des Reiseziels zu überlassen.

Drei Tage später, die Laurentius wie eine Ewigkeit vorgekommen waren, suchte Sebastian ihn unangemeldet in seinem Büro auf.

„Junger Freund, es gilt zu packen."

Laurentius sprang so ungestüm auf, dass sein Stuhl beinahe umgefallen wäre.

„Gemach, gemach", beschwichtigte Sebastian. „Wir reisen erst übermorgen."

„Übermorgen? Und wohin?"

„Nach Deutschland."

„Nach Deutschland?“, fragte Laurentius überrascht.

„Ja. Meines Wissens wolltest du den Fall eines bayerischen Politikers recherchieren. Ich glaube, sein Name ist Alois Egenter.“

Laurentius war verblüfft. Endlich ging es los. Er stotterte vor Begeisterung. „J-ja, natürlich. N-nach B-bayern.“

In Windeseile rief er sich die Details des Falls ins Gedächtnis. Alois Egenter, ein bayerischer Politiker, war in die Psychiatrie eingeliefert worden, nachdem er bei einem Weißwurstfrühstück begonnen hatte, zwei seiner eigenen Finger zu verspeisen. Er hatte einen Herzinfarkt erlitten und war später in die Psychiatrie eingewiesen worden.

Sebastians Stimme riss ihn aus seinen Gedanken. „Bereite dich bitte entsprechend vor. Gegebenenfalls gibt es inzwischen weitere Informationen zu dem Fall. Du kennst die Fakten und wirst das Gespräch mit dem Mann führen. Ich melde mich, sobald ich alle Details zum Reiseverlauf erhalten habe. Vermutlich reisen wir mit dem Auto.“

Laurentius blieb wie betäubt sitzen. Jetzt war seine Stunde gekommen. Es galt, zu beweisen, dass sich Übernatürliches ereignet hatte und sich noch immer überall auf der Welt ereignete. Ihm wurde bewusst, dass alles davon abhing, wie er das bevorstehende Gespräch mit Herrn Egenter führen würde.

Er überlegte eine Weile, bevor er mit den Recherchen begann. Leider konnte er über die bereits bekannten Informationen hinaus nichts Handfestes in Erfahrung bringen. Für Laurentius war jedoch klar, dass hinter diesem ungewöhnlichen Fall etwas stecken musste – etwas, das das Eingreifen eines Heiligen provoziert hatte.

Er fand heraus, dass der CSU-Stadtrat Alois Egenter eine äußerst restriktive Politik gegenüber den Abgeordneten der Grünen und deren Umweltanliegen verfolgte. Aussagen wie „Ohne Dünger kein Ertrag“, „Gülle gehört aufs Feld“ und „Unser Vieh war vor den Flüchtlingen da“ ließen sich zuhauf finden. Laurentius vermutete stark, dass der heilige Franziskus zum Schutz der Tiere und der Umwelt eingegriffen und Herrn Egenter aus dem Verkehr gezogen hatte, um die Umwelt vor dessen rabiater Haltung zu bewahren. Es war allgemein bekannt, dass Alois Egenter gerne in der Gesellschaft hochrangiger Mitarbeiter von Immobilienkonzernen und Bauträgern verkehrte. Wie Laurentius ihm jedoch Bestechung oder Korruption nachweisen sollte, war ihm schleierhaft. Es war sein Bauchgefühl, das ihn dazu bewogen hatte, den Zeitungsartikel seiner Sammlung hinzuzufügen, und auf dieses Gefühl musste und wollte er sich verlassen.

Sebastian meldete sich erst am Abend des folgenden Tages und teilte ihm die genaue Abfahrtszeit mit. Sie würden um fünf Uhr morgens aufbrechen, und der Termin bei Herrn Egenter sollte genau zwölf Stunden später stattfinden.

Auf der Fahrt besprachen sie sich, wobei Laurentius darauf achtete, sich zurückzuhalten. Er wollte sich zunächst einen persönlichen Eindruck von Herrn Egenter verschaffen. Sebastian erwähnte, dass es sich um eine sehr gute Wohnadresse in München handelte, und wollte wissen, wie Herr Egenter sein Geld verdiente. Leider hatte Laurentius nichts darüber in Erfahrung bringen können. Er erwähnte nur, dass die Münchner Stadträte Aufwandsentschädigungen zwischen 62.000 und 84.000 Euro bekämen. Sebastian meinte, davon könne man sicher keine Villa in Bogenhausen unterhalten.

Sie erreichten München rechtzeitig und ohne Stau. Sebastian schlug vor, eine Mahlzeit im Hofbräuhaus einzunehmen. In dem historischen Gewölbekeller saßen urige Gestalten mit langen Bärten und Filzhüten, die riesige Bierkrüge leerten. Laurentius beobachtete sie staunend. Das Essen war ihm fremd, aber der gewürzte Käse, das Kraut und die Knödel schmeckten ihm trotz der Aufregung.

Danach fuhren sie nach Bogenhausen zu der Villa von Herrn Egenter. Um Punkt 17 Uhr betätigte Laurentius die Klingel, deren Verbindung zu einer Überwachungskamera deutlich sichtbar war. Sie warteten gespannt, aber nichts geschah. Laurentius blickte sich fragend nach Sebastian um, der sich hinter ihm gehalten hatte.

„Na los, noch mal“, sagte dieser.

Erneut betätigte Laurentius die Klingel, diesmal ein wenig länger. Das erlösende Summen ertönte prompt.

Laurentius atmete auf und erklomm, dicht gefolgt von Sebastian, die Stufen der breiten Treppe.

Oben stand eine beleibte Frau mittleren Alters in der Tür. „Ja, griaß Gott, do sans, die Herren vum Vatikan!“, rief sie aus und hielt ihnen eine fleischige Hand hin. Die beiden Mönche schüttelten ihr die Hand. Während die Frau Sebastians Jacke auf einen Bügel hängte, blickte Laurentius auf seinen Translator. Der angezeigte Text ergab keinen Sinn. Laurentius stellte die Parameter um. Vielleicht klappte es mit Englisch besser. Er las: ‚*Yes, gras good sunny foam vatikan.*‘ Er schluckte.

Sie wurden wortreich hereingebeten, verstanden allerdings nichts von alldem, da das Übersetzungsprogramm noch immer keinen sinnvollen Satz anzeigte. Die resolute Frau führte sie in die Wohnstube und zeigte auf ihren Mann. Alois Egenter saß in einem Schaukelstuhl. Die linke Hand steckte in einem schwarzen Lederhandschuh, die rechte streckte er ihnen entgegen. In der Ecke hinter ihm befand sich ein prächtiger Herrgottswinkel, der reich mit frischen Blüten geschmückt war. Darüber schwebte ein an der Decke fixiertes Kruzifix.

„Griaß Gott, kummt's heran in die gute Stub'n!“, rief er aus.

Laurentius ergriff die Hand des Mannes. Er war überrascht über seinen festen Händedruck. Sebastian tat es ihm gleich.

„Nehmt's Platz, mir san koa oarme Leid net“, donnerte seine Stimme, und Laurentius verstand immerhin, dass sie sich setzen sollten. Sein Translator meldete: 'Takes a seat form me, I'm sorry.'

Alois Egenters Augen begannen zu leuchten, als seine Frau mit den Bierkrügen herbeieilte. Kurz darauf wurde das Essen aufgetragen. Sie servierte in dünne Scheiben geschnittenen Rettich auf einem Holzbrett, würzigen Käse, den sie als „Obatzten“ anpries, dazu eine Schüssel voll Kraut und Knödel, die zu einem Berg aufgeschichtet waren. Schließlich brachte sie für jeden der Männer einen Teller mit einer in fetter Soße schwimmenden gebratenen Schweinshaxe.

Angesichts seines ohnehin vollen Magens wurde Laurentius schon beim Anblick dieser Köstlichkeiten übel, doch er aß tapfer, und Sebastian blieb nichts anderes übrig, als es ihm gleichzutun. Alois Egenter schien nicht bereit, vor dem Essen über sein Erlebnis zu sprechen. Abgesehen von einem „Lasst's euch schmecken“ sagte er kein Wort mehr. Stattdessen langte er kräftig zu. Laurentius wagte es kaum, in Sebastians Richtung zu blicken, geschweige denn eine Frage an den beleibten Bayern zu richten. Stumm kaute er auf Haxe, Kraut und Knödel herum und versuchte, alles mithilfe des Biers hinunterzubekommen.

Alois beobachtete die beiden Mönche.

„Jo mei, habt's ihr koan Hunger net?“, murmelte er und tat sich erneut von allem noch etwas auf. Immer wieder prostete er ihnen mit dem riesigen Bierglas zu, und Laurentius hoffte, dass der Mann vielleicht gesprächiger würde, wenn er genug getrunken hatte.

Als die Teller endlich hinausgetragen wurden, hatte Laurentius das Gefühl, er würde platzen. Sein Bauch blubberte und grummelte bedrohlich, und er hoffte inständig, dass die beiden anderen es nicht hörten. Verstohlen betastete er seinen Bauch und erschrak über die harte Kugel, die sich gebildet hatte. *Das kommt bestimmt vom Kraut*, dachte er. *Wir sollten uns beeilen, hier rauszukommen, bevor ein Unglück geschieht.*

Mit aller Kraft versuchte er, sich auf seine Mission zu konzentrieren. Via Übersetzungsgerät wandte er sich an den sich satt und zufrieden zurücklehnenden Politiker: „Herr Egenter, was können Sie uns über die Umstände erzählen, die zum Verlust Ihrer Finger geführt haben?“

Der Bayer las, was auf dem Display erschien, nickte bedächtig, trank aus seinem Bierkrug, trank nochmals und antwortete endlich: „Jo mei, des ist a lange Gschicht'n. Wissens, wenn's a so lang Politik machen wie iach, dano ises koa Wunder net, wenn's vor lauter Bäum den Woild nimma sehn.“

Laurentius nickte ihm freundlich zu und las die Übersetzung: ‚Her my Daisy very long stories. If it's that long, we'll do politics dano Isis koa miracle sews vans for Lother boy in the always wanted to see.' Er strich sich übers Kinn und las die Sätze abermals, dann warf er Sebastian einen hilflosen Blick zu und versuchte es mit einer weiteren Frage. In seinem Gedärm tobte es, während er tippte: ‚Herr Egenter, wir sind gekommen, um mit Ihnen darüber zu sprechen, was genau sich an dem Abend ereignet hat, als Sie Ihre Finger verloren haben.'

Der Bayer las die Frage und begann, sich umständlich eine Pfeife zu stopfen. Es machte den Anschein, als dächte er über die Antwort nach. Nachdem er ein paar kräftige Züge aus dem langen Mundstück genommen und den gesamten Tisch mit krautig-bitterem Dunst eingenebelt hatte, nickte er vielsagend. „Wie g'sogt. Des woar a grausam's Beispiel dafia, wia oam die Politik des ganze Lem verdem koa. I hob mia a so vui Sorg'n g'mocht, das i hob nimma unterscheid'n könna, ob des Würschdt oder Finga woarn, verstehd's?"

Gespannt blickte Laurentius auf sein Handy. Der Rauch verursachte ihm Hustenreiz, dem er nicht nachzugeben wagte, um den Druck auf seinen Magen nicht weiter zu erhöhen. Er las: ‚As I said. That was a sad boy playing Dacia, we have the politics of ruining our entire lives. So I was worried early, on through which we could never distinguish whether the sausage or finger worm understand?'

Laurentius bemühte sich, weiter flach zu atmen. Der Inhalt erschloss sich ihm nicht. Er wandte sich an seinen Kollegen: „Sebastian, ich verstehe das nicht. Wir haben doch mit dem Übersetzungsprogramm geübt, und jetzt das hier ..."

Sebastian las mit gerunzelter Stirn. „Vermutlich handelt es sich hier um einen Dialekt. Gibt es dafür eine Übersetzungssoftware?"

„Keine Ahnung. Ich probiere jetzt mal aus, was herauskommt, wenn wir das ins Italienische übersetzen."

Sebastian schwieg, während Laurentius eifrig auf seinem Handy tippte. Der Bayer lehnte sich zurück, rauchte und trank sein Bier.

Das Gerät zeigte an: *‚Wie ich sagte. Das war ein trauriger Junge, der Darcia spielte. Wir haben die Politik unser gesamtes Leben zu bestimmen. Also machte ich mir schon früh Sorgen, auf wahr konnten wir nie unterscheiden die Wurst oder die Finger warm halten, verstanden.'*

Laurentius seufzte, einerseits wegen des unverständlichen Textes, andererseits, weil sein aufgeblähter Bauch krampfhaft gegen das Kraut rebellierte. Er spürte, dass er dem Druck in seinem Inneren nicht mehr lange würde standhalten können.

„Ich denke, wir brechen das hier ab", bemerkte er mit einem Seitenblick auf Sebastian.

Mühsam beherrscht, tippte er in den Translator, dass es Probleme mit der Übersetzung gäbe und sie sich deshalb verabschieden müssten. Während Herr Egenter den Text las, wusste Laurentius, dem inzwischen der Schweiß auf der Stirn stand, dass er es ohne Malheur nicht mehr aus der Wohnung schaffen würde. Eilig schrieb er die Bitte, auf die Toilette gehen zu dürfen.

Herr Egenter rief nach seiner Frau, die augenblicklich erschien.

„Marianne, kimm amoi. Bringst den Herrn auf's Haisel, und dann woin's gehn. S'hot koan Wert ned, mit'm Übersetzen."

Laurentius folgte Frau Egenter so schnell er konnte, in der verzweifelten Hoffnung, sein Ziel zu erreichen, bevor sich alle Schleusen öffneten. Mit zitternden Fingern schloss er hinter sich ab und versuchte stöhnend herauszufinden, ob er sich zuerst mit dem Kopf oder mit dem Hintern der Schüssel zuwenden sollte.

Inzwischen hatten sich die Egenters mit Sebastian zur Garderobe begeben. Obwohl Sebastian alles tat, um sie abzulenken – indem er sich überschwänglich für die Bewirtung bedankte und die Speisen und das gute Bier lautstark lobte – konnte er nicht verhindern, dass die Geräusche aus der Toilette zu ihnen drangen. Nachdem er den Rettich und die Knödel explizit gelobt und versucht hatte, auf die teure Wohnlage zu sprechen zu kommen, fiel ihm nichts mehr ein, und so lauschten sie alle drei betreten Laurentius' explosiver Verdauung.

Nach einer gefühlten Ewigkeit erschien der Geplagte, bleich und leise Entschuldigungen murmelnd. Die Egenters verzichteten auf einen Händedruck und schlossen die Tür rasch hinter den beiden Mönchen.

Sebastian hatte inzwischen den Fahrer instruiert, der direkt vor dem Haus wartete, damit sie einsteigen konnten.

„Du meine Güte, was ist denn mit dir passiert?“, fragte Sebastian.

„Ich dachte, das Kraut bringt mich um.“

„So hat es sich jedenfalls angehört.“

„Ihr habt alles gehört?“

„Wir standen doch direkt im Flur vor der Toilettentür.“

„Warum seid ihr denn nicht im Wohnzimmer geblieben?“

„Du hattest gesagt, dass wir gehen. Wer konnte denn wissen, dass du ...“

Laurentius schlug die Hand vor die Augen. „Ich glaube, da können wir uns nicht mehr blicken lassen.“

„Das glaube ich auch.“

Laurentius stöhnte.

„Ach, komm, das ist doch nicht so schlimm“, versuchte Sebastian ihn aufzumuntern.

„Schlimm genug. Und mein Gedärm krampft sich schon wieder zusammen. Was soll ich nur machen?“

„Ich denke, du brauchst einen Grappa.“

„Das ist ja wohl voll danebengegangen“, sagte Laurentius zerknirscht.

„Tja, man kann nicht immer gewinnen.“ Sebastian nahm es gelassen. Er gab dem Fahrer eine Anweisung.

Nach kurzer Zeit hielten sie vor einem kleinen Gasthof. Da die Tische entweder besetzt oder reserviert waren, erklärte Sebastian der Wirtin das Problem, indem er es in holprigem Deutsch als „Krautunfall“ bezeichnete und sich mit schmerzverzerrter Miene den Bauch rieb. Die Wirtin deutete auf einen Ecktisch, brachte zwei doppelte Grappa und empfahl Enzianschnaps, den Sebastian sofort dazu bestellte. Laurentius nutzte die Gelegenheit, um noch einmal die Toilette aufzusuchen. Dann tranken sie den Schnaps.

„Du meine Güte, das schmeckt, als würde man in eine Scholle Dreck beißen!“, rief Laurentius aus. Er konnte nicht fassen, dass Menschen so etwas freiwillig tranken, aber in seiner Lage hätte er alles zu sich genommen, um endlich Ruhe in seinen Magen zu bringen.

„Hauptsache, es hilft“, sagte Sebastian lachend. „Ich gehe auch mal. Hoffentlich hörst du mich nicht.“

„Das will ich hoffen – die Toilette ist unten im Keller.“

Der Schnaps tat seine Wirkung. Laurentius' Krämpfe ließen nach, und der Druck in seinem Bauch entspannte sich. Stattdessen fühlte er sich vom Alkohol leicht benommen. Wesentlich entspannter bezahlten sie, hinterließen ein großzügiges Trinkgeld und begaben sich zurück zum Wagen.

Während der Fahrt ließen sie die groteske Situation im Haus des bayrischen Politikers Revue passieren. Als Laurentius beschrieb, wie ihm bereits beim Anblick der Krautplatte schlecht geworden war, brachen sie in schallendes Gelächter aus, was ihnen einen irritierten Blick des Fahrers einbrachte.

Schließlich einigten sie sich darauf, von einem weiteren Besuch in dieser Sache abzusehen. Laurentius sollte ins Protokoll schreiben, dass sich der Sachverhalt nicht habe aufklären lassen.

Der nächste Tag war in jeder Hinsicht durchwachsen. Laurentius hatte Kopfschmerzen und machte sich Vorwürfe, weil er zu viel gegessen hatte und mit dem Übersetzungsprogramm nicht besser zurechtgekommen war. An die Möglichkeit eines Dialekts hatte er nicht gedacht, und er schämte sich wegen der peinlichen Situation am Ende ihres Besuchs bei den Egenters. Dem Vatikan hatten sie damit keine Ehre gemacht. Am schlimmsten jedoch war, dass er befürchtete, Sebastian könne sich dagegen aussprechen, weitere Fälle zu recherchieren.

Trotz allem konnte er der Reise etwas Positives abgewinnen. Er war Sebastian endlich nähergekommen. Sein Eindruck aus den ersten Tagen war falsch gewesen. Sebastian war nicht kühl und unnahbar, er war nur vorsichtig und überlegt.

Einige Tage später besuchte Sebastian Laurentius abermals in seinem Büro. Laurentius blickte besorgt zu ihm auf.

„Nanu, welche Laus ist dir denn über die Leber gelaufen?“, fragte Sebastian verdutzt.

„Ich habe Angst, dass du nach der Blamage gleich beim ersten Fall nicht mehr mit mir reisen möchtest“, entgegnete

Laurentius kleinlaut. „Und der feine Herr Egenter hat zwar garantiert einiges auf dem Kerbholz, aber wir kommen da nicht ran. Ich habe recherchiert, was eine Villa in Bogenhausen wert ist. Die Egenters stammen beide nicht aus wohlhabenden Familien."

„Ach, du meine Güte, was du immer denkst ... In meinem Geschäft darf man, was Blamagen angeht, nicht zimperlich sein. Das solltest du inzwischen gelernt haben. Immerhin haben wir etwas erlebt und hatten dabei Spaß. Ich habe letzte Woche gleich zwei Wunder herangeschafft, da kommt es auf eine Pleite nicht an."

Laurentius fiel ein Stein vom Herzen. Niemals hätte er sich vorstellen können, dass Sebastian so entspannt reagieren würde.

„Kopf hoch", sagte Sebastian. „Wir haben es wenigstens versucht. Mir ist klar, dass der gute Herr Egenter keine weiße Weste hat, aber wir können ihm nichts beweisen. Was Vergehen wie Korruption, Bestechung und dergleichen angeht – und so etwas vermute ich hier ganz stark – sind wir nicht in der Position wie das Finanzamt, der Zoll oder die Polizeibehörden. Schon allein die Sprachbarriere war für uns nicht zu überbrücken. Gut, das hätte man vielleicht mit einem Dolmetscher lösen können, aber ich vermute, dass wir diesem Herrn auch damit nicht auf die Schliche gekommen wären. Von der Idee, dass jeder Fall ein Treffer sein muss, solltest du dich lieber früher als später verabschieden. Aber willst du gar nicht wissen, weshalb ich gekommen bin?"

„Doch, natürlich, entschuldige. Ich dachte nur, weil die weite Reise ziemlich viel Geld und Zeit gekostet hat ..."

„Ja. Na und? Dafür zeigt sich bald wieder ein Wunder direkt vor unserer Haustür. Also, pass auf: Wir haben die Genehmigung erhalten, deinen Hühnerfabrikanten zu besuchen. Du weißt schon, der, der vor den Lieferwagen gelaufen ist. Wir sollen seinen Namen und die Adresse recherchieren und ans Sekretariat melden."

Laurentius war sofort Feuer und Flamme. Ohne zu zögern machte er sich an die Arbeit. Über die Redaktion konnte er den Verfasser des Artikels ausfindig machen. Das Wort

‚Vatikan' erwies sich dabei als verlässlicher Türöffner. Glücklicherweise erinnerte sich der Journalist gut an den Fall Philippo Lonza. Nach wenigen Stunden lagen Laurentius alle benötigten Informationen vor. Die Geflügelfirma war inzwischen von den Behörden geschlossen worden, und ihr ehemaliger Chef befand sich in einer psychiatrischen Klinik am Rande der Stadt. Laurentius notierte sich die Adresse.

Der Anruf in der Klinik gestaltete sich schwierig. Man wollte ihn weder mit dem Signore verbinden noch Auskünfte über dessen Befinden erteilen. Laurentius wertete dies als ein besorgniserregendes Zeichen, was den Gesundheitszustand des Mannes betraf. Höflich erkundigte er sich nach den Besuchszeiten und verabschiedete sich. Informationen über Signora Lonza zu erhalten, erwies sich als noch schwieriger. Doch mithilfe des erneut kontaktierten Journalisten und eines ehemaligen Angestellten der Firma gelang es Laurentius, ihre Adresse zu finden. Am Abend erstattete er Sebastian Bericht.

„Wir müssen uns mit Signora Lonza in Verbindung setzen, um die Erlaubnis zu bekommen, ihren Mann in der Psychiatrie zu besuchen", schloss er.

Sebastian war skeptisch. „Dass er sich noch immer in der Klinik befindet, scheint mir nicht günstig. Hoffentlich können wir mit ihm sprechen."

Sie spekulierten noch eine Weile über den Fall, dann versprach Sebastian, die Erlaubnis der Ehefrau einzuholen. Laurentius merkte, dass Sebastian sich manches nicht aus der Hand nehmen lassen wollte und ihm nicht immer verriet, wie er an die entsprechenden Informationen kam.

Laurentius konnte Sebastians Rückmeldung kaum erwarten. Inzwischen hatte er eine klare Vorstellung davon, wie sich die Dinge in der Bio-Geflügelfirma abgespielt haben mussten. Der Journalist hatte ihm berichtet, dass nach einem Hinweis eines Mitarbeiters die Firma überprüft worden war. Dabei fand man heraus, dass dort keineswegs Bio-Geflügel verarbeitet wurde, sondern Hühner aus Käfighaltung. Wegen seines Unfalls hatte der ehemalige Chef die Beweise nicht rechtzeitig vernichten können. Bei der Durchsuchung seiner privaten Villa stießen die Behörden auf zahlreiche prall gefüllte Aktenordner mit Abrechnungen über die Lieferungen minderwertiger Ware aus Süditalien und Osteuropa.

Laurentius zweifelte keine Sekunde daran, dass der heilige Franziskus in diesem Fall eingegriffen hatte. Der Zustand der Hühner auf den Bildern, die ihm der Journalist zur Verfügung gestellt hatte, war erbärmlich. Damit nicht genug, hatte sich der Inhaber auf betrügerische Weise bereichert, indem er ihr Fleisch als Bio-Geflügel ausgab. Der heilige Franziskus hätte diese Tierquälerei sicher noch mehr verabscheut als die Tatsache, dass es Menschen gab, die sich daran bereicherten. Es lag an Laurentius, einen Weg zu finden, um dies zu beweisen.

Eine Woche später meldete sich Sebastian bei Laurentius, der immer noch keine Idee hatte, wie er das Wirken des Heiligen in diesem Fall belegen sollte. Er hatte um Erleuchtung gebetet, war aber zu dem Schluss gekommen, dass nur das Gespräch mit dem Fabrikanten ihnen vielleicht den nötigen Beweis liefern könnte.

Sebastian hatte inzwischen das Einverständnis von Frau Lonza eingeholt, in ihrem Beisein ein Gespräch mit ihrem Mann zu führen. Sie war zu seinem Vormund ernannt worden, da er seit dem Unfall als nicht mehr geschäftsfähig galt.

Obwohl Sebastian sich nicht viel von dem Gespräch versprach, wollte er Laurentius die Gelegenheit, dem Fall nachzugehen, nicht verwehren. Zwei Tage später fuhren sie gemeinsam nach Genua.

An der Pforte der Klinik trafen sie Frau Lonza. Nachdem sie sich vorgestellt hatten, schlug Sebastian vor, sich zunächst in der Cafeteria in aller Ruhe auszutauschen. Frau Lonza war einverstanden, und so begaben sie sich in den spartanisch eingerichteten Bereich im Foyer der Klinik. Sebastian bestellte drei Espressi. Sie schwiegen, bis die Kellnerin mit einem kleinen Tablett kam und den Kaffee vorsichtig vor ihnen abstellte.

Frau Lonza rührte ihren Kaffee nicht an. Sie sprach leise und blickte sich immer wieder schüchtern um, als fühle sie sich verfolgt. Stockend erzählte sie, wie sehr sich ihr Leben seit dem Unfall verändert hatte. Ihr Mann sei nicht mehr zurechnungsfähig, die Firma in Konkurs, und die private Villa verkauft, um die Forderungen des Finanzamtes zu bedienen und die Strafe zu begleichen, zu der ihr Mann verurteilt worden war. Noch immer werde sie von der Presse verfolgt, und man belästige ihre Familie und Freunde, um an Informationen über ihren Mann zu gelangen.

Laurentius empfand Mitgefühl mit der zierlichen Frau, deren weit aufgerissene dunkle Augen wie im Schrecken erstarrt wirkten. Sie erzählte immer hektischer von den Ereignissen, die über sie hereingebrochen waren, und schloss ihren Bericht mit der Bemerkung, dass sie froh sei, keine Kinder bekommen zu haben. Erschrocken schlug sie sich die Hand vor den Mund. Sebastian beeilte sich, ihr zu versichern, er könne verstehen, dass sie Kinder einer solch schwierigen Situation nicht aussetzen wolle. Seine Worte beruhigten sie ein wenig. Sie räusperte sich und schlug dann vor, das Zimmer ihres Mannes aufzusuchen.

„Ich habe noch nicht genau verstanden, warum Sie meinen Mann sprechen wollen, aber das werden Sie ihm bestimmt gleich selbst erläutern", fügte sie hinzu und griff nach ihrer Gucci-Handtasche aus besseren Tagen.

„Das hier übernehmen selbstverständlich wir", sagte Sebastian und bedeutete der Kellnerin, dass er zahlen wolle.

Im dritten Stock stiegen sie aus dem Lift. Frau Lonza öffnete die gläserne Schwingtür mit dem Schalter an der Wand, und Laurentius bemerkte mit einem Schaudern, dass die Tür von innen nicht über einen solchen Mechanismus verfügte. Die Schrecken seines eigenen Aufenthalts in der Psychiatrie standen ihm plötzlich wieder vor Augen. Er rief sich zur Ordnung und straffte seine Schultern. Als sie das Zimmer des ehemaligen Fabrikanten erreichten, stellte Laurentius erleichtert fest, dass nur ein Name auf dem Schild neben der Tür vermerkt war. Seine Frau klopfte an und öffnete, ohne auf eine Antwort zu warten.

Philippo Lonza saß korrekt gekleidet auf dem Bett. Anzug und Krawatte sahen aus, als sei er soeben aus seiner Firma gekommen. Im krassen Gegensatz dazu stand der Helm auf seinem Kopf, und sein aufgedunsenes Gesicht war von grauen

Bartstoppeln übersät. Seine Füße steckten in Filzpantoffeln. Er stand mühsam auf und kam mit ungelenken Schritten auf sie zu. Laurentius fühlte sich unangenehm an den Hageren erinnert.

Frau Lonza umarmte ihren Mann kurz, was er emotionslos über sich ergehen ließ, dann stellte sie die Männer einander vor. Philippo Lonza reichte ihnen die Hand, doch Laurentius hatte den Eindruck, dass der Mann sich in einer anderen Welt befand. Sein Blick ging nicht in ihre Augen, sondern über sie hinweg ins Leere.

Plötzlich schimpfte er los: „Gut, dass Sie gekommen sind. Was hier geschieht, muss ein Ende haben."

Frau Lonza deutete auf einen Stuhl. „Wollen wir uns nicht erst einmal setzen?", fragte sie sanft.

„Ich will mich nicht setzen!", herrschte ihr Mann sie an. „Ich will mich widersetzen. Jawohl, den Mächten widersetzen, die hier am Werk sind."

Er trat auf Sebastian zu und starrte ihn unverblümt an. Laurentius wartete gespannt. Noch sah er sich seinem Ziel nahe. Herr Lonza fuchtelte mit dem Zeigefinger vor Sebastians Gesicht herum, doch schien den Faden zu verlieren, denn er sprach nicht weiter.

Laurentius wagte einen Versuch, das Gespräch in die richtige Richtung zu lenken. „Signor Lonza, wie gesagt: Wir kommen direkt aus Rom, vom Vatikan, und würden gerne mit Ihnen über die Ereignisse am 8. August sprechen", sagte er.

„Aha, der Vatikan!", rief Herr Lonza. Er drehte sich zu seiner Frau um: „Siehst du es jetzt ein?"

Frau Lonza wich erschrocken zurück. „Was soll ich einsehen?"

Ihr Mann bedachte sie mit einem vernichtenden Blick.

Laurentius verspürte das Bedürfnis, sie zu beschützen. Um sie aus dem Fokus ihres Mannes zu nehmen, ergriff er abermals das Wort.

„Herr Lonza, vielleicht können wir uns doch zusammen an den Tisch setzen, und Sie berichten uns, was genau an jenem 8. August vorgefallen ist, als Sie den Unfall hatten", sagte er mit fester Stimme.

„Sie wollen wissen, was vorgefallen ist?"

„Ja“, entgegnete Laurentius in der Hoffnung, mehr über die fliegenden Hühnerbrüste zu erfahren, von denen der Mann laut dem Zeitungsartikel gesprochen hatte.

Zu Laurentius’ Erstaunen setzte sich Herr Lonza und forderte sie auf, es ihm gleichzutun. Seine Miene wirkte überheblich, als würde er die Aufmerksamkeit der Zuhörer genießen.

„Ich wurde angefahren am 8. August, angefahren von meinem eigenen Angestellten.“ Er presste die Lippen zusammen und nickte vielsagend. Laurentius wartete gespannt, aber Herr Lonza schien nicht bereit, mehr dazu zu sagen. Ein kurzer Blickwechsel mit Sebastian ernüchterte ihn. Sebastian signalisierte distanziertes Desinteresse, als hielte er Herrn Lonza für psychisch krank.

Laurentius fühlte Verzweiflung in sich aufsteigen und beschloss, alles auf eine Karte zu setzen. „Herr Lonza, wir haben die Information, dass Sie sich am 8. August von fliegenden Hühnerbrüsten verfolgt fühlten.“

Augenblicklich brach der Mann in ein irres Gelächter aus. Er bog sich vor Lachen und konnte sich kaum beruhigen. Die Situation war absurd. Frau Lonza warf Laurentius einen tadelnden Blick zu, und plötzlich fühlte er sich selbst wie der Kranke, als sei seine Wahrnehmung gestört. Dabei hatte er nur das gesagt, was ihm der Reporter bestätigt hatte. Betroffen suchte er nach Worten, doch dann bemerkte er, wie Sebastian fast unmerklich den Kopf schüttelte. Also schwieg er und blickte zu Boden. So abrupt, wie es begonnen hatte, endete das Lachen.

„Die Geheimdienste haben sich mit den Außerirdischen verbündet, um mich zu vernichten. Sie verständigen sich mit Zeichen“, zischte der verwirrte Mann und zeigte auf die gegenüberliegende Wand.

„Seht ihr die Schatten? Sie sind überall. Ich halte das nicht aus!“ Er sprang auf, rannte zur Wand und schlug mehrmals mit seinem behelmten Kopf dagegen. Bevor irgendjemand reagieren konnte, trat er zu Sebastian, der ebenfalls aufgestanden war, und herrschte ihn an: „Man hat mich herabgewürdigt und behauptet, ich wäre psychofren. Was wird der Vatikan dagegen unternehmen?“

Laurentius war entsetzt, doch Sebastian blieb besonnen.

„Signor Lonza, ich bedauere, dass Sie so geplagt sind. Ich versichere Ihnen, dass sich alle darum bemühen, Ihre Lage zu verbessern. Wir verabschieden uns jetzt, damit wir uns der Sache gleich annehmen können."

Mit einer höflichen Geste verabschiedete er sich von Frau Lonza, dann nickte er Laurentius zu und öffnete die Tür. Auf dem Gang bat er eine Schwester, die Stationstür für sie zu öffnen.

Als sich die Türen des Fahrstuhls hinter ihnen geschlossen hatten, wandte sich Sebastian an Laurentius: „Es tut mir leid, Laurentius. Ich denke, du hast selbst gesehen, dass Herr Lonza nicht geeignet ist, deine Theorie zu stützen."

„Mir tut es leid. Vor allem, dass ich deine Zeit zum zweiten Mal verschwendet habe. Als ich den Helm sah, ahnte ich schon nichts Gutes, obwohl mir nicht klar war, weshalb er ihn trägt. Ich habe an Epilepsie gedacht. Meine Güte, bin ich naiv ..."

„Wieso? Das wäre doch möglich gewesen. Du musst dir keine Vorwürfe machen. Dass sich Herr Lonza noch immer in der Psychiatrie befindet, war zwar ein Hinweis darauf, dass es um seine psychische Gesundheit nicht zum Besten steht, aber in unseren Fällen zeigen sich die Tatsachen leider erst vor Ort."

„Danke, dass du ‚unsere Fälle' gesagt hast."

„Natürlich. Wir sind doch ein Team." Sebastian klopfte ihm auf den Rücken. „Schau, man muss wirklich kein Psychiater sein, um sich vorzustellen, unter welchem Druck dieser Mann stand. Er ist durch Betrug zu Reichtum und Ansehen gekommen. Es wurde vermutlich immer schwieriger, zu verhindern, dass ihm jemand auf die Schliche kommt. In den letzten Jahren sind die Vorschriften für biologische Betriebe strenger geworden. Je länger er unentdeckt blieb, desto größer wurde vermutlich seine Angst, erwischt zu werden. Da kann einem schon mal eine Sicherung durchbrennen, findest du nicht?"

„Ja, wahrscheinlich hast du recht. Die arme Frau tut mir leid. Sie scheint nichts gewusst zu haben."

„Tja, so ist das eben. In guten wie in schlechten Zeiten, wie man sagt ..."

Eine Weile schwiegen sie, bis Laurentius das Schweigen brach: „Verstehst du, warum er so irre gelacht hat, als ich das mit den fliegenden Hühnerbrüsten erwähnt habe?"

„Ich vermute, weil es für ihn wirklich so war."

„Was?"

„Ich denke, seine Schizophrenie hat ihm das tatsächlich vorgegaukelt. Was er an diesem Tag ausgesagt hat, war für ihn real. Du hast ihn daran erinnert, und das war zu viel für ihn."

„Dann könnte es doch der heilige Franziskus gewesen sein, der ihm die Hühnerbrüste zugeworfen oder es zumindest so erscheinen lassen hat."

„Laurentius, möchtest du wirklich darüber spekulieren, woher solche wahnhaften Vorstellungen kommen? Das führt ins Philosophische. Wir sollten uns von solchen Überlegungen fernhalten. Sobald sich eine psychische Erkrankung manifestiert, liegt es nicht mehr in unserem Bereich."

„Aber du musst zugeben, dass es angesichts der Tierquälerei und des Betrugs doch naheliegend wäre, wenn ... also, ich meine, es wäre schon ein Wunder, aber ..."

„Ich schlage vor, du ruhst dich aus und schreibst dann einen Bericht, in dem steht: ‚Der Sachverhalt ließ sich nicht genau ermitteln.'"

„Immerhin mussten wir dieses Mal nicht so weit reisen", versuchte Laurentius sich zu beruhigen, während er an die verursachten Kosten dachte.

„Also, ich reise gerne", zwinkerte Sebastian. „Aber in nächster Zeit arbeiten wir ein paar Akten aus unserer Gegend zügig ab. Dann sehen wir weiter."

Laurentius begann damit, den Bericht so zu verfassen, wie Sebastian es vorgeschlagen hatte. Obwohl er erkannt hatte, dass Herr Lonza psychisch krank war, ließ ihn der Gedanke nicht los, dass der heilige Franziskus dahinterstecken könnte. Vielleicht hatte der Heilige den Fabrikanten mit den Wahnvorstellungen bestraft und ihn so aus dem Verkehr gezogen. Je länger Laurentius an seinem Text arbeitete, desto mehr gefiel ihm dieser Gedanke. Er stellte die bisherige Vorgehensweise infrage: Warum sollte man ein Wunder ausschließen, sobald bei jemandem eine psychische Erkrankung diagnostiziert wurde? Solche Erkrankungen hatten doch Ursachen. Wenn eine Spontanheilung als Wunder anerkannt wurde, warum nicht auch das plötzliche Auftreten einer Krankheit wie Schizophrenie?

Wenn Heilige tatsächlich am Werk waren, wie Laurentius vermutete, stellte dies eine völlig neue Situation dar. Es war an der Zeit, die Regeln zu überdenken.

An diesem Punkt seiner Überlegungen stöhnte Laurentius auf. Sollte das stimmen, dann galt es sicher auch für diesen verrückten Bayern. Der war ebenfalls in der Psychiatrie gewesen. Bei ihm ging es um Wurst, bei Herrn Lonza um Hühnerfleisch – beides Lebensmittel. Wer wusste schon, was der Bayer alles auf dem Kerbholz hatte? Vielleicht war er nur noch nicht erwischt worden. Plötzlich war sich Laurentius sicher: Welcher Mensch aß schon seine eigenen Finger auf? Das konnte nicht mit rechten Dingen zugehen. Es passte in kein psychiatrisches Krankheitsbild, jedenfalls nicht in eines, das Laurentius bisher kannte.

Er zog die Akte Egenter aus dem Stapel und beglückwünschte sich insgeheim dafür, den Bericht noch nicht abgegeben zu haben. Über seine Erregung vergaß er die Zeit. Eifrig ergänzte er die Akte im Laufe der Nacht um ein weiteres Kapitel, in dem er seine diesbezüglichen Überlegungen darlegte. Er räumte ein, dass es ihnen nicht möglich gewesen war, Herrn Egenter eine konkrete Verfehlung nachzuweisen, schloss jedoch nicht aus, dass der Mann aufgrund seiner politischen Tätigkeit in einen Skandal verwickelt sein könnte – etwas, das sich vielleicht erst in der Zukunft offenbaren würde.

Laurentius schilderte ausführlich seine eigenwillige Theorie über den Verlust der Finger und führte diesen kurzerhand auf eine Intervention höherer Mächte zurück. Seiner Ansicht nach hatten diese Mächte Herrn Egenter dazu gezwungen, seine eigenen Finger zu verspeisen, um ihn aus dem politischen Leben zu entfernen.

Als er die Akte zur Seite legte, beschlich ihn für einen kurzen Moment ein mulmiges Gefühl. Hätte er das vielleicht doch vorher noch einmal mit Sebastian besprechen sollen? Doch dann verdrängte er diesen Gedanken und rief sich sein Erlebnis in der Krypta ins Gedächtnis. Heilige, die auferstehen konnten, waren sicherlich zu anderem fähig.

Er reichte die ergänzte Akte weiter. In den darauffolgenden Tagen arbeitete er sich durch einige andere Fälle, die der Vatikan ihm zugewiesen hatte, und nahm mit einem anderen Bruder zwei Termine in Rom wahr. In beiden Fällen handelte es sich offensichtlich um Wichtigtuerei.

Die Zeit wurde ihm lang, und erneut fragte er sich, ob er wirklich am richtigen Ort war, um dem Wunder gerecht zu werden.

Erst drei Wochen später tippte ihm Sebastian beim Frühstück auf die Schulter. Laurentius erschrak. Für einen Moment meldete sich sein Gewissen, weil er die Egenter-Akte nicht wie besprochen bearbeitet hatte, aber Sebastian war bester Laune.

„Wir haben die Genehmigung, einen weiteren Fall zu untersuchen“, sagte er.

„Ja, welchen denn?“

„Den in Japan.“

„Nach Japan!“ Laurentius schluckte. „Wirklich?“

„Ja. Ich selbst habe bislang nur über das Land gelesen. Du weißt, dass ich viel gereist bin, allerdings hatte ich nicht erwartet, jemals nach Japan zu gelangen. Wir werden uns den Fall Watanabe und die japanische Kultur ansehen. Ich kann dir jetzt schon versprechen, dass es eine interessante Reise wird. Unsere Flüge nach Osaka sind bereits gebucht. Wir mussten noch einen geeigneten Koffer für dich besorgen.“

Laurentius blickte beschämt zu Boden. Ihm war klar, dass er den alten, klapprigen Koffer, mit dem er im Kloster angekommen war, nicht mitnehmen konnte. Während er gezögert und gezweifelt hatte, hatten sich andere um alles gekümmert. Pius hatte es besser gewusst.

„Hält sich Herr Watanabe derzeit in Osaka auf?“, fragte Laurentius. „Ich glaube, in der Pressenotiz wurde Kyoto als der Ort genannt, an dem sich die Sache abgespielt hat.“

„Wir haben herausgefunden, dass Herr Watanabe momentan eine Kur in Nara macht", erwiderte Sebastian. „Osaka ist der nächstgelegene Flughafen. Du bist sicherlich auch der Meinung, dass wir zuerst persönlich mit Herrn Watanabe sprechen sollten, um uns ein eigenes Bild zu machen."

„Ja, natürlich. Das müssen wir auf jeden Fall." Laurentius war beeindruckt, dass im Hintergrund schon so viel organisiert worden war.

„Danach entscheiden wir, ob wir nach Kyoto reisen, um dort mit Angestellten seiner Firma und seiner Familie zu sprechen. Es kann allerdings sein, dass sich der Fall nach dem Gespräch erledigt hat. Du hast inzwischen genügend Erfahrung, um das zu wissen. Zum Glück lässt man uns freie Hand."

Die nächsten Tage verbrachte Laurentius damit, die Fälle auf seinem Schreibtisch an die Mitbrüder zu übergeben, sich zu verabschieden und voller Dankbarkeit zu beten. Am Tag der Abreise rief er Raphael an, um sich von ihm zu verabschieden. In diesem Gespräch stellte sich heraus, dass der Guardian seit Längerem über die Pläne der Kongregation informiert war. Es ging auch um die Beantragung eines Reisepasses für Laurentius. Immerhin war der Guardian nach wie vor sein Vorgesetzter.

Und dann war es so weit. Der Wagen, der sie zum Flughafen bringen sollte, wartete bereits, als Laurentius mit flatternder Kutte angerannt kam.

„Entschuldige, ich hatte etwas vergessen und musste noch mal umkehren."

Sebastian saß lächelnd auf der Rückbank. „Das nennt man Reisefieber."

Am Flughafen folgte Laurentius Sebastian wie ein Hündchen. Die vielen Menschen, die durch die riesigen Hallen hasteten, die Anzeigetafeln und Schalter, all das verwirrte ihn. Er bewunderte den Bruder, der sich in diesem Gewühl bestens auszukennen schien. In seinem Gefolge umging er lange Schlangen wartender Reisender und sah zu, wie ihre Koffer auf ein Band gestellt wurden und in einem dunklen Loch verschwanden. Eingeschüchtert absolvierte er die Pass- und Sicherheitskontrolle. Sebastian führte sie zur Business-Lounge.

Dieser Raum war im Gegensatz zu dem bisherigen Gewusel um sie herum angenehm ruhig. Vereinzelte Reisende saßen lesend in gemütlichen Sesseln oder bedienten sich an einem reich bestückten Frühstücksbuffet.

„Greif zu", sagte Sebastian, „das hat der Vatikan mit dem Ticketpreis bezahlt. Wir sind geschäftlich unterwegs, deshalb hat die Verwaltung für uns Flüge in der Business Class gebucht. So können wir unterwegs schlafen und kommen wenigstens einigermaßen ausgeruht in Osaka an. Die Zeitumstellung, die wir zu verkraften haben, ist schlimm genug."

Laurentius nickte schweigend und blickte fasziniert durch die großen Panoramafenster. Alles fühlte sich an wie ein Traum. Er, der vor seiner Versetzung nach Rom nie aus Assisi herausgekommen war, würde in weniger als einer Stunde in eine der riesigen Maschinen steigen, die er dort auf dem Rollfeld vorbeiziehen sah, und quasi im Schlaf auf einen anderen Kontinent reisen. Bis vor Kurzem war das für ihn noch unvorstellbar gewesen.

Sebastian beobachtete ihn nachdenklich. „Wir sollten uns eine Strategie überlegen, wie wir im Fall des Herrn Watanabe vorgehen", sagte er. „Wenn wir in Osaka ankommen, müssen wir uns dort erst einmal zurechtfinden. Am ersten Tag ist man sowieso noch flugblöde."

„Flugblöde?"

„Ja, nach einer langen Flugreise ist man ein wenig beeinträchtigt. Der Kopf und die Sinne arbeiten langsamer, so als würde der Körper gegen die immense Reisegeschwindigkeit protestieren. Aber keine Sorge, nach der ersten Nacht ist das Schlimmste vorbei. Dann gilt es nur noch, sich an die Zeitumstellung zu gewöhnen. Der Körper hängt noch in seinem alten Tag-Nacht-Rhythmus fest. Das heißt, man hat Schwierigkeiten beim Einschlafen oder liegt nachts ein paar Stunden wach, aber das legt sich auch nach einigen Tagen."

Laurentius hörte Sebastians Worte, konnte sich aber nicht vorstellen, wie sich dieser Zustand anfühlen würde. Diese Erfahrung würde er selbst machen müssen, so viel war ihm klar.

„Wie können wir uns mit den Japanern verständigen?“, fragte er.

„Ja, das ist wirklich ein Problem. Wir versuchen es mit Englisch, aber ich fürchte, wir kommen damit nicht weit, sobald wir uns aus dem touristischen Bereich entfernen.“

„Und was dann?“

„Dann schauen wir uns nach jemandem um, der übersetzen kann. Das Debakel mit dem Handy-Translator darf sich nicht wiederholen, obwohl wir ihn zur Not auch einsetzen werden. Keine Ahnung, ob es in Japan auch so etwas wie Dialekt oder Slang gibt. Aber jetzt sollten wir losgehen, bis zu unserem Gate müssen wir noch ein Stück laufen.“

Wieder hielt sich Laurentius dicht hinter seinem Ordensbruder. Am Gate wurden sie aufgefordert, ihre Bordkarten und Reisepässe vorzuzeigen, und durften dann die Gangway betreten. Laurentius zögerte. Staunend und ein wenig ängstlich betrachtete er die dicken Metallwände der Maschine. Noch immer fühlte er sich wie in einem Traum, bis ihn die Stewardess mit einem Lächeln und einem „Herzlich willkommen an Bord“ unmissverständlich aufforderte, den Airbus zu betreten.

Sebastian hatte längst in einem der geräumigen Sessel Platz genommen. Er zeigte Laurentius, wie man sich anschnallte und wie man den Sitz bediente, damit er sich in eine Liege verwandelte. Mit der Begeisterung eines Kindes testete der junge Mönch die verschiedenen Positionen der Fußstütze und der Rückenlehne, bis die Stewardess ihn höflich bat, für den Start eine aufrechte Sitzposition einzunehmen.

Ohne Sebastians Vorbild hätte Laurentius sich nicht getraut, etwas von den angebotenen Getränken und Speisen zu sich zu nehmen. Es war ihm peinlich, dass die Stewardess für jeden von ihnen ein Tischtuch auf dem ausklappbaren Tischchen auslegte, aber er war zu schüchtern, um dagegen zu protestieren. Neben einem vorzüglichen Rotwein bestellte Sebastian am Ende der Mahlzeit für sie beide einen Espresso. Der ungewohnte Alkoholkonsum stieg Laurentius, aufgrund der Flughöhe, sofort zu Kopf. Kaum hatte er seinen Sitz in eine Liege verwandelt, fiel er in einen unruhigen Schlaf.

In seinen Träumen verschmolzen das Hotel seiner Lehrzeit, das Kloster und das Flugzeug zu einem einzigen großen Gebäude. Dort saß er bequem in einem weichen Sessel und trank aus einer Tasse heiße Schokolade. Die Tasse füllte sich immer wieder von selbst auf, egal, wie viel er davon trank.

Die freundliche Frage der Stewardess, ob er zum Frühstück Kaffee oder Tee wolle, riss ihn aus dem Traum. Sebastians Frühstückstablett wurde bereits abgeräumt.

„Du musst dich beeilen, wir landen in einer Stunde", sagte Sebastian.

„Ach herrje ... Habe ich so lange geschlafen?"

„Ja, das hast du. Es ist von Vorteil, ausgeruht anzukommen. Ich kenne mich am Flughafen von Osaka nicht aus. Wir müssen auf jeden Fall den Zug nach Kyoto nehmen. Wir übernachten in der Stadt. Von dort ist es morgen nicht mehr weit bis Nara."

Die Einreiseformalitäten erledigten sie rasch, und auch ihr Gepäck ließ nicht lange auf sich warten. Dann begann eine Odyssee, um den Ausgang zum Fernbahnhof zu finden. Die Beschilderung war verwirrend, und ihre Bedeutung ließ sich nicht erraten, geschweige denn entziffern. Mehrfach versuchten sie, jemanden anzusprechen, ernteten aber entweder Unverständnis oder wortreiche japanische Erklärungen, die ihnen natürlich nicht weiterhalfen. Immerhin fanden sie eine Wechselstube, in der sie Euros in Yen umtauschen konnten.

Sebastian entdeckte schließlich einen Schalter, der offensichtlich dem Verkauf von Tickets diente. „Kyoto? Kyoto?", fragte er auf gut Glück und bekam tatsächlich zwei Fahrscheine sowie eine Wegbeschreibung zum Gleis. Ein Schaffner deutete auf die Haltezone, als Sebastian dort erneut „Kyoto?" fragte. Wie die anderen Reisenden stellten sie sich in der am Boden markierten Zone auf. Der Zug fuhr pünktlich ein. Seine Türen befanden sich exakt an den Positionen der Markierungen und öffneten sich leise zischend. Nachdem einige Reisende ausgestiegen waren, betraten Laurentius und Sebastian den Zug. Aufatmend verstauten sie ihr Gepäck in der dafür vorgesehenen Nische und setzten sich.

Doch es war noch zu früh, um sich zu entspannen. Die Durchsagen des Zugpersonals verstanden sie nicht, und um sie herum sahen sie kein einziges europäisches Gesicht. Sebastian orientierte sich deshalb an der Fahrzeit, die zum Glück im Reiseführer vermerkt war, und ermittelte so den Zeitpunkt zum Aussteigen. Laurentius versuchte es derweil noch einmal mit dem Übersetzungsprogramm seines Handys und erhielt tatsächlich brauchbare Übersetzungen der Bahndurchsagen. Ermutigt begann er eine Konversation mit einem Mitreisenden. Der Mann war anfangs recht reserviert, schien aber im Laufe der Fahrt Gefallen daran zu finden, sich mithilfe der Technik mit einem Fremden zu unterhalten. Laurentius erklärte ihm, dass sie im Auftrag des Vatikans reisten, und der Japaner stellte sich als Anwalt für Wirtschaftsrecht vor.

Dank Sebastians Zeitplan und Laurentius' Handy merkten sie rechtzeitig, dass sie ihr Ziel erreicht hatten. Der Bahnhof von Kyoto erwies sich als ein Labyrinth von Gängen und Geschäften mit künstlichem Licht und gläsernen Vitrinen, in denen ihnen unbekannte Speisen, Kosmetik- und Elektronikartikel angeboten wurden. Laurentius starrte verwirrt auf die Speisen. Viele befanden sich in mit Klarsichtfolie verschlossenen Verpackungen verschiedener Größen und Formen, die mehrfach unterteilt waren. Sie enthielten winzige Portionen von braunen, gelben, grünen oder rötlichen Puddings, Pürees oder Gelees sowie dunkle Kugeln und Würfel unbestimmter Konsistenz.

Laurentius' berufliche Vergangenheit machte sich bemerkbar. Er fragte sich, ob es sich dabei um Spezialitäten oder um alltägliche Speisen handelte. Mussten sie vielleicht erhitzt oder anderweitig zubereitet werden? Liebend gern hätte er etwas davon probiert, aber er war zu schüchtern, danach zu fragen, zumal er vermutete, dass ihn die Verkäuferin nicht verstehen würde.

Massen von Menschen hasteten in alle Richtungen. Ohne Sebastian, der sie mit seinem Orientierungssinn zielsicher zum nördlichen Ausgang führte, wäre Laurentius verloren gewesen. Nach einigen Versuchen gelang es ihnen, ein Taxi anzuhalten. Der weiß behandschuhte Fahrer chauffierte sie zum Hotel, während Sebastian aus seinem Reiseführer vorlas, dass man bei der Nutzung eines Taxis auf keinen Fall selbst die Wagentür öffnen oder dem Fahrer das Geld in die Hand geben solle. Für den Bezahlvorgang nutzte man ein extra dafür vorgesehenes Tellerchen auf einer Ablage neben dem Fahrersitz. „Andere Länder, andere Sitten", zitierte Sebastian lächelnd, als er die in holprigem Englisch geforderte Summe entrichtete.

Die Dame an der Hotelrezeption sprach glücklicherweise Englisch, was das Einchecken erheblich erleichterte. Sebastian nutzte die Gelegenheit, für den nächsten Vormittag ein Taxi zu bestellen und sich nach einem Restaurant für das Abendessen zu erkundigen. Dann wandte er sich an Laurentius: „Wir ruhen uns jetzt ein wenig aus; ich brauche dringend eine Dusche. Später setzen wir uns zusammen und besprechen den Fall Kaneda Watanabe. Ich habe vorhin im Vorbeifahren ein Restaurant hier in der Nähe gesehen. Die Dame an der Rezeption hat bestätigt, dass es abends geöffnet ist. Dort könnten wir essen. Einverstanden?"

Laurentius nickte. Er war mit allem einverstanden und dankbar für Sebastians Begleitung in dieser fremden Welt. Sie verabredeten sich für den frühen Nachmittag in der Lobby und zogen sich in ihre Zimmer zurück.

Laurentius staunte über den kleinen Raum, das angrenzende winzige Badezimmer und die verhältnismäßig riesige Toilettenschüssel, deren Repertoire er nicht auszuprobieren wagte. Allerlei Wasch-, Sprüh-, Föhn- und Heizfunktionen waren auf einem eigens daneben angebrachten Display symbolisch dargestellt. Er lachte laut auf bei dem Gedanken, was man im Kloster von einer beheizten Toilettenbrille halten würde.

Nach einem Gebet stellte er den Wecker und versuchte, sich in den Fall zu vertiefen, doch die exotischen Eindrücke ließen ihn nicht zur Ruhe kommen. Er stand auf, nahm seine Unterlagen aus dem Koffer und begab sich in die Lobby. Sebastian erschien eine halbe Stunde später.

„Ah, ich sehe, du arbeitest schon."

„Ja, ich versuche es zumindest. Soeben habe ich nachgelesen, was wir über Herrn Watanabe wissen. Leider geben die Recherchen nicht viel her. Jedenfalls war Herr Watanabe in leitender Position im Kernkraftwerk von Kyoto tätig, bevor er in einem öffentlichen Bad beinahe ertrunken wäre. Seine Behauptung, jemand oder etwas habe ihn dort in Tötungsabsicht unter Wasser gezogen, brachte ihn in die Schlagzeilen. Laut der Badeanstalt und den untersuchenden Behörden ergab sich jedoch kein begründeter Tatverdacht. Das macht den Fall für uns interessant. Wir wissen, dass Herr Watanabe aktuell in einem Sanatorium in Nara weilt und dass seine Familie hier in Kyoto wohnt."

Sebastian beugte sich über die Unterlagen. „Hat er sich dazu geäußert, wer ihm nach dem Leben getrachtet haben soll?"

„Darüber ist nichts bekannt. Allerdings könnte ich mir vorstellen, dass eine solche Position in einem Kernkraftwerk nicht ohne ist."

„Was meinst du mit ‚nicht ohne'?"

„Na ja, man hört doch immer wieder von Zwischen- und Störfällen in solchen Anlagen. Dabei werden Menschen verstrahlt, und es wird vertuscht, beschönigt und gelogen. In diesem Umfeld kann man sich sicher eine Menge Feinde machen. Oder es bestätigt sich meine Theorie, und ein Heiliger hat eingegriffen, um diese Form der Umweltzerstörung aufzuhalten."

„Das werden wir hoffentlich herausfinden. Lass uns jetzt essen gehen, damit wir morgen früh ausgeschlafen sind."

„Auf das Essen bin ich auch gespannt."

Die wenigen Hundert Meter bis zum Restaurant gingen sie zu Fuß. Die Speisekarte war bebildert, sodass sie mit der Bestellung zurechtkamen. Beide entschieden sich für eine große Schale, deren Inhalt nach Hühnersuppe aussah. Zu Laurentius' Erstaunen unterschied sich der Geschmack kaum von den Suppen seiner Heimat, lediglich die Nudeln hatten eine andere Konsistenz. Für seinen Geschmack waren sie zu weich.

Die nächste Herausforderung stellte der Besuch der Toilette des Restaurants dar. Laurentius verstand zunächst nicht, was der Kellner am Eingang zu den Toiletten von ihm wollte, als er erst auf seine Schuhe und dann auf die bereitstehenden Überschuhe zeigte. Dann begriff er: Man sollte wohl nicht mit den eigenen Schuhen zur Toilette gehen. Er schlüpfte in die Gummilatschen, woraufhin der Angestellte nickte und ihn passieren ließ.

Zurück am Tisch informierte Laurentius Sebastian, um ihm die gleiche Peinlichkeit zu ersparen. „Wahrscheinlich gilt man hier als Barbar, wenn man mit denselben Schuhen ins Restaurant und zur Toilette geht", schloss er.

Sebastian lachte. „Wie gesagt: Andere Länder, andere Sitten. Aber gut, dass du mich gewarnt hast. Das war mir nicht bekannt. Ich schaue mir die Überzieher gleich mal an. Aber zuerst bezahlen wir. Hoffentlich gibt es dafür nicht ein extra Zeremoniell."

Ohne weitere Zwischenfälle verließen die beiden Mönche das Restaurant und liefen zurück zum Hotel. Sie verabredeten sich zum Frühstück und wünschten einander eine gute Nacht. Laurentius war allerdings hellwach. *Das liegt bestimmt am Jetlag,* dachte er. Hinzu kam die Aufregung wegen ihres bevorstehenden Besuchs bei Herrn Watanabe. Detailliert malte Laurentius sich aus, welche Überraschungen der morgige Tag für sie bereithalten könnte. Seine größten Bedenken galten der Verständigung. Selbst wenn sie jemanden für die Übersetzung fanden, konnte er sich nicht vorstellen, wie man ein so heikles Gespräch führen sollte, ohne selbst die Sprache seines Gegenübers zu sprechen.

Gegen Morgen wurde er endlich müde. Kurz bevor er einschlief, dankte er seinem Schöpfer und allen Heiligen für das Leben, das ihm gewährt worden war. Dabei vergaß er, den Wecker zu stellen.

Heftiges Klopfen weckte ihn. Benommen richtete er sich auf und versuchte, die fremde Umgebung zu erfassen. *Ach so, ich bin in Japan!*, fiel es ihm wieder ein. Sogleich sprang er aus dem Bett und öffnete die Tür.

„Guten Morgen! Sag mal, wo bleibst du denn?", begrüßte ihn Sebastian.

„Meine Güte, habe ich etwa verschlafen?"

„Das Frühstück kannst du dir jedenfalls schenken, wir müssen los."

Als Laurentius atemlos die Lobby erreichte, sah er, dass Sebastian bereits im Wagen saß. In seiner Eile hätte er fast vergessen, dass in diesem Land ausschließlich der Fahrer die Türen des Taxis bediente, aber der Fahrer hatte ihn kommen sehen und kam ihm zuvor.

Sebastian reichte ihm eine Tüte. „Hier, ich habe dein Frühstück einpacken lassen."

„Vielen Dank, das ist sehr freundlich, aber ich habe keinen Hunger."

„Klar, es ist ja eigentlich mitten in der Nacht. Das gehört alles zum Jetlag, aber keine Sorge, das gibt sich."

Sie erreichten Nara in der vorgesehenen Zeit. Ihr Hotel lag am Rand eines Parks, in dessen altem Baumbestand zahme Hirsche grasten, die von Passanten gefüttert wurden. Als Laurentius' Handy klingelte, liefen die Hirsche erschrocken davon, was ihm vorwurfsvolle Blicke der anderen Besucher einbrachte. Die Dolmetscherin hatte aus gesundheitlichen Gründen abgesagt, und man teilte ihnen mit, dass kurzfristig kein Ersatz möglich sei. Daraufhin beschlossen sie, es nochmals mit dem Übersetzungsprogramm des Handys zu versuchen. „Hoffentlich spricht Herr Watanabe keinen Dialekt, sonst sind wir ganz geliefert." Laurentius bemühte sich um einen scherzhaften Ton.

Sebastian war zuversichtlich. „Das wird schon, wir haben es ja geübt. Schau mal, wie idyllisch", bemerkte er und zeigte auf die Hirsche. „Sie gelten hier als heilige Naturmonumente. Eine Gottheit soll auf einem heiligen Hirsch nach Nara gekommen sein, weshalb sie bis heute verehrt werden. Ich möchte ein wenig im Park spazieren gehen. Wir haben noch über zwei Stunden Zeit bis zum Termin bei Herrn Watanabe."

„Ich versuche lieber noch etwas zu schlafen. Dann treffen wir uns um 16 Uhr in der Lobby?"

„Ja, das Taxi habe ich für 16:15 Uhr bestellt."

„Taxifahren haben wir immerhin schon gelernt", sagte Sebastian, als er dem Fahrer das Geld auf das Tellerchen legte. „Jetzt wird es spannend!"

Sie standen vor dem hellen Gebäude, das laut Adresse ein Sanatorium sein musste. Laurentius zeigte auf die Glastüren, die sich hinter einer Dame schlossen. „Vielleicht ist das der Eingang."

Am Empfang nannten sie Herrn Watanabes und ihre Namen, woraufhin die Angestellte sie mit einer höflichen Geste aufforderte, sich auf die bereitstehenden Stühle zu setzen. Nach kurzer Zeit erschien eine Krankenschwester, die ihnen bedeutete, ihr zu folgen. Ein gläserner Aufzug beförderte sie in den dritten Stock. Sie folgten der flinken Frau durch lange Flure, bis sie vor einer Tür haltmachte. Sie nannte Herrn Kaneda Watanabes Namen, bewegte ihren Kopf von links nach rechts und ging.

Sebastian sah auf die Uhr. „Perfekt, wir sind pünktlich. Bereit?"

Laurentius nickte.

Unmittelbar nach Sebastians Klopfen hörten sie ein hart gesprochenes „No". Sie betraten den Raum.

Das Mobiliar glich dem eines Krankenzimmers und bestand aus einem Wandschrank, einem Tisch und einem Bett. Das Fenster war mit einem beigefarbenen Plisseerollo verhangen. Vor dem Tisch, der immerhin vier Sitzgelegenheiten bot, stand ein spindeldürrer Mann, der sie misstrauisch musterte. Sein Blick huschte unstet zwischen ihnen hin und her.

Laurentius lächelte, verbeugte sich und sprach sein erstes „Konnichiwa". Die beiden anderen Männer taten es ihm gleich. Herr Watanabe bedeutete ihnen mit einer fahrigen Geste, sich zu setzen, und goss Tee in drei winzige Tassen. Seine Hände zitterten. Nachdem sie getrunken hatten, griff Laurentius zu seinem Handy und startete die Übersetzungs-App.

„Herr Watanabe, ich bin Bruder Laurentius, und das ist mein Ordensbruder Pater Sebastian. Wie Sie bereits wissen, kommen wir aus Rom. Wir recherchieren im Auftrag des Vatikans unerklärliche Ereignisse und Wunder."

Das Programm schrieb die entsprechenden Schriftzeichen, und Laurentius musste auf deren Richtigkeit vertrauen. Er zeigte Herrn Watanabe das Display. Nur ein kurzes Blinzeln verriet, dass er den Text gelesen hatte.

Laurentius warf Sebastian einen Blick zu und fuhr fort, zur App zu sprechen. „Wir sind durch die Presse auf Ihren Fall aufmerksam geworden und möchten Sie bitten, uns den Vorfall zu schildern, den Sie in dem Bad erlebt haben."

Erneut reichte er Herrn Watanabe das Handy, auf dessen Display sich die japanische Version seiner Aufforderung befand. Herr Watanabe las und schwieg. Seine Miene zeigte keine Regung. Dennoch hatte Laurentius das Gefühl, dass er ihnen nicht traute. Quälende Stille lag im Raum.

Laurentius trank einen Schluck Tee, um die Situation zu entspannen.

Dann griff Sebastian nach dem Handy. „Herr Watanabe, ich kann verstehen, dass es Ihnen nicht leichtfällt, darüber zu sprechen, was Ihnen passiert ist. Sie würden uns jedoch eine große Ehre erweisen, wenn Sie bereit wären, Ihre Erfahrung in unsere Studie einzubringen. Einzig deshalb sind wir so weit gereist. Selbstverständlich behandeln wir Ihre Aussage vertraulich."

Herr Watanabe las. Dann trank er seinerseits ein Schlückchen Tee. Laurentius hatte den Eindruck, dass der Japaner sich geschmeichelt fühlte. Tatsächlich griff Herr Watanabe zum Handy und sagte etwas. Die Übersetzung lautete: „Es ist mir eine Ehre, dass Sie die weite Reise auf sich genommen haben, um mich zu besuchen."

Die beiden Mönche lasen dies und lächelten Herrn Watanabe aufmunternd an. Er räusperte sich und sagte: „Ich weiß nicht, was Ihre Presse darüber berichtet hat, aber ich fürchte, nichts Besseres als die hiesige. Man hat versucht, mich umzubringen, aber vonseiten der Medien und der Ärzte wird mir Geisteskrankheit unterstellt", erschien auf dem Display.

Sebastian und Laurentius lasen betroffen.

„Ich habe nach einem langen Arbeitstag ein Bad genommen, als mich jemand mit Gewalt unter Wasser zog. Ohne das Eingreifen des Bademeisters wäre ich jetzt tot."

Da Herr Watanabe schwieg, griff Sebastian zum Handy. Laurentius war überrascht, wie gut die Verständigung auf diese Weise funktionierte.

„Haben Sie eine Vermutung, wer Sie unter Wasser gezogen hat, oder haben Sie jemanden gesehen?", fragte Sebastian.

Herr Watanabe las, nickte und antwortete: „Eine Person konnte ich nicht erkennen, aber ich habe ganz deutlich die Schlingen um meine Beine gespürt, die mich hinabgezogen haben."

Wieder entstand eine Pause.

Laurentius fragte via App: „Und was ist dann passiert?"

Im Blick des Japaners lag plötzlich etwas wie Hass, seine Stimme wurde laut. „Man wollte mich ersäufen wie einen Hund. Mir ging die Luft aus, und schließlich sog ich Wasser in die Lunge. Der Bademeister musste mich wiederbeleben", lasen Laurentius und Sebastian.

Laurentius hatte den Eindruck, dass Herr Watanabe sich bevorzugt an Sebastian wandte. Dabei war er durch seine eigene Geschichte wie kein anderer in der Lage, ihn zu verstehen. Er wusste, was es hieß, Dinge zu erleben, die rational nicht nachvollziehbar waren, und wie es sich anfühlte, von allen für verrückt gehalten zu werden. Gerne hätte er dem Mann seine Geschichte erzählt, aber das verstieß gegen die Regeln. Hier ging es nicht um ihn und sein Erleben, sondern darum, diesem Mann gut zuzuhören und ihn dort abzuholen, wo er sich befand.

Jetzt mache ich mich noch unbeliebter, dachte er und sprach in sein Handy: „Herr Watanabe, könnte es sein, dass Sie im Bad eingeschlafen sind, deshalb unter Wasser glitten und einen schlimmen Traum hatten?"

Der Japaner las und sprach dann wütend in das Handy: „Das behaupten alle, aber ich weiß, was ich weiß! Ich wurde hineingezerrt."

Sebastian fragte: „Nur von wem?"

„Muss ich das wissen?“, erwiderte Herr Watanabe sichtlich aufgebracht. „Bin ich etwa bei der Mordkommission? Vielleicht war es ein Verrückter, der im Bad arbeitet, oder ein anderer Badegast oder jemand, der meinen Posten in der Firma haben möchte?“

„Herr Watanabe, hat man in Ihrem Fall nicht ermittelt?“

„Doch, aber diese Ermittlungen wurden eingestellt.“

„Eingestellt?“, wiederholte Sebastian.

„Es hieß, dass niemand sonst Zugang zu dem Baderaum hatte.“

Sebastian blickte den Mann ernst an und sprach in das Handy: „Wären Sie damit einverstanden, dass wir Einsicht in die Ermittlungsakte bekommen und mit Ihren Ärzten sprechen?“

Die Antwort folgte prompt. „Darüber muss ich nachdenken. Ich glaube nicht, dass Sie mir helfen können, und ich brauche nicht noch mehr Ärger. Ich muss wieder in mein Leben zurückfinden, zu meiner Familie und in meinen Beruf. Die Polizei hat nichts gefunden. Die Ärzte halten mich für verrückt.“

Laurentius hatte eine Idee. „Konnten Sie denn selbst Spuren von Gewalt an Ihren Beinen erkennen?“, fragte er.

„Ich habe nach dem Ereignis nicht sofort nachgesehen. Laut Polizei gab es keine derartigen Spuren – das war einer der Gründe, warum das Verfahren eingestellt wurde.“

Herr Watanabe wirkte nervös. Laurentius bemerkte seine abgekauten Fingernägel.

„Gab es keine Spuren, die auf eine Abwehrreaktion Ihrerseits hindeuteten? Wurden Sie auf Fremd-DNA untersucht?“, hakte er nach.

„Ja, natürlich. Ich habe Himmel und Hölle in Bewegung gesetzt, aber es wurden keine Spuren gefunden, und so verrückt, dass ich das für eine Verschwörung gegen mich halte, bin ich nicht.“

Sebastian tauschte einen kurzen Blick mit Laurentius. Er hatte sich ein Bild gemacht. Mehr konnten sie im Augenblick nicht erreichen. „Herr Watanabe, haben Sie vielen Dank für das Gespräch“, sagte er. „Es tut uns leid, dass Sie so ein schlimmes Erlebnis hatten. Wenn Sie erlauben, melden wir uns morgen Vormittag nochmals bei Ihnen. Bitte denken Sie bis dahin darüber nach, ob Sie dem Vatikan die Unterlagen zur Verfügung stellen und Ihre Ärzte von der Schweigepflicht entbinden. Sie würden uns damit sehr helfen."

Die beiden Mönche verabschiedeten sich von dem resigniert wirkenden Mann. Als sie auf den Flur traten, erschien die Krankenschwester und geleitete sie zum Ausgang.

Im Taxi fragte Laurentius: „Was sagst du dazu?"

„Tja … merkwürdig ist das schon. Ich denke, wir brauchen auf jeden Fall mehr Informationen über Herrn Watanabes Gesundheitszustand. Vorab könnten wir unabhängig davon mit einem Arzt sprechen, um herauszufinden, ob es möglich ist, im Schlaf zu ertrinken. Ich würde meinen, dass man aufwacht, wenn man mit dem Kopf unter Wasser rutscht."

„Ja, das denke ich auch. Allerdings gibt es noch andere Möglichkeiten. Vielleicht war es ein Krampf oder ein Schlaganfall. Oder mein Verdacht bestätigt sich."

Sebastian seufzte. „Laurentius, welcher Heilige sollte ein Interesse daran haben, Herrn Watanabe zu ertränken? Ein Wunder im herkömmlichen Sinn wäre das nicht."

„Das stimmt. Aber vielleicht verstehen wir noch nicht alles. Es wäre doch möglich, dass Herr Watanabe im Rahmen seines Berufs die Umwelt schädigt."

„Und du meinst, dass ein Heiliger das verhindern wollte?"

„Ja", antwortete Laurentius, aber er hörte selbst, dass es wenig überzeugend klang.

„Hm." Sebastian überlegte. „Ich schlage vor, dass wir weitere Recherchen davon abhängig machen, ob Herr Watanabe uns seine Unterlagen zur Verfügung stellt."

Damit gab sich Laurentius zufrieden.

Im Hotel aßen sie gemeinsam und verbrachten dann jeder für sich einen ruhigen Abend.

Wider Erwarten hatte sich Herr Watanabe dafür entschieden, ihnen seine Unterlagen zu überlassen. Nach dieser guten Nachricht schlug Sebastian vor, sich bis zum Erhalt der Ermittlungsakte an Herrn Watanabes Arbeitsplatz umzusehen. Noch am Mittag reisten sie zurück nach Kyoto.

Es gestaltete sich schwierig, einen Termin im Kernkraftwerk Takahama zu bekommen. Sebastian setzte seine ganze Überredungskunst ein und musste mehrfach auf die guten Beziehungen des Vatikans zu Japan verweisen. Schließlich erreichte er, dass sie Anfang der kommenden Woche an einer Führung teilnehmen konnten. Er informierte Laurentius darüber, zeigte sich aber nicht sehr zuversichtlich, was ihre Chancen betraf, damit an hilfreiche Informationen zu gelangen. Dennoch hatten sie sich auf den Fall eingelassen, nun galt es, das Möglichste zu tun.

Laurentius hingegen war begeistert. „Sebastian, lass uns erst mal dort sein, dann fällt uns bestimmt etwas ein", sagte er, sichtlich bemüht, seine freudige Anspannung im Zaum zu halten. Er aß ein Nudelgericht, das ihm hervorragend mundete, und war im Geiste bereits damit beschäftigt, es zu Hause nachzukochen.

Die ersten medizinischen Unterlagen trafen ein, brachten jedoch leider nicht mehr Klarheit. Man bescheinigte Herrn Watanabe ein Burnout-Syndrom und verwies auf eine Überforderungs- oder Überreaktion, doch das konnte den Vorfall im Bad nach Sebastians und Laurentius' Dafürhalten nicht abschließend erklären. Hinweise auf eine Epilepsieerkrankung oder Ähnliches gab es nicht.

Sebastian telefonierte mit der medizinischen Abteilung des Vatikans. Dr. Malossini bestätigte, dass ein gesunder Mensch nicht einfach so im Schlaf ertrinkt, es sei denn, Drogen oder immense Mengen Alkohol wären im Spiel. Dies wurde jedoch laut Herrn Watanabe ausgeschlossen. Der Arzt brachte die Möglichkeit einer Ohnmacht infolge eines Herzstillstands ins Spiel und hielt es für möglich, dass die nötige Reanimation weniger den Folgen des Beinahe-Ertrinkens und mehr dem möglichen Herzstillstand geschuldet gewesen sein könnte. Allerdings würde dies erst durch weitere Untersuchungsberichte der Klinik geklärt werden können. Dr. Malossini erwähnte die Möglichkeit einer sogenannten transitorischen ischämischen Attacke – einem leichten Schlaganfall mit nur kurzzeitig anhaltenden Symptomen. Malossini führte aus, dass sich aus den Laborwerten des Patienten Rückschlüsse in Bezug auf diese These ziehen lassen könnten. Sie vereinbarten, dass Sebastian ihm die entsprechenden Unterlagen übermitteln würde, sobald er sie in Händen hielt.

Sebastian beendete das Gespräch. „Vielen Dank, Herr Doktor, Sie haben mir sehr geholfen", sagte er, doch er fühlte sich der Wahrheit nicht einen Schritt näher.

Kurz vor dem Termin im AKW erhielten sie die Nachricht, dass die Führung aus personellen Gründen leider auf das Ende der Woche verschoben werden müsse. Laurentius war verärgert. „Die wollen uns dort nicht haben. Das zeigt doch ganz genau, dass da etwas faul ist. Jetzt sitzen wir hier fest und können nur abwarten."

„Vielleicht hast du recht. Möglicherweise sind sie zu höflich, um uns direkt abzusagen, und versuchen, uns mit der Salamitaktik loszuwerden. Wir können nicht ewig hierbleiben. Ich muss mich schon jetzt rechtfertigen, warum wir noch immer in Japan sind."

Laurentius erschrak. „Wem musst du das erklären?"

„Na, meinem Vorgesetzten. Was denkst du denn, wer die Kosten für all das hier übernimmt?"

„Ja, natürlich, entschuldige. Vielleicht können wir wenigstens bis Ende der Woche bleiben? Die Unterlagen von Herrn Watanabe sind noch nicht vollständig."

„Mir wurde zugesichert, dass sie morgen kommen. Gut, ich versuche es. Aber länger als bis Ende der Woche zu bleiben wird auf keinen Fall möglich sein – es sei denn, wir stoßen auf etwas wirklich Spektakuläres, was bei einer begleiteten Führung eher unwahrscheinlich ist."

„Abwarten", sagte Laurentius mit einem Schmunzeln.

„Falls in diesem AKW wirklich krumme Dinger laufen, werden die uns das kaum auf dem Silbertablett servieren. Wie stellst du dir das vor?"

„Wie sagt man so schön? Glaube, Liebe, Hoffnung. Der Zufall hat schon oft Dinge ans Licht gebracht. Vielleicht gibt es ja den einen oder anderen unzufriedenen Mitarbeiter, der sich aussprechen will."

„Ja, sicher – mit zwei italienischen Mönchen", entgegnete Sebastian sarkastisch, wenig hoffnungsvoll. „Wenn der Termin überhaupt stattfindet."

Laurentius wusste nichts darauf zu erwidern. Er hatte nicht erwartet, dass es einfach werden würde, aber er wollte seine Chance unbedingt nutzen.

Am nächsten Tag erhielten sie wie vereinbart die medizinischen Unterlagen von Herrn Watanabe. Sebastian rief sofort Dr. Malossini an, der sich die Laborwerte ansah, jedoch ratlos war. Plausible Ursachen für das Geschehen im Bad konnte er aus den Werten nicht ableiten. Er schloss sich der Meinung seiner japanischen Kollegen an, dass es sich um ein Ereignis psychischen Ursprungs handeln müsse. Allerdings fügte er hinzu, ihm sei kein Fall bekannt, bei dem sich ein Mensch ohne Weiteres ertränkt habe, denn Ertrinken sei äußerst unangenehm.

„Ohne Weiteres?", fragte Sebastian nach.

„Ja, das heißt: in einem Becken, ohne bewusstseinstrübende Mittel, gefesselte Gliedmaßen oder zusätzliche Gewichte am Körper. In einem See ist das aufgrund weiterer Faktoren wie Temperatur, Wind oder Strömung anders."

Sebastian bedankte sich und beendete das Gespräch. Er war um keinen Deut schlauer geworden.

Auf dem Weg zum AKW berichtete er Laurentius von Dr. Malossinis Einschätzung.

„So viel war mir längst klar", sagte Laurentius. „Ich habe damals sogar einen Selbstversuch in der Badewanne unternommen."

„Ach du meine Güte – du hast versucht, dich zu ertränken?"

„Nein, so würde ich das nicht nennen. Ich wollte herausfinden, ob man aufwacht, wenn der Kopf unter Wasser gerät. Aber ich bin gar nicht unter Wasser gerutscht, nachdem ich eingeschlafen war. Ich bin aufgewacht, weil mir kalt wurde, als das Wasser abgekühlt war. Mein Versuch, bewusst Wasser einzuatmen, ist ebenfalls gescheitert. Sobald der Sauerstoff knapp wurde, war der Drang aufzutauchen stärker als alles andere."

„Du bist wirklich nicht zimperlich, wenn es darum geht, etwas herauszufinden“, sagte Sebastian anerkennend. „Damit bist du eine Bereicherung für unsere Abteilung.“

Laurentius freute sich über das Lob. Unterdessen tauchten die Kühltürme des AKW am Horizont auf.

„Gleich sind wir da. Ich bin gespannt“, sagte Sebastian.

Am Empfang mussten sie eine Weile warten. Nach und nach füllte sich der Raum mit weiteren Besuchern, die ebenfalls kleine „Visitor“-Kärtchen an ihrer Kleidung befestigten. Den beiden Mönchen wurde schnell klar, dass die Führung nicht exklusiv für sie geplant war. Umso besser, dachte Laurentius insgeheim.

Ein weiß gekleideter Mitarbeiter erschien, gefolgt von einer Assistentin. Beide trugen weiße Kunststoffüberschuhe und Hauben. Während der Mann die Gruppe auf Japanisch und Englisch begrüßte und die Sicherheitsbestimmungen erklärte, verteilte die Assistentin Mäntel, Hauben und Überschuhe. Sie wurden gebeten, ihre Handys in dafür vorgesehene Schließfächer zu legen. Ein Beamer projizierte eine Präsentation mit technischen Daten und Informationen auf eine Leinwand.

Nach einer halben Stunde warf Laurentius demonstrativ einen Blick auf die Uhr. Unter einer Führung hatte er sich etwas anderes vorgestellt. Endlich erlosch die Präsentation, und der Mann bat die Gruppe, ihm zu folgen. Sie wurden zunächst in den Kontrollraum der Anlage geführt. Beim Anblick der unzähligen Leuchtanzeigen und Schaltknöpfe, die alle gleichzeitig überwacht und bedient werden mussten, wurde Laurentius schwindelig. Die Angestellten, alle von zierlicher Statur und in derselben Schutzkleidung wie die Besucher, trugen Brillen – für Laurentius sahen sie alle gleich aus.

Danach ging es weiter zu den Reaktoren, wo riesige Behälter matt unter Wasser glänzten. Die gesamte Anlage wirkte steril und gleichzeitig bedrohlich.

Auf dem Rückweg durch einen der langen Flure erkannte Laurentius eine Gelegenheit, einen Blick hinter die Kulissen zu werfen. Unauffällig drückte er hinter Sebastians breitem Rücken eine Türfalle herunter und stellte erfreut fest, dass sich die Tür öffnete. Langsam schob er sie weiter auf und spähte neugierig in den Büroraum. Da sich offensichtlich niemand darin aufhielt, entschloss er sich kurzerhand, einzutreten.

Auf den ersten Blick fand er nichts, was im Zusammenhang mit Herrn Watanabe von Nutzen sein könnte. Als er jedoch versuchte, die Schreibtischschubladen zu öffnen, stellte er fest, dass sie verschlossen waren, ebenso wie die Aktenschränke. *Man müsste Schlosser sein*, dachte er enttäuscht und verließ den Raum, wobei er die Tür leise hinter sich schloss.

Die Gruppe hatte sein Fehlen nicht bemerkt und bog in einen der Seitengänge ab, weshalb Laurentius es wagte, eine weitere Tür zu öffnen. Er befand sich in einem Vorraum, der offensichtlich zu einem größeren Büro gehörte. Der Empfangstresen war unbesetzt. Dahinter befand sich ein Fenster, durch das Laurentius in den angrenzenden Raum spähte, der ziemlich groß zu sein schien. Als er weiterging, öffnete sich eine gläserne Schiebetür, und er gelangte ungehindert in den hochwertig eingerichteten Raum. Mit leisem Zischen schloss sich die Tür hinter ihm.

Laurentius schwitzte vor Anspannung. Jeden Moment konnte sein Verschwinden bemerkt werden. Er versuchte, sich zu konzentrieren und die Gelegenheit zu nutzen, irgendetwas herauszufinden, mit dem er seine Theorie stützen könnte. Vor dem kühl glänzenden Metall des Schreibtisches stand ein lederner Sessel, der so aussah, als sei er hastig verlassen worden. Wie magisch davon angezogen, setzte Laurentius sich darauf. Als er am Griff der Schublade unter der Tischplatte zog, stellte er überrascht fest, dass sie sich öffnen ließ. Sie beherbergte einen grauen und einen roten Ordner, deren Aufschriften er leider nicht lesen konnte. Dennoch blätterte er kurz darin, betrachtete die endlosen Tabellen mit japanischen Schriftzeichen und Zahlen, seufzte und legte sie zurück. So komme ich nicht weiter, dachte er ärgerlich. Wieder einmal stellte die Sprache ein unüberwindbares Hindernis dar. Insgeheim musste er Sebastian recht geben. Besser, er schloss sich der Gruppe wieder an, bevor sein Fehlen bemerkt wurde.

Doch als er den Raum verlassen wollte, öffnete sich die Schiebetür nicht automatisch wie vorhin. Ein kalter Schauer lief ihm über den Rücken. Er zwang sich zur Ruhe. Suchend blickte er sich um, aber so sehr er sich bemühte, er konnte keinen Mechanismus erkennen, um die Tür zu öffnen. Auf der Suche nach einem unsichtbaren Schalter strich er mit der flachen Hand über die Wände, doch ohne Erfolg. Verzweifelt und immer hektischer tastete er auf Knien den Boden ab. Nichts! Der Schweiß brach ihm aus. Die Zeit lief ihm davon – was sollte er jetzt tun?

Inzwischen hatte Sebastian Laurentius' Verschwinden bemerkt.

Nervös blickte er sich nach ihm um. Der Angestellte erklärte der Gruppe, dass man während der zweijährigen Bauphase des Kraftwerks umfangreiche Sicherungsvorkehrungen getroffen habe, was in einer Dokumentation veranschaulicht werde. Folgsam versammelten sich die Besucher in einem verdunkelten Raum. Sebastian setzte sich in eine der hinteren Reihen und versuchte, den leeren Platz neben sich geschickt mit seinem Körper vor den Blicken des Angestellten und seiner Begleiterin zu verstecken. *Nach dem Film solltest du gefälligst wieder auftauchen, mein Lieber,* dachte er, *sonst wird es unangenehm für uns.*

Laurentius kämpfte gegen die aufsteigende Panik. Er saß in der Falle, und keine der ihm einfallenden möglichen Szenarien seiner nahen Zukunft konnte ihn beruhigen. Würde bald ein Alarm ausgelöst werden, weil man sein Verschwinden bemerkte? Oder war es denkbar, dass niemand sein Fehlen bemerkte? Und wie würde Sebastian reagieren? Musste er womöglich noch länger in diesem „Gefängnis" ausharren, vielleicht sogar bis Montag? Wäre er bis dahin nicht verdurstet? Ohne Nahrung auszukommen, war er gewohnt, aber ohne Wasser? Was sollte er sagen, falls man ihn entdeckte? Das war noch das Einfachste. Er würde einfach behaupten, nach einer Toilette gesucht zu haben. Tatsächlich spürte er nun einen unangenehmen Druck im Unterbauch. Auch das noch. Aufstöhnend ging Laurentius zurück an den Schreibtisch. Um sich abzulenken, öffnete er erneut die Schublade mit den Ordnern. Jetzt, da er sich mehr Zeit nahm, entdeckte er in dem roten Ordner englischsprachige Seiten.

Neugierig begann er zu lesen. Es handelte sich offensichtlich um einen Bericht für die Internationale Atombehörde. Die Tabellen enthielten Messungen der Radioaktivität im Kühlwasser des Systems über einen Zeitraum von sechs Monaten. Die steigende Tendenz war deutlich erkennbar. „Aha", murmelte Laurentius leise. Rasch griff er nach dem gelben Ordner. Tatsächlich fand er auch dort eine englische Version. Er blickte auf die langen Zahlenkolonnen und fragte sich: Was ist hier der Unterschied? Er legte die Tabellen der beiden Ordner nebeneinander. Plötzlich erkannte er es: Die Werte im gelben Ordner verzeichneten für denselben Zeitraum eine leicht fallende Tendenz. Laurentius konnte kaum fassen, was er entdeckt hatte. Zur Sicherheit verglich er die Zahlen erneut miteinander.

Bald war er so in seine Arbeit vertieft, dass er das leise Zischen der sich öffnenden Glastür nicht bemerkte. Er schrak erst auf, als er lautes Bellen vernahm. Im nächsten Moment stürzte sich ein riesiger Hund auf ihn. Mit einer instinktiven Abwehrbewegung verhinderte Laurentius, dass der Hund nach seinem Hals schnappte, was ihm einen schmerzhaften Biss oberhalb des Handgelenks einbrachte. Knurrend zerrte der Hund an seinem Arm. Laurentius schrie aus Leibeskräften. Er wusste sich nicht gegen das rasende Tier zu wehren.

Ein Wachmann kam herbeigerannt. Mit einem scharfen Befehl veranlasste er, dass der Hund von Laurentius abließ und sich knurrend zwischen ihn und seinen Herrn setzte. Der Wachmann würdigte ihn keines Blickes, sondern sprach in sein Funkgerät.

Laurentius hielt seinen schmerzenden Arm. Unter dem Kunststoff des Schutzanzugs bildete sich ein rasch größer werdender dunkler Fleck. Ein weiterer, schwarz gekleideter Wachmann erschien und machte deutlich, dass Laurentius ihm folgen solle. Die beiden hielten Schlagstöcke in der Hand und nahmen ihn in die Mitte. Der Hund blieb dicht hinter ihm. Als Laurentius am Ende des Flurs Sebastian erblickte, hätte er vor Erleichterung beinahe geweint.

Die anderen Gruppenteilnehmer waren nicht zugegen. Doch Sebastian war nicht allein. Um ihn herum standen weitere Wachleute, außerdem der Führer ihrer Gruppe und ein Herr in einem elegant geschnittenen Anzug.

Sebastian sprach Laurentius auf Englisch an. Seinem Ton war zu entnehmen, dass er eine vernünftige Erklärung erwartete. „Laurentius, um Gottes willen, wo warst du? Was ist geschehen?“

Laurentius war froh, dass er sich diese Situation bereits ausgemalt hatte. Wie auf Befehl spulte er seine Erklärung ab. „Ich musste dringend zur Toilette.“ Mit einer unmissverständlichen Geste griff er sich an den Bauch und verzog das Gesicht. „Ich wollte Sie nicht unterbrechen“, sagte er an den Führer der Gruppe gewandt. Dann fuhr er fort: „Auf dem langen Gang wird doch bestimmt eine sein, dachte ich mir. Weil ich die japanische Schrift nicht lesen kann, habe ich einfach eine Tür geöffnet. Der Glaseingang hinter dem Tresen sah nach einem Waschraum aus, also bin ich hineingegangen. Erst da habe ich bemerkt, dass es sich doch um ein Büro handelte. Leider konnte ich den Raum nicht mehr verlassen, weil sich die Tür anscheinend nur in eine Richtung öffnen lässt. Die Schiebetür ging nicht mehr auf, verstehen Sie?“ Er richtete seine Worte bewusst an die umstehenden Personen.

Sein Arm schmerzte höllisch. Trotz der Aufregung bemerkte er, dass er versehentlich Italienisch statt Englisch gesprochen hatte. Sogleich begann er, seine Erklärung auf Englisch mit zitternder Stimme zu wiederholen, als der Mann im Anzug zu Laurentius’ Erstaunen in fließendem Italienisch antwortete: „Das erklärt nicht den Umstand, dass Sie in besagtem Büroraum damit beschäftigt waren, interne Unterlagen einzusehen.“

„N-nein“, stotterte Laurentius, „also, äh – doch. Ich habe nach einem Hinweis gesucht, wie die Tür zu öffnen ist. Der Schreibtisch war nicht abgeschlossen.“ Er ließ seinen verletzten Arm ein wenig sinken. Die erwünschte Wirkung trat ein: Sogleich rann Blut aus dem Ärmel, floss warm über seine Hand und bildete eine kleine Lache auf dem Boden.

„Gehen Sie damit zum Arzt. Wir haben Ihre Personalien bereits aufgenommen. Sie hören von uns.“ Angewidert wandte sich der Mann im Anzug ab und verließ den Raum. Die Wachleute händigten ihnen ihre Handys aus und begleiteten Sebastian und Laurentius wortlos zum Ausgang, wo bereits ein Taxi wartete. Der Fahrer fragte sie gar nicht erst nach einem Ziel, sondern fuhr los, sobald sie eingestiegen waren. Den Taxameter schaltete er nicht ein; offensichtlich war er entsprechend instruiert worden.

„Sebastian, du kannst dir nicht vorstellen …“, platzte es aus Laurentius heraus. Mit einem harten Tritt gegen seinen Knöchel brachte ihn der Mitbruder zum Schweigen. Laurentius verstummte und musterte Sebastian vorsichtig von der Seite. Täuschte er sich, oder sah Sebastian verärgert aus? Vermutlich traute er dem Fahrer nicht, dachte Laurentius und schämte sich, dass er nicht von selbst darauf gekommen war, dass der Fahrer vermutlich zu den Angestellten des AKWs gehörte.

Nach wenigen Kilometern hielt der Wagen vor einem Gebäude. Der Fahrer ignorierte Sebastians ausgestreckte Hand mit der Banknote und signalisierte ihnen, dass sie aussteigen sollten. Laurentius sah, dass eines der vielen Firmenlogos auf dem Klingelschild in englischer Sprache auf eine Arztpraxis eines Dr. Smith hinwies. Er betätigte mit seiner unverletzten Hand die Klingel, und sogleich ertönte das Summen des Türöffners.

Sebastian ging voran. Im Aufzug fanden sie den Hinweis, dass sich die Praxis auf der siebten Etage befand. Nachdem die Anmeldeformalitäten erledigt waren, versorgte ein älterer Herr mit Goldrandbrille Laurentius' Wunde. Dr. Smith, ein Engländer, ließ sich die Umstände erklären, die zu der Verletzung geführt hatten. Laurentius trug noch immer die Schutzkleidung vom AKW, um nicht alles mit seinem Blut zu verunreinigen. Der Arzt erklärte ihm, er habe Glück gehabt, da der Kunststoff des Schutzkittels nicht durchgebissen worden war. Die Folie hatte sich über die Zähne gelegt. Insofern sei nicht von einer Infektion der Wunde durch den Speichel des Hundes auszugehen, erklärte der Arzt, während er den Arm verband. Dennoch verabreichte er Laurentius eine Tetanusspritze, verschrieb ihm ein Antibiotikum, das er vorsorglich einnehmen sollte, sowie ein Schmerzmittel. Mit Hinweisen zur Nachbehandlung und den Rezepten versehen, traten sie auf die Straße und sahen, dass das Taxi auf sie gewartet hatte. Der Fahrer hielt ein paar Meter weiter vor einer Apotheke, damit sie die Rezepte einlösen konnten.

Als die beiden Mönche endlich zurück in ihrem Hotel waren, wollte Laurentius von seiner Entdeckung berichten, aber Sebastian unterbrach ihn harsch: „Ich möchte jetzt gar nichts von dir hören. Dein Alleingang war unverantwortlich. Ich muss sofort versuchen, den Schaden abzuwenden. Dir ist hoffentlich klar, dass man sich über uns beschweren wird. Derartige Verwicklungen sind äußerst unangenehm."

„Entschuldige", erwiderte Laurentius zerknirscht.

Sebastian nannte ihre Zimmernummern, und sofort händigte die Dame an der Rezeption die Schlüssel aus. Im Aufzug sagte Sebastian: „Bleib am besten in deinem Zimmer. Ich melde mich später."

Laurentius nickte ergeben. Als der Aufzug hielt, ging er wortlos in die entsprechende Richtung. Beim Betreten seines Zimmers bemerkte er sofort den unangenehmen Geruch. Er hielt inne, schloss die Tür und sog konzentriert Luft durch die Nase ein. Der typische Körpergeruch eines stoffwechselkranken Menschen hing im Raum. Jemand war hier gewesen. Aber wer? Das Zimmermädchen war kurz vor seinem Frühstück gekommen. Sie konnte es nicht gewesen sein, und außerdem roch sie nicht so. Laurentius blickte sich misstrauisch um. Auf den ersten Blick schien alles unberührt, doch als er den Stapel seiner Unterlagen auf dem Schreibtisch betrachtete, bemerkte er, dass sie nicht mehr so akkurat lagen, wie er sie zurückgelassen hatte. Er hatte den Impuls, es sofort Sebastian zu berichten, doch er traute sich nicht, ihn zu stören. Sich zur Geduld mahnend, legte er sich aufs Bett und reflektierte die Ereignisse der letzten Stunden.

Es war bereits dunkel, als Sebastian an Laurentius' Tür klopfte. „Wie geht es dir?", fragte er, nachdem Laurentius ihn hereingebeten hatte.

„Danke, ganz gut. Ich habe eine von den Schmerztabletten genommen."

„Was hast du dir nur dabei gedacht?", fragte Sebastian kopfschüttelnd.

„Sebastian, es tut mir wirklich leid. Es war eine Intuition."

„Aha. Und dann folgst du deiner Intuition, wie es dir gerade passt, bringst uns damit in Schwierigkeiten, und ich muss die Kastanien aus dem Feuer holen."

„Es tut mir ehrlich leid! Meinst du, dass wir mit der Toilettengeschichte durchkommen?"

„Na ja, es wäre naiv zu glauben, dass man uns das abnimmt. Aber es ist der beste Weg, allen Beteiligten zu ermöglichen, ihr Gesicht zu wahren."

„Darf ich dir jetzt erzählen, was ich entdeckt habe?", fragte Laurentius schüchtern.

„Meinetwegen", willigte Sebastian ein.

Laurentius berichtete von den beiden Ordnern und den Tabellen darin. „Ist es nicht ein unglaublicher Zufall, dass ich das entdeckt habe? Verstehst du? Das ist der Beweis, dass mit den Werten in dem Kraftwerk etwas ganz und gar nicht in Ordnung ist. Schlimmer noch: Man versucht, die Kontrollbehörde zu täuschen."

Sebastian schlug sich die Hand vor die Stirn. Er war sichtlich wütend. „Ach, was für ein Beweis!", schnaubte er. „Ein paar Tabellen, wie sie vermutlich zu Tausenden in dem Werk existieren. Du hast keine Ahnung, was die Zahlen bedeuten, und vor allem hast du weder Kopien noch Fotos davon. Also, was willst du wie beweisen?"

„Aber ..."

„Nichts aber! Ich muss jetzt verhindern, dass uns dein Alleingang um die Ohren fliegt. Nicht auszudenken, wenn sich durch unsere Reise ein Konflikt zwischen Japan und dem Vatikan entwickelt. Ich brauche keine zusätzlichen Schwierigkeiten. Wir sind nicht von der Atomaufsichtsbehörde, sondern von der Heiligsprechungskongregation, falls du das vergessen hast. Gute Nacht!"

Mit einem lauten Knall schloss sich die Zimmertür.

Laurentius schwieg betroffen. Sebastian erkannte nicht, welch ein Skandal sich hinter den Tabellen verbarg. Warum sonst wurden zwei Ordner geführt? Dieses Atomkraftwerk verstrahlte die Umwelt, und der Verantwortliche täuschte die Behörden und sollte ungeschoren davonkommen? Für Laurentius gab es keinen Zweifel: Hier in Japan bestätigte sich seine Theorie zu hundert Prozent. Der heilige Franziskus hatte eingegriffen und diesen Umweltzerstörer zur Strecke gebracht. Und er, Laurentius, hatte wie durch ein Wunder das Büro von Herrn Watanabe entdeckt. Dieser feine Herr war verantwortlich für die gefälschten Zahlen. Er hatte mit eigenen Augen gesehen, dass die Zahlen einmal steigende und einmal fallende Werte zeigten.

Allerdings hatte Sebastian recht: Das konnte er nicht beweisen. Hätte er doch nur sein Handy dabeigehabt, aber das war ihnen ja aus gutem Grund abgenommen worden. Also musste ein Heiliger eingegriffen haben, um Kaneda Watanabe das Handwerk zu legen. Durch die Attacke in dem Bad wurde er aus dem Verkehr gezogen, genauso wie der bayerische Politiker. Und die Rechnung war aufgegangen. Herr Watanabe war seither nicht arbeitsfähig. Das konnte nur der heilige Franziskus gewesen sein – wer sonst? In dem Bad war niemand außer dem Bademeister gewesen, und der war definitiv nicht im Raum. Die Polizei hatte den Fall untersucht, ohne Ergebnis. Es fiel Laurentius wie Schuppen von den Augen. Er war so nah daran, seine Theorie zu beweisen, wie noch nie. Ausgerechnet jetzt pfiff Sebastian ihn zurück.

Laurentius dachte angestrengt nach. Wenn er der Atomaufsichtsbehörde trotzdem einen Tipp gäbe, wäre das ein grober Verstoß gegen sein Gehorsamsgelübde. Er seufzte. Gab es einen Ausweg? Würde sich Sebastian von ihm überzeugen lassen, wenn er sich beruhigt hatte, oder müsste er die Angelegenheit vor den Heiligen Vater bringen, gegebenenfalls mit der Hilfe seines Guardians? In diese Überlegungen hinein klingelte das Zimmertelefon.

Sebastian meldete sich und teilte ihm ohne Umschweife mit, dass er seinen Koffer packen solle, weil sie am nächsten Morgen in aller Frühe ihren Rückflug antreten würden. Laurentius bedankte sich kleinlaut für diese Information. Dabei standen ihm die Tränen in den Augen.

Wie vor den Kopf geschlagen legte er den Hörer auf. Eine Weile saß er auf dem Bett. Dann bat er Franziskus auf Knien um Hilfe. Der Heilige musste und würde einen Weg finden, damit er vollenden konnte, was er begonnen hatte. Mit dieser Zuversicht fügte er sich und packte seine Sachen. Kurz vor zwei Uhr trat er mit seinem Gepäck in die Lobby. Sebastian war noch nicht da, doch in einem der Gäste, die sich in der Lobby aufhielten, meinte Laurentius den Taxifahrer aus dem AKW zu erkennen. Sie beobachten uns auch hier, dachte er. Das ist definitiv ein Hinweis darauf, dass ich auf der richtigen Spur bin. Das muss ich Sebastian erzählen. Wo bleibt er nur?

Vielleicht hat er verschlafen, überlegte Laurentius, doch einen Augenblick später erschien der Bruder mit versteinerter Miene.

Auf der Fahrt zum Flughafen sprach Sebastian kaum ein Wort mit ihm. Als Laurentius erzählte, dass jemand in seinem Zimmer gewesen war und dass er den Taxifahrer in der Lobby gesehen hatte, wischte Sebastian dies als Hirngespinste beiseite. Laurentius wagte nicht zu fragen, ob sich aus seinem Alleingang größere Schwierigkeiten entwickelt hatten.

Im Flugzeug erhielten sie aktuelle italienische Tageszeitungen und vertieften sich sogleich in die Lektüre. Laurentius stieß auf die Schlagzeile: „Corona-Pandemie bestätigt!" Er murmelte: „Das darf doch nicht wahr sein …" Aufgeregt las er den Artikel – und wurde kreidebleich. Er bekreuzigte sich und rief laut: „Heilige Corona, bist du es? Vergib uns!"

Mehrere Passagiere warfen daraufhin neugierige Blicke in ihre Richtung.

„Sag mal, spinnst du?", zischte Sebastian.

„Sebastian, das ist kein Zufall! Die heilige Corona ist die Schutzpatronin des Geldes und wird zur Abwehr von Seuchen angerufen."

„Ja, und?"

„Siehst du das denn nicht? Ich sage doch, die Heiligen sind am Werk und greifen ein! Jetzt bescheren sie uns eine Seuche, um dem Treiben der Menschen endlich Einhalt zu gebieten."

Sebastian blickte ihn entgeistert an. In seinen Augen spiegelten sich Ablehnung und Skepsis gleichermaßen wider. Sein generervter Gesichtsausdruck ließ keinen Zweifel daran, was er von Laurentius' Ausbruch hielt. Doch Laurentius ließ sich davon nicht beirren. Er wusste ja, dass Sebastian noch immer wegen seines Alleingangs in Japan verärgert war, aber das hier war etwas anderes, etwas Größeres, das selbst ihn überraschte.

„Sebastian, denk doch mal nach!", sprudelte es aus ihm heraus. „Die Menschheit ruiniert den Planeten! Wir zerstören unsere Ressourcen, quälen Tiere, beuten sie schamlos aus. Wir holzen die Regenwälder ab, verwandeln den Mutterboden in Betonwüsten und beanspruchen immer mehr Raum für unsere Spezies. Man muss doch kein Experte sein, um zu erkennen, dass das nicht so weitergehen kann. Die Heiligen bereiten dem jetzt ein Ende. Es ist unglaublich, dass ich erst jetzt davon erfahre. Ich war zu sehr mit unserer Reise beschäftigt."

„Meine Güte, als ob wir nicht schon genug Sorgen hätten", seufzte Sebastian und wandte sich seiner Zeitung zu.

Laurentius war zu aufgewühlt, um sich davon gekränkt zu fühlen. Er konnte die Landung kaum erwarten.

Zurück in Rom, verfolgte Laurentius die pandemiebedingten Nachrichten mit anderen Gefühlen als seine Brüder. Obwohl er ihre Sorgen teilte, fühlte er sich durch den Ausbruch des Virus in seiner Theorie bestätigt. Die dramatischen Berichte aus Bergamo waren von Bildern begleitet, die bislang als unvorstellbar gegolten hatten. Särge stapelten sich zu Hunderten, und es wurden Militärfahrzeuge zur Bergung der Leichen eingesetzt. Für Laurentius war endgültig bewiesen: Das Ausmaß der Katastrophe konnte nur auf das Wirken einer Heiligen zurückgeführt werden. Immer wieder erklärte er seinen Mitbrüdern, dass das doch jedem einleuchten müsse, schließlich heiße die Seuche ja sogar Corona, wie die Heilige.

Zu seinem Leidwesen stieß er auf Ablehnung. Bernhard reagierte ungewöhnlich gereizt, als Laurentius ihm seine Theorie darlegte. „Es hat schon immer Seuchen gegeben, also hör auf zu spinnen", entgegnete er unverblümt. Laurentius erfuhr später, dass Bernhard seinen Vater durch eine Corona-Infektion verloren hatte.

Auch der Guardian lehnte es ab, in ihren Telefonaten über Laurentius' Theorie zu sprechen. Die Organisation des Klosters forderte in dieser Zeit seine gesamte Aufmerksamkeit, da etliche Brüder schwer erkrankt waren.

Sebastian ließ sich nicht mehr bei Laurentius blicken. Ob er noch immer verärgert war oder ob es mit der Seuche zu tun hatte, wusste Laurentius nicht. Er fragte sich, ob die Pandemie seinen Fauxpas in Japan in den Hintergrund gerückt hatte, denn ihm gegenüber erwähnte niemand diesen Vorfall. Innerhalb des Vatikans herrschten strenge Abstandsregeln, trotzdem stiegen die Fallzahlen.

Man trug Masken, sollte möglichst nicht sprechen und sich in den eigenen Räumen aufhalten. Es wurde einsam um Laurentius. Seine bisherige Arbeit war unterbrochen, und Termine konnten bis auf Weiteres nicht stattfinden, weshalb es keinen Sinn machte, sich mit den Akten zu beschäftigen. An eine Audienz beim Heiligen Vater war unter diesen Umständen nicht zu denken, obwohl Laurentius sich nichts sehnlicher wünschte. Zunehmend wurde er als Koch zur Krankheitsvertretung in der Küche eingesetzt. Die übrige Zeit verbrachte er betend, meditierend und überlegend, wie er dem Wunder gerecht werden könnte, das sich offensichtlich verselbstständigte.

Mit einem Schlag hatte sich die Welt verändert. Laurentius saß wie gebannt vor dem Fernseher und konnte kaum fassen, was er sah. Reporter berichteten live aus Bergamo, wo die Seuche wütete wie einst die Pest. Bergamo war in diesen Wochen der am stärksten betroffene Ort Italiens. Nach wie vor wurden Leichen in grauen Armeefahrzeugen abtransportiert. Politiker, Wissenschaftler und Ärzte diskutierten mit Journalisten um die Wette. Niemand wusste genau, womit man es zu tun hatte, außer dass es sich um ein Virus handelte, das rasend schnell mutierte. Dies machte eine Einschätzung des Verlaufs nahezu unmöglich. Laurentius fühlte sich, trotz seines Wissens um die wahren Ursachen, verpflichtet, sich umfassend über die Entwicklungen zu informieren.

Wann immer seine Zeit es erlaubte, schaltete er von einer Nachrichtensendung zur nächsten. Laut den Medien hatte das

Virus seinen Ursprung in China, und eine Zeit lang hatte sich die restliche Welt in dem Glauben zurücklehnen können, dass allein die Chinesen ein Problem hätten.

Doch dann explodierten die Zahlen der Infizierten und Verstorbenen weltweit. Das Virus schädigte bevorzugt die Lunge der Betroffenen, und ein wirksames Medikament gab es nicht. Schwererkrankte mussten beatmet werden und benötigten große Mengen Sauerstoff. Um die geschädigte Lunge zu entlasten, wurden die Patienten auf den Bauch gelagert. Der Krankheitsverlauf war unberechenbar. Kaum hatte sich der Zustand eines Patienten gebessert, folgte der nächste Absturz. Patienten, von denen man dachte, sie würden die Nacht nicht überleben, ging es am Morgen plötzlich besser, während sich der Zustand anderer, die man schon über den Berg wähnte, rapide verschlechterte.

Die sachgerechte Versorgung der Schwerkranken erforderte enormen Aufwand, insbesondere wenn sie intubiert werden mussten. Erfahrenes Pflegepersonal fehlte auf allen Stationen, zumal sich viele Pflegerinnen und Pfleger selbst infizierten. In der Bevölkerung breitete sich Angst aus. Jede Begegnung barg das Risiko einer Ansteckung. Schnell stellte sich heraus, dass das Virus hauptsächlich durch Aerosole übertragen wurde, die beim Atmen, Sprechen und vor allem beim Singen freigesetzt wurden. Menschen weltweit trugen Gesichtsmasken, sobald sie sich in der Öffentlichkeit bewegen mussten. Die meisten versuchten, soziale Kontakte so gut es ging zu meiden. Schließlich verhängten die Regierungen Ausgangssperren. Innenstädte verwaisten, Lokale schlossen, und der Flugverkehr beschränkte sich auf den Frachtverkehr.

Laurentius wollte sich zu Bett begeben, als es an seiner Tür klopfte. Er zog schnell seine Maske über und öffnete. An Sebastians Blick erkannte er sofort, dass etwas Schlimmes geschehen war.

„Sebastian, möchtest du hereinkommen?“ Laurentius trat zur Seite, damit sein Ordensbruder mit Abstand eintreten konnte. „Bitte.“ Er wies auf den Hocker und setzte sich selbst auf das Bett. Er war auf alles gefasst. Vor seinem inneren Auge spielten sich verschiedene Szenarien ab: Vielleicht würde man ihn wegen des Vorfalls in Japan bestrafen, ihn im schlimmsten Fall sogar nach Hause schicken.

„Laurentius, ich muss dir leider die traurige Nachricht überbringen, dass Bruder Raphael am frühen Abend verstorben ist“, sagte Sebastian.

Laurentius spürte, wie Übelkeit in ihm aufstieg. Er bemühte sich, die aufsteigende Magensäure herunterzuschlucken. Sebastian legte ihm die Hand auf die Schulter. Lange Zeit saßen sie schweigend zusammen.

„Aber wieso?“, fragte Laurentius plötzlich aufgebracht. „Er war doch noch gar nicht alt!“

„Nein, 46 ist wirklich nicht alt. Aber wie du vielleicht weißt, war er an Corona erkrankt. Das Virus kann auch bei jüngeren Menschen einen tödlichen Verlauf nehmen. Laut Bruder Angelo starb er in kürzester Zeit.“

Angelo! Eine heiße Woge durchströmte Laurentius. Er hörte Sebastians Worte wie durch Watte: „Laurentius, es tut mir leid, aber du musst dich fassen. Bruder Raphael hat verfügt, dass du die Leitung des Klosters übernehmen sollst.“

Laurentius starrte seinen Ordensbruder verständnislos an. Alles andere, was Sebastian noch zu ihm sagte, drang nicht mehr zu ihm durch.

„Kann ich etwas für dich tun?“, fragte Sebastian und reichte ihm ein Glas Wasser. Laurentius nahm es mechanisch, führte es jedoch nicht zum Mund.

„Nein, danke“, brachte er schließlich hervor. „Ich möchte allein sein.“

„Das verstehe ich. Wir sprechen morgen früh über deine Abreise. Versuche jetzt zu schlafen.“

Nachdem Sebastian gegangen war, brach Laurentius in hemmungsloses Weinen aus. Raphael war neben Monsignore Rossi der einzige Mensch gewesen, der es gut mit ihm gemeint hatte. Jetzt war er allein.

Er sollte seine Sachen packen, aber das Entsetzen lähmte ihn. Er konnte keinen klaren Gedanken fassen. Wäschestücke, Toilettenartikel, Schuhe – er warf wahllos in den Koffer, was er in die Hände bekam. Dass Raphael tot sein sollte? Er konnte und wollte es nicht fassen. Die Wucht seiner Gefühle überwältigte ihn, und ein weiterer Weinkrampf zwang ihn, sich zu setzen. Das Kloster leiten – wie sollte er das nur bewältigen? Die Verantwortung, die nun zusätzlich auf seinen Schultern lastete, drückte schwer auf ihn, ebenso wie die Sorge um die Gesundheit seiner Brüder in Assisi und Rom.

In letzter Zeit wurde zwar viel über die Entwicklung eines Impfstoffs gesprochen, doch es war ungewiss, wann und ob dieser tatsächlich verfügbar sein würde. Seit Beginn der Pandemie hatte Laurentius keine einzige Nachrichtensendung verpasst, die das Thema behandelte. Erst wenn die Müdigkeit ihn übermannte und er kaum noch die Augen offen halten konnte, schaltete er den Fernseher aus.

Seine Rückkehr nach Assisi hatte er sich ganz anders ausgemalt. In seinen Träumen sah er sich als triumphierenden Rückkehrer, der mit dem Beweis für seine Auferstehungstheorie im Kloster einzieht. Stattdessen wurde diese Heimkehr nun das traurigste Ereignis seines Lebens.

Was hatte Sebastian gesagt? Laurentius bemühte sich um Konzentration. Zahlreiche Brüder seien schwer erkrankt, und im Kloster benötige man jede helfende Hand. Ein Fahrzeug stehe ab sofort für ihn bereit. Laurentius war dankbar, dass Sebastian persönlich vorbeigekommen war, auch wenn das gegen die Abstandsregeln verstieß.

Ein Abgrund tat sich vor Laurentius auf. Ja, er hatte gewusst, dass Raphael erkrankt war, doch man hatte ihm gegenüber von einem leichten Verlauf gesprochen. Deshalb traf ihn die Todesnachricht unvorbereitet. Sein Herz schmerzte, wenn er daran dachte, wie gut der Guardian zu ihm gewesen war, selbst in Zeiten, als er viele Schwierigkeiten verursacht hatte. Die tiefe Scham überkam ihn, weil er nicht sofort nach Assisi gefahren war, als er von Raphaels Erkrankung erfahren hatte. Er bereute es bitter, seinen Mentor nicht noch einmal lebend gesehen zu haben und ihm seinen Dank schuldig geblieben zu sein.

Gebeugt vor Gram trat Laurentius am nächsten Tag mit seinem Gepäck vor die Tür. Ohne zurückzublicken, setzte er sich in den Wagen, dessen Fahrerkabine durch eine Folie abgeschirmt war, und versank in Gedanken.

Assisi, Italien

Der Fahrer räusperte sich, als sich die Silhouette des Klosters langsam aus der Dunkelheit schälte. Trotz aller Trauer spürte Laurentius die Wärme des Heimkommens, auch wenn das Heim von einer großen Lücke gezeichnet war. Bruder Francesco empfing ihn an der Pforte. Weinend fielen sie sich in die Arme. Francesco, einer der jüngeren Brüder, hatte die Seuche überstanden. Nach einer langen Umarmung nahm er Laurentius' Koffer und ging ihm voraus in den Gemeinschaftsraum.

Er wies auf ein Tablett. „Hier kannst du dich erst einmal stärken. Wir wussten nicht, wo du schlafen möchtest, also haben wir sowohl deine alte Zelle als auch Raphaels für dich vorbereitet. Es ist ein Glück, dass du zurück bist und dass Raphael noch rechtzeitig bestimmen konnte, wer seine Nachfolge antritt. In diesen Pandemiezeiten ist eine offizielle Wahl nicht möglich."

„Vielen Dank, Francesco. Ja, wir müssen uns damit arrangieren, bis eine Wahl stattfinden kann. Keine Frage, ich werde meine alte Zelle beziehen. Raphael ist noch nicht einmal beerdigt. Ich möchte ihn sehen, um mich von ihm zu verabschieden."

„Das ist auch mein Wunsch, aber seit einiger Zeit dürfen wir weder Kranke besuchen noch uns von den Verstorbenen verabschieden."

„Wer hat das angeordnet?"

„Nachdem Raphael erkrankte, ließ uns Angelo wissen, dass der Guardian selbst verfügt hat, es so zu handhaben wie in der städtischen Klinik."

„Du meinst, ihr konntet ihn nicht besuchen, als er krank war?", fragte Laurentius ungläubig.

„Ja. Ausschließlich medizinisches Personal hat Zugang zu den Kranken. Außerdem erfüllt unsere eigene Krankenstation nicht die Anforderungen für die Versorgung schwerstkranker Corona-Patienten. Wir mussten schon viele unserer Brüder in die städtische Klinik bringen, zuletzt den Guardian. Wir trauern auch um Bruder Guiseppe, Bruder Gianfranco, Bruder Antonio und Bruder Mateo, unseren Ältesten. Er wäre im Sommer hundert geworden. Die Verstorbenen werden vom Bestatter umgehend entsprechend den Corona-Vorschriften versorgt und schnellstmöglich beerdigt. Am schlimmsten ist, dass Raphael und die anderen dort allein gestorben sind."

„Mein Gott!" Laurentius rang nach Luft.

Francesco ließ seiner Meinung freien Lauf. „Angelo war der Einzige, der nach Raphaels Erkrankung Zugang zu ihm hatte. Obwohl er sich am meisten vor der Krankheit fürchtet, hat er es sich nicht nehmen lassen, uns Raphaels Anweisungen zu übermitteln. Dabei waren wir uns nicht immer sicher, wessen Anweisungen es wirklich waren. Als Raphael in die Klinik kam, blieb es dabei. Angelo hat die Geschicke des Klosters bestimmt. Wir essen nicht mehr gemeinsam, wir beten nicht mehr gemeinsam – dieses Virus diktiert unser ganzes Leben. Angelo trägt auch außerhalb der Krankenstation grundsätzlich Schutzkleidung und wollte durchsetzen, dass wir alle uns so kleiden. Zum Glück konnte Raphael das noch verhindern. Dieser Mundschutz ist schon belastend genug. Dass Raphael dich zu seinem Nachfolger gemacht hat, muss ein herber Schlag für Angelo sein. Gut, dass du so schnell kommen konntest."

Laurentius hatte Kopfschmerzen. Er goss sich eine Tasse Kaffee ein, doch das Essen ließ er unberührt. Der Schmerz über Raphaels Verlust lastete schwer auf ihm, und die Ungewissheit über die bevorstehenden Auseinandersetzungen mit Angelo ließ ihn schaudern. Er dankte Francesco und zog sich in seine Zelle zurück. Später wollte er sich einen ersten Eindruck von Raphaels Büro verschaffen, doch der Gedanke daran fühlte sich wie ein unüberwindbares Hindernis an.

Laurentius betete lange. Noch nie hatte er sich so verzweifelt und hilflos gefühlt. Die allgegenwärtige Nähe zum Tod zwang ihn, über sein eigenes Leben nachzudenken. War es nicht so, dass er von einem Abgrund in den nächsten gestürzt war? Kaum schien sich ein Weg zu öffnen, der sein Leben ordnen könnte, folgte das nächste Unglück. Leise flüsterte er: „Herr, was hast du vor, dass du mir solche Prüfungen auferlegst? Bin ich nicht demütig genug? Gib mir ein Zeichen und steh mir bei."

Mitten in der Nacht erwachte er schweißgebadet. Er hatte geträumt, dass er gestorben sei, bevor er dem Wunder zur Geltung verhelfen konnte. Raphael, Angelo und der heilige Franziskus hatten ihn in Raphaels Büro zitiert und ihm deswegen Vorwürfe gemacht. Laurentius setzte sich im Bett auf und wischte sich den Schweiß von der Stirn. Leise sprach er mit sich selbst, um sich zu beruhigen: „So einen Unsinn kann auch nur ich träumen. Alles vermischen und sich dann fürchten! Damit ist jetzt Schluss. Ich brauche meinen Schlaf." Entschlossen drehte er sich zur Seite und schlief tatsächlich wieder ein.

Als Laurentius sich am nächsten Morgen im Klostergarten die Beine vertreten wollte, entdeckte er ein von Angelo unterzeichnetes Schreiben am schmiedeeisernen Eingangstor. Er las und schüttelte den Kopf. Darin hieß es, es sei behördlich untersagt, den Garten zu betreten, sowohl für Besucher als auch für die Brüder, die den Garten bewirtschafteten. Laurentius war irritiert. Was sollte das? Soweit er wusste, war das Ansteckungsrisiko im Freien gering. Außerdem konnte sich zumindest eine Person gefahrlos im Garten aufhalten, um das Nötigste zu erledigen. Wenn sie nicht gießen, jäten und ernten konnten, müssten sie auf den Ertrag des Klostergartens verzichten, der wesentlich zu ihrer Versorgung beitrug – vom Gemüse bis zu den Kartoffeln, von den Beeren bis zu den Orangen. Dazu kamen die Kräuter und Heilpflanzen, aus denen sie Essenzen und Tees herstellten, die im

Klosterladen verkauft wurden. Was in diesem Schreiben stand, konnte nicht wahr sein. Spielte ihm sein Geist einen Streich?

Besorgt machte sich Laurentius auf den Weg zu Raphaels Büro, seinem künftigen Arbeitsplatz, um sich über die gesetzlichen Regelungen zu informieren. Als er die Tür öffnete, stand er plötzlich einer unförmig vermummten Gestalt gegenüber. Angelo? Ohne Francescos Hinweis hätte Laurentius den Bruder kaum erkannt. Angelo schien nicht nur an Gewicht zugenommen zu haben, er steckte auch in einem weißen Schutzanzug mit Haube, Handschuhen, Überschuhen, Mundschutz und einer Plastikschutzbrille. Es fehlte nur noch ein Sauerstofftank auf seinem Rücken. *Houston, wir haben ein Problem*, dachte Laurentius und musste trotz der bedrückenden Lage fast laut auflachen. Jetzt zahlten sich der Abstand, den er durch seine Zeit in Rom gewonnen hatte, sowie seine Therapieerfahrung aus. Laurentius erinnerte sich an Raphael und beschloss, eine professionelle Haltung zu bewahren. Ruhig, aber bestimmt sprach er den verdutzt dreinschauenden Mitbruder an: „Mein Beileid, Angelo. Raphaels Tod muss ein harter Schlag für dich gewesen sein. Du standest ihm nahe und hast ihn stets bei der Verwaltung unterstützt. Francesco hat mir gesagt, dass du unserem Guardian auch in der Zeit der Krankheit beigestanden hast. Dafür danke ich dir. Ich möchte dich bitten, auch mir dabei zu helfen, die Geschicke des Klosters zu unser aller Wohl zu leiten, bis die Möglichkeit der Wahl entsteht, so wie es nach unseren Regeln vorgesehen ist. Corona blockiert alles."

„Du bist schon da?" Angelo tat überrascht.

„Ja, ich habe mich noch in der Nacht auf den Weg gemacht", entgegnete Laurentius, der wusste, dass Angelo genau darüber informiert war, wann er das Kloster betreten hatte. Ihm war klar, dass Angelo Zeit gewinnen wollte, um ihn einzuschätzen und herauszufinden, ob Laurentius immer noch von ihm manipuliert werden konnte.

Angelo verbeugte sich, wie es sich dem neuen Guardian gegenüber gehörte. „Herzlich willkommen, obwohl der Anlass betrüblich ist. Auch dir mein Beileid." Mit kaltem Blick beobachtete er, wie seine Worte bei Laurentius ankamen.

Laurentius war vorbereitet. Seine Trauer würde er sicher nicht mit Angelo teilen. Es galt, hier und jetzt die Weichen für die Zukunft zu stellen. Er musste seine Position gegenüber Angelo festigen und zeigen, dass er sich nicht mehr vor ihm fürchtete. „Angelo, zwischen uns gab es in der Vergangenheit schwierige Momente. Du sollst wissen, dass ich dir gegenüber keine Vorbehalte habe und dir nichts nachtrage. Falls deinerseits diesbezüglich Gesprächsbedarf besteht, schlage ich vor, dass wir das gleich jetzt klären."

Angelo wich einen Schritt zurück. Um Zeit zu gewinnen, sagte er mit einem gezwungenen Lächeln: „Wir müssen Abstand halten, das habt ihr in Rom sicher auch so gemacht." Er versuchte, die neue Selbstsicherheit des Bruders einzuordnen. Vor ihm stand nicht mehr der schüchterne, verschämte Laurentius von damals. „Keine Sorge, auch ich trage dir nichts nach", sagte Angelo.

Laurentius konnte in seinem Blick lesen, dass er Angst hatte. Dass Angelo sich vor ihm, Laurentius, fürchtete, war schwer vorstellbar. Es musste die Angst vor der Ansteckung sein. Angelo hatte offenbar panische Angst vor dem Virus, deshalb trug er auch diese Schutzkleidung. *Dem Virus gegenüber bist du hilflos*, dachte Laurentius, *das kannst du nicht schikanieren wie einen jungen Ordensbruder.*

Betont freundlich entgegnete er: „Gut, dann lass uns morgen früh um sieben Uhr die Übergabe machen, natürlich unter Einhaltung der Abstandsregeln. Ich würde es begrüßen, wenn du mich künftig bei meiner Arbeit unterstützt, wie du Raphael unterstützt hast. Zuallererst gilt es, Raphaels Bestattung würdig zu gestalten."

Angelo verbeugte sich knapp. „Selbstverständlich, du kannst dich auf mich verlassen."

„Schön, dann bis morgen." Laurentius trat zurück, damit Angelo das Büro unter Einhaltung des Abstands verlassen konnte. Als er sich dem Schreibtisch zuwandte, musste er schlucken. Dies war Raphaels Reich gewesen; von hier aus hatte er die Geschicke des Klosters und auch Laurentius' Weg mit Güte und Weitblick geleitet. „Ich verspreche, das Kloster in deinem Sinne weiterzuführen", flüsterte er und setzte sich in Raphaels Sessel. Einen kurzen Moment verspürte er Wehmut angesichts der Entwicklungen der letzten zwei Tage. Er wäre lieber auf Reisen gegangen, um weitere Fälle zu recherchieren. Es war jedoch seine Pflicht, Verantwortung im Kloster zu übernehmen.

Unsicher, womit er anfangen sollte, zog er einige Ordner aus dem Regal. Schon bald schwirrte ihm der Kopf. Die Buchhaltung war ein Kapitel für sich, dazu kamen Steuern, Handwerksprojekte – innerhalb des Klosters gab es offenbar mehrere kleine Baustellen gleichzeitig –, Einkäufe und die Erlöse aus dem Klosterladen. Weitere Ordner enthielten Unterlagen über die Energieversorgung, Daten zu externem Personal sowie die Akten der Novizen. Laurentius erkannte, dass er die Verwaltung niemals allein bewältigen konnte. Er würde auf Angelos Hilfe angewiesen sein. Dieser Gedanke behagte ihm nicht.

Er beschloss, eine Pause einzulegen – der richtige Moment, um sich im Klostergarten die Beine zu vertreten. Sogleich kam ihm Angelos Schreiben bezüglich des Gartens in den Sinn. Energisch griff er nach den fein säuberlich gestapelten Zeitungen, um sich in die aktuellen Corona-Verordnungen einzulesen. An erster Stelle stand das Tragen von medizinischen Masken in öffentlichen Verkehrsmitteln, Arztpraxen und Lebensmittelgeschäften, gefolgt von Anweisungen zu nächtlichen Ausgangssperren, Regelungen für Hundebesitzer und andere Ausnahmen sowie Vorschriften zur Begrenzung der Personenzahl bei privaten Treffen und Bestattungen. Außerdem gab es Listen mit geschlossenen Geschäften. Laurentius stöhnte. Dass der Klostergarten nicht betreten werden durfte, konnte er daraus jedoch nicht ableiten – ein Punkt, den er schnellstens mit Angelo besprechen musste.

Laurentius fertigte eine Dringlichkeitsliste an. Noch war nichts erledigt, aber zumindest hatte er das Gefühl, sich einen Überblick verschafft zu haben. Am Ende dieses arbeitsreichen ersten Tages begab er sich todmüde zu Bett, nur um eine weitere unruhige Nacht zu erleben. In seinen Träumen vermischten sich die Jahre seiner Kindheit und seiner Ausbildung zum Koch mit seiner Zeit im Kloster. Mehrfach schreckte er aus dem Schlaf und musste sich vergewissern, wo er sich befand. Belastende Gedanken über die bevorstehenden Aufgaben quälten ihn und hinderten ihn daran, wieder zurück in den Schlaf zu finden. Er fürchtete, der Rolle des Guardians nicht gewachsen zu sein, und die Frage, wie er dem Wunder gerecht werden sollte, bohrte sich tief in seinen Geist.

Am nächsten Morgen bedauerte er, dass er nicht gemeinsam mit seinen Brüdern beten konnte. Angelo hatte einen Plan erstellt, wer sich jeweils in der Kapelle aufhalten durfte und wer seine Gebete allein verrichten musste. Mit müden Schritten ging Laurentius in den Speiseraum, wo man ihm ein Tablett reichte, das er mit in seine Zelle nehmen sollte. In Rom war das anders gewesen; dort hatten sie trotz Corona in kleinen Gruppen zusammen gegessen. Offensichtlich setzte Angelo die Abstandsregeln viel strikter um. Nachdem der Guardian an dem Virus gestorben war, würde er sich von diesem strengen Kurs kaum abbringen lassen. Laurentius beschloss, sich das Gespräch darüber zu ersparen, zumal er auf Angelos Hilfe angewiesen war. Aber den Zugang zum Klostergarten musste er freigeben – schon allein wegen der nötigen Bewirtschaftung.

Nachdem Laurentius sein Frühstück lustlos vertilgt hatte, begab er sich ins Büro. Kurz darauf erschien Angelo in seiner Schutzkleidung. Sie begrüßten sich höflich. Laurentius begann diplomatisch mit einer Frage. „Angelo, was steht aus deiner Sicht heute auf dem Programm?“

„Wenn nicht du die Leitung übernommen hättest, meinst du?“, fragte Angelo kampfeslustig zurück.

Laurentius ließ sich nicht aus der Ruhe bringen. „Genau. Was steht als Erstes an?“

Angelos blasierter Gesichtsausdruck war sogar unter der Maske erkennbar. „Der Guardian wird heute bestattet. Es dürfen laut gesetzlicher Regelung fünf Personen teilnehmen. Neben uns beiden sind das Bruder Claudius, Bruder Antonio und Bruder Carlo – sie sind die Ältesten. In Anbetracht der Bedeutung dieses Ereignisses habe ich heute keine weiteren Punkte vorgesehen.“

„Einverstanden. Wenn dem Abschied nur fünf Personen beiwohnen dürfen, ist es gerecht, die Ältesten zu berücksichtigen." Laurentius war sicher, dass Angelo bereits alles für das Begräbnis geplant hatte, dennoch fragte er, als sei der Ablauf noch offen: „Wie können wir das zeitlich planen?"

„Der Bestatter hat vorgegeben, dass der Sarg um 10 Uhr in die Krypta gebracht wird. Wir sollten dort bereitstehen."

„Gut. Hast du die Liturgie vorbereitet?"

„Ja, Raphael hat mir seine diesbezüglichen Wünsche anvertraut."

Laurentius gab sich nicht die Blöße, nach Details zu fragen. Er vertraute darauf, dass Angelo alles für einen würdigen Abschied des Guardians in die Wege geleitet hatte. „Vielen Dank, dass du das übernommen hast, Angelo. Selbstverständlich lassen wir heute die Arbeit ruhen, aber ich möchte gleich morgen früh das Weitere mit dir besprechen. Sei bitte um sieben Uhr hier."

Angelo nickte. „Wie du meinst." Er machte auf dem Absatz kehrt und verließ das Büro. Laurentius ließ sich nicht anmerken, wie sehr er den erstaunten Blick des Bruders genoss. Seine Rechnung ging auf. Angelo wusste nicht, was er von ihm zu erwarten hatte, und Unvorhersehbarkeit war ihm ein Gräuel. Laurentius, der inzwischen in der Lage war, den zwanghaften Charakter seines Kontrahenten einzuschätzen, verbuchte einen Punkt für sich. Laurentius atmete durch. Das erste Gefecht hatte er überstanden. Obwohl er sich angesichts der Umstände unwohl fühlte, war er erleichtert, dass Angelo nicht versucht hatte, ihn aus der Planung der Bestattung auszuschließen. Er war sicher, dass das nicht das Ende der Auseinandersetzungen war. Angelo war ein Machtmensch, und Laurentius wusste, dass er auf der Hut sein musste.

Laurentius' Gedanken wanderten zu Raphael. Sein Herz wurde schwer. Die heutige Bestattung würde nicht den Abschied ermöglichen, den er sich für seinen Mentor gewünscht hatte. Die Pandemie zwang sie zu distanzierten und verkürzten Ritualen. Es war bitter, dass nicht die ganze Gemeinschaft den letzten Weg ihres Guardians begleiten durfte. Doch es lag in seiner Verantwortung, dafür zu sorgen, dass die Regeln eingehalten wurden.

Bis zum Begräbnis blieb er im Büro und hing seinen Erinnerungen nach. Der Guardian war immer gut zu ihm gewesen. Dieser Verlust schmerzte sehr und bedeutete einen großen Einschnitt in sein Leben. Laurentius erkannte die Parallele zu damals, als seine Mutter ihn verlassen hatte. Jetzt war er auf sich allein gestellt und zudem für das Kloster verantwortlich.

Um kurz vor zehn ging er zur Kapelle hinüber. Dort hatten sich die ältesten Brüder bereits stumm um den schlichten Sarg versammelt und waren ins Gebet vertieft. Angelo stand abseits und trug, wie immer, seinen kompletten Schutzanzug. Laurentius hätte sich gewünscht, dass er die Verkleidung zumindest für die Trauerfeier abgelegt hätte, aber er sagte nichts, sondern schloss sich ihnen an. Es war nicht der richtige Zeitpunkt für Kritik. *Raphael hätte einen anderen Abschied verdient*, dachte er niedergeschlagen. Er empfand es als unsäglich, dass den anderen die Teilnahme verwehrt war. Die Masken wirkten auf ihn unwürdig und grotesk. Eine Welle der Trauer drohte ihn zu überfluten. Nur mit äußerster Beherrschung konnte er sich auf den Beinen halten, während die Totenglocke klagend ihr Leid verkündete.

Angelo ergriff das Wort. Umständlich beschrieb er Raphaels Werdegang und seine Verdienste um das Kloster. Nach dem Requiem las er aus den Psalmen, doch Laurentius vermochte seinen Worten kaum zu folgen, geschweige denn, den Trost zu empfinden, den sie spenden sollten. Nach Beendigung der Feier blieb er lange in der Kapelle sitzen, als könne er damit dem Abschied mehr Würde verleihen. Eine bleierne Müdigkeit veranlasste ihn schließlich, sich in seine Zelle zurückzuziehen. Hoffentlich werde ich nicht auch krank, dachte er erschrocken. Er betete um Gesundheit, Zuversicht und Kraft, bis er in einen traumlosen Schlaf fiel.

Als er am folgenden Morgen erwachte, fühlte er sich gestärkt. Er nahm den Kaffee mit ins Büro, sah die Post des Vortags durch, sortierte die fälligen Rechnungen und versuchte, sich einen

Überblick zu verschaffen, um entscheiden zu können, welche Projekte zuerst sein Eingreifen verlangten.

Plötzlich stand Angelo vor ihm und behauptete, Laurentius habe sein Klopfen nicht gehört.

Laurentius hielt es für das Beste, dieses Machtspiel zu ignorieren. „Buongiorno, Angelo. Vielen Dank für deine guten Worte über Raphaels Verdienste und dafür, dass du dich gestern um den ordnungsgemäßen Ablauf der Feier gekümmert hast. Damit sind wir auch schon bei dem ersten Thema, das ich mit dir besprechen möchte. Ich habe das Schild am Eingang zum Klostergarten gelesen. Meinen Recherchen nach sind an dieser Stelle die Corona-Regeln zu streng ausgelegt. Ich möchte, dass die Gärtner wieder Zugang haben, natürlich unter Einhaltung des Abstands, und ich möchte den Garten auch unseren Brüdern wieder zugänglich machen."

„Die Regierung hat deutliche Vorschriften erlassen, was die Einhaltung der Ausgangssperre betrifft, und das bezieht sich auch auf private Gärten."

„Nun, ich denke, wir sprechen hier nicht von einem privaten Garten. Unser Klostergarten dient unserer Grundversorgung und dem Verkauf. Wir versammeln uns dort nicht, um zu feiern, wie es in privaten Gärten üblich ist, sondern nutzen den Garten zur Kontemplation. Immerhin haben wir innerhalb unserer Mauern bestimmte Rechte, und genau darauf berufe ich mich. Also bitte entferne die Schilder und gib den anderen, vor allem den Gärtnern, entsprechende Anweisungen."

„Aber die Gefahr der Ansteckung ..." Angelo konnte seinen Satz nicht beenden.

„Die Gefahr der Ansteckung ist im Freien deutlich geringer als in geschlossenen Räumen."

Angelos Blick verfinsterte sich. „Ich würde es bevorzugen, die gesetzlichen Regeln korrekt einzuhalten."

„Das steht außer Frage und wir werden uns im Rahmen der Regeln der Vernunft bewegen."

„Regeln der Vernunft ... Wir befinden uns in einer Pandemie. Derartige Spitzfindigkeiten liegen mir nicht. Regeln werden gemacht, damit sie eingehalten werden. Ich bin nicht so, wie du es dir wünschst."

Laurentius war wenig überrascht von diesem Widerspruch. „Angelo, du bist hoffentlich so, wie du es dir wünschst", sagte er und legte größtmögliche Gelassenheit in seine Stimme. „Allerdings trage ich die Verantwortung für das Kloster, bis das reguläre Prozedere der Wahl stattfinden kann. Ich hoffe, dass ich dich nicht an dein Gehorsamsgelübde erinnern muss."

„Nein, Guardian", presste Angelo zwischen zusammengebissenen Zähnen heraus. Man konnte ihm deutlich ansehen, dass er mit Raphaels Nachfolge nicht einverstanden war und die ordnungsgemäße Wahl kaum erwarten konnte.

„Kommen wir also zum nächsten Punkt. Soweit ich sehe, sind die Personalunterlagen nicht vollständig."

„Durch die Erkrankungs- und Todesfälle der letzten Monate hat es viele Veränderungen gegeben. Ich werde die Listen auf den aktuellen Stand bringen, das hatte ich mir bereits vorgenommen."

„Gut, Angelo. Gibt es deinerseits noch etwas zu besprechen?"

„Nein, Guardian", zischte Angelo trotzig.

„Dann machen wir uns an die Arbeit", entgegnete Laurentius ruhig und wandte sich wieder der Tabelle zu, mit der er sich vor Angelos Eintreten befasst hatte.

In den folgenden Wochen brachten sie das Büro gemeinsam auf den aktuellen Stand. Durch Raphaels Erkrankung war vieles liegen geblieben, auch seine persönliche Korrespondenz. Laurentius schob diesen Teil lange vor sich her, da sein Schmerz noch zu groß war. Doch schließlich fügte er sich in sein Schicksal. Er beantwortete Briefe von Raphaels Familie, ordnete dessen Nachlass und bezog die Zelle, die der Klosterleitung zustand. Die Wellen der Trauer kamen in größeren Abständen. Routine kehrte ein, soweit das unter den herrschenden Corona-Bedingungen möglich war. Laurentius hatte sich damit abgefunden, dass es seine Pflicht war, das Kloster zu leiten. Gleichzeitig suchte er nach einem Weg, dem Wunder dennoch gerecht zu werden.

Aufgrund der Pandemie organisierte er viele Termine für seine Brüder online. Die Seminare, die dem Kloster früher beträchtliche Einnahmen beschert hatten, waren weggefallen. Laurentius bemühte sich, sie möglichst rasch in Onlinekurse umzuwandeln und entsprechend zu bewerben. Da er mit der erforderlichen Technik nicht vertraut war, kostete es ihn Tage, sich einzuarbeiten. Auch das Studium der Brüder, die sich noch in der Ausbildung befanden, musste er managen und beaufsichtigen. Ihre Vorlesungen konnten ebenfalls nur online stattfinden. Die jungen Menschen taten ihm leid. Statt sich gemeinsam zu bilden, zu debattieren und sich auszutauschen, saßen sie jeder für sich in ihren Zellen und starrten auf Bildschirme. Ein Ende der Pandemie war nicht absehbar.

Laurentius fragte sich, wie es ihm unter diesen Umständen wohl ergangen wäre. Abgesehen von Angelos Schikanen hatte er damals sehr von der Gemeinschaft profitiert. Die Lerngruppen waren hilfreich gewesen, wenn sich der Stoff in seinem Kopf verhakt hatte. Es hatte immer einen Kommilitonen gegeben, der ihm geholfen hatte, seine Gedanken zu sortieren und den Kopf freizumachen.

Andererseits waren seine Kollegen auch zur Stelle gewesen, wenn es darum ging, das Studium ruhen zu lassen und sich zu zerstreuen. Inzwischen waren einige Jahre vergangen, und manches fühlte sich an, als gehöre es zu einem anderen Leben. Dazu zählten auch die Erinnerungen an sein Elternhaus. Ein Brief von Monsignore Rossi erinnerte ihn daran. Der alte Pfarrer und Freund schrieb, Laurentius' Vater habe den Wunsch geäußert, seinen Sohn zu treffen. Er sei inzwischen betagt und nicht bei guter Gesundheit, daher habe er, Monsignore Rossi, ihm den Aufenthaltsort seines Sohnes nicht länger vorenthalten können. Laurentius solle ihm deshalb nicht böse sein und die Gelegenheit nutzen, sich mit seinem Vater zu versöhnen.

Laurentius' erste Reaktion war, den Brief einfach beiseitezulegen. Es war ein Leichtes, sich hinter den täglichen Anforderungen zu verstecken, und für einige Tage gelang ihm das auch. Doch dann kehrte seine Aufmerksamkeit immer wieder zu dem Brief zurück, und er begriff, dass die Zeit gekommen war, sich diesem Kapitel seiner Vergangenheit zu stellen.

Mitten in seine Überlegungen, ob er nach Hause fahren sollte, platzte der Besuch seines Vaters. Laurentius traute seinen Augen kaum, als der alte Mann plötzlich in seinem Büro stand. Er sprang auf, konnte sich jedoch nicht überwinden, auf seinen Vater zuzugehen. Mit tonloser Stimme bat er Angelo, sie allein zu lassen, und wies dem alten Herrn einen Platz an. Erst als dieser sich gesetzt hatte, trat Laurentius hinter seinem Schreibtisch hervor und nahm ebenfalls am Besprechungstisch Platz. Nicht nur aus Rücksicht auf die Corona-Vorschriften wählte er dabei den größtmöglichen Abstand. Um Zeit zu gewinnen, öffnete er umständlich eine Wasserflasche und schenkte zwei Gläser ein. Währenddessen versuchte er, seinen Atem zu kontrollieren, wie er es bei Bruder Georg gelernt hatte. Georg hatte ihm eingeschärft, bei Stress immer ein wenig länger aus- als einzuatmen.

Der Vater war tatsächlich alt geworden; seine herrische Haltung hatte gelitten. Dennoch erkannte Laurentius in seinem Blick immer noch deutlich den Anspruch, dass alles so zu geschehen hatte, wie er es wollte.

Der Vater ergriff das Wort. „Giuliano, wie du siehst, steht es mit meiner Gesundheit nicht zum Besten. Ich habe nicht mehr viel Zeit. Kurz und gut: Ich möchte, dass du nach Hause kommst."

Ich heiße Laurentius und hier ist mein Zuhause!, schoss es Laurentius durch den Kopf, doch dank Georg und der guten Ausbildung in Rom hörte er sich sagen: „Das ist eine weitreichende Entscheidung, die eine gewisse Zeit in Anspruch nehmen wird. Ich werde mich zu gegebener Zeit melden."

Die beiden Männer starrten einander über ihre Masken hinweg an.

Dem Vater blieb nichts anderes übrig, als sich mit dieser Aussage zu begnügen und sich auf den Heimweg zu machen. Laurentius war nicht stolz auf seine Antwort, aber es hätte keinen Sinn gemacht, von dem alten, kranken Mann eine Aussprache zu verlangen.

Genauso wenig wollte er ihn vor den Kopf stoßen. Dank Bruder Georg hatte Laurentius längst seinen Frieden mit ihm gemacht.

Der alte Herr wollte sich vom Stuhl erheben, doch seine Kräfte reichten dafür offensichtlich nicht aus. Plötzlich erkannte Laurentius, dass dies vermutlich seine letzte Chance war, dem Vater seine Fragen zu stellen.

„Warum ist Mama weggelaufen?“ Wusch! Wie ein Kübel stinkender Jauche ergoss sich Laurentius’ Frage über seinen Vater. Und gleich goss er den zweiten Kübel hinterher, den er laut Georg schon so lange in seinem Rucksack mit sich herumschleppte: „Warum hast du mir ihren Brief damals nicht gleich gegeben?“ Wusch!

Der alte Mann schwieg, seine Augen blitzten nur böse auf. Laurentius wartete, bis ihm klar wurde, dass er keine Antworten bekommen würde.

Unterdessen versuchte der Alte sich abermals zu erheben.

„Du möchtest gehen? Ich werde Angelo bitten, dich hinauszubegleiten.“

Laurentius verließ das Büro, ohne sich umzublicken.

Angelo stand, wie so oft, „zufällig“ im Flur. Mit Sicherheit hatte er gelauscht, aber das war Laurentius egal, er fühlte sich erleichtert, den Bruder gleich zu treffen.

„Mein Vater möchte gehen“, sagte er. „Begleite ihn bitte hinaus.“

Der Besuch seines Vaters hatte es nicht vermocht, größere Belastungen auszulösen. Im Gegenteil: Laurentius fühlte sich mit seiner Kindheit im Reinen. Im Stillen bedankte er sich bei Bruder Georg. Er hatte nicht die Absicht, sich wieder bei seinem Vater zu melden. Jetzt sollte der alte Mann am eigenen Leib erleben, was es hieß, in Ungewissheit verharren zu müssen.

Umso erschütterter war Laurentius, als sich nur wenige Wochen später zwei Polizeibeamte im Kloster einfanden. Sie bestanden darauf, Giuliano Ferrari zu sprechen. Laurentius hörte das Gespräch in seinem Vorzimmer und fragte sich, was die Beamten von ihm wollten. Um Frau Lotti zu entlasten, trat er aus seinem Büro und fragte, womit er dienen könne.

Die beiden Beamten ließen sich seinen Namen und sein Geburtsdatum nennen und erklärten, sie wollten mit ihm allein sprechen. Mit dem leisen Verdacht, sie könnten wegen seiner Mutter gekommen sein, forderte Laurentius sie auf, einzutreten.

Unmittelbar nachdem er die Tür geschlossen hatte, bat ihn einer der Polizisten, sich zu setzen.

„Wir müssen Ihnen leider die traurige Nachricht überbringen, dass sich Ihr Vater vorgestern Nacht über dem alten Brunnen im Innenhof seines Hauses erhängt hat. Und damit nicht genug: Auf dem Boden des Brunnens wurde eine skelettierte Leiche gefunden. Wir gehen davon aus, dass es sich um Ihre Mutter handelt, denn sie lag neben einem Reisekoffer, der ihre Papiere und persönliche Sachen enthielt."

Laurentius wurde schwarz vor Augen.

Als er zu sich kam, lag er mit hochgelagerten Beinen auf dem Boden. Einer der Beamten drückte ihm einen kühlen Lappen auf die Stirn, während der andere beruhigend auf ihn einredete. Frau Lotti wässerte einen weiteren Lappen.

„Da sind Sie ja wieder", sagte der Beamte neben ihm freundlich. „Geht es? Möchten Sie versuchen, aufzustehen?" Mit seiner Hilfe gelang es Laurentius, sich auf das Sofa zu setzen.

Als die Leere in seinem Kopf langsam wich, bat er die Beamten, noch einmal zu wiederholen, was sie ihm mitgeteilt hatten.

Der ältere der beiden Beamten bestätigte, dass es durchaus normal sei, dass man Nachrichten von solcher Tragweite nicht unmittelbar erfasse, und wiederholte geduldig, was geschehen war. Nachdem er hinzugefügt hatte, dass Laurentius von der Staatsanwaltschaft benachrichtigt werde, sobald die sterblichen Überreste seiner Eltern freigegeben würden, verabschiedeten sich die Polizisten und marschierten an der entsetzt dreinblickenden Frau Lotti vorbei aus dem Büro.

Ein Wunder, dass Angelo nicht hier ist, dachte Laurentius und brach in schallendes Gelächter aus. Frau Lotti blickte ihn erschrocken an.

Er wollte nicht lachen, aber er konnte nicht anders. Das Lachen kam in Wellen, bis seine Muskulatur sich verkrampfte, Tränen aus seinen Augen liefen, und er kaum noch atmen konnte.

„So weint nicht jeder um seine Eltern, Frau Lotti", brachte er schließlich, nach Atem ringend, hervor. „Das ist eine lange Geschichte. Ich werde sie Ihnen einmal erzählen, aber jetzt möchte ich gern allein sein."

Frau Lotti nickte stumm, nahm die Schüssel und die Lappen und ging.

In Laurentius' Kopf rasten die Gedanken.

Beide sind tot, beide, dachte er. *Deshalb konnte ich meine Mutter nicht finden. Er hat sie umgebracht. Und jetzt hat er auch sich umgebracht. Mein Vater ist ein Mörder. Ein Mörder und ein Selbstmörder!* Vor seinem inneren Auge entwickelten sich verschiedene Szenarien darüber, wie sich die Tat abgespielt haben könnte. Vermutlich hatte der Vater seine Frau beim Verlassen des Hauses überrascht und sie im Affekt getötet.

Laurentius trank ein Glas Wasser. *Ja, so musste es gewesen sein.* Was hatte Georg immer gesagt? Er müsse nicht alles allein aushalten.

Dankbar für diesen Gedanken griff er zum Hörer. Sogleich meldete sich Georgs vertraute Stimme.

Einige Wochen später saß Laurentius abends allein im Klostergarten und dachte über ein Gespräch nach, das er am Vormittag mit einem Novizen geführt hatte. Dieser junge Mann konnte der Pandemie auch positive Aspekte abgewinnen. Ohne etwas von Laurentius' Theorie zu ahnen, dass hier die heilige Corona am Werk sein könnte, freute sich Markus darüber, wie sehr die Natur weltweit vom eingeschränkten Flugverkehr profitierte und wie positiv sich das reduzierte Verkehrsaufkommen auf die Umwelt auswirkte. In von Smog und Feinstaub geplagten Großstädten habe sich die Luftqualität enorm verbessert. An den sonst von grölenden Touristen überfüllten Stränden tummelten sich wieder heimische Vögel und andere endemische Tierarten.

Markus erzählte Laurentius von einer Reportage, die er sich kürzlich angesehen hatte. Darin wurde untersucht, wie sich verschiedene Seuchen, von der Pest bis zur Cholera, auf die Gesellschaft ausgewirkt hatten. Das Fazit, so berichtete Markus, sei gewesen, dass sich nach solchen Pandemien Hygienestandards und Arbeitsabläufe verbessert hätten. Diverse Berufe seien ausgestorben, während neue entstanden seien. Wie bei jedem anderen Naturereignis habe es Gewinner und Verlierer gegeben.

Markus war der letzte Novize, der noch unter Raphaels Leitung ins Kloster aufgenommen worden war. Er war noch sehr seinem bisherigen Leben verhaftet. Dass Laurentius ihm so aufmerksam zuhörte, beflügelte ihn. Er zitierte weitere Berichte und Informationen aus verschiedenen Netzwerken. Laurentius wunderte sich darüber, dass sich ein amerikanischer Präsident nicht zu schade war, wie Krethi und Plethi Kurznachrichten zu verschicken, doch er schwieg.

Stattdessen erkundigte er sich – nicht nur wegen des Klosterbetriebs, sondern auch im Hinblick auf seine eigenen Ideen – bei dem jungen Mann nach den aktuellen Kommunikationsmöglichkeiten. Markus war stolz darauf, dem Guardian seine Welt präsentieren zu können. Er pries die Entwicklung der von ihm genutzten Netzwerke und Plattformen in den höchsten Tönen. Hätte er gewusst, was Laurentius durch den Kopf ging, hätte er sicherlich auch auf die problematischen Aspekte der neuen Medien hingewiesen. Doch so beschrieb er nur die positive Seite der Medaille.

Er öffnete seinen Facebook-Account, erklärte Laurentius, wie man Kontakte pflegte und was es mit den Likes auf sich hatte, und zeigte ihm zahlreiche Bilder seiner Familie und Freunde. Begeistert referierte er über die Vorteile von YouTube, Xing, Instagram, TikTok, Snapchat und LinkedIn. Laurentius, der bisher sein Handy im Wesentlichen nur zum Telefonieren und Übersetzen genutzt hatte, erkannte, dass man sich mit diesen neuen Medien offenbar in Windeseile mit der ganzen Welt vernetzen konnte.

An diesem Abend begriff er, dass sich endlich eine Möglichkeit auftat, dem Wunder gerecht zu werden. Eine Last fiel von ihm ab. Die Lösung seines Problems war zum Greifen nah. Hoch konzentriert rekapitulierte er die Erklärungen des jungen Mannes. Wenn er richtig verstanden hatte, würde es viel Zeit und Mühe kosten, in diesem Facebook Follower zu generieren und ein breites Publikum zu erreichen – Zeit, die er nicht hatte.

Dem Impuls, sich Markus anzuvertrauen und ihn zu bitten, seine Kontakte für sich zu nutzen, widerstand er. Solche Vertraulichkeit schien ihm allein schon aufgrund seiner Position unangemessen. Die meisten Plattformen, die der Novize erwähnt hatte, schieden für Laurentius' Zwecke ohnehin aus.

Er durfte keine Zeit verlieren. Es musste endlich etwas geschehen. Soweit er es verstanden hatte, schien YouTube das richtige Medium zu sein. Man musste dort keine Follower sammeln und hatte dennoch die Möglichkeit, in kürzester Zeit die Aufmerksamkeit von Millionen zu gewinnen. Dazu benötigte man nur ein Video, das interessant genug war. Der Rest würde sich hoffentlich von selbst ergeben. Laurentius war begeistert. Er würde sich mit seinem Handy filmen, während er von der Nacht des Wunders erzählte, und dieses Video dann auf der Plattform veröffentlichen. Wie man das machte, würde er Markus fragen. Zunächst musste er sich um die Aufnahme des Videos kümmern.

Laurentius fühlte sich wie neugeboren. Eine Welle der Freude erfüllte und belebte ihn. Mit wehendem Gewand schritt er zu seiner Zelle. Bisher hatte er sein Handy nicht zu solchen Zwecken genutzt, daher machte er sich zunächst mit der Kamera vertraut. Er suchte eine Weile auf dem Gerät, bis er die gewünschte Funktion fand. Schnell begriff er, wie man ein Foto machte und ein Video aufnahm. Diese Technik war genau das, was er gebraucht hatte – und leicht zu bedienen! Schade, dass er nicht schon längst darauf gekommen war.

Mit verschiedenen Lichtquellen experimentierend, lief er hin und her. Dann hatte er das passende Setting gefunden. Er setzte sich auf den Hocker vor seinem Schreibtisch. Es genügte, wenn die Kamera seinen Oberkörper einfing. Inzwischen gelang ihm die Bedienung der Einstellungen gut. Er machte Probeaufnahmen, bis er zufrieden war.

Dann war es Zeit für die Vesper. Die Unterbrechung seiner Vorbereitungen kam ihm gelegen.

Obwohl er die Aufnahme am liebsten noch in derselben Nacht gemacht hätte, zwang er sich, das Projekt ruhen zu lassen. Er durfte seine Pflichten im Kloster nicht vernachlässigen. Der kommende Tag versprach anstrengend zu werden. Es hatte einen Rohrbruch im Keller gegeben, und er erwartete verschiedene Handwerker. Seine letzten Gedanken vor dem Einschlafen galten dem Wunder. Jetzt war er froh über die Aufzeichnungen, die er damals angefertigt hatte. Es schien ganz einfach. Er musste sich die Nacht ins Gedächtnis rufen und erzählen, was sich zugetragen hatte und natürlich musste er seine Person zuvor kurz vorstellen.

Die Leichtigkeit begleitete ihn in den nächsten Tag. Er ignorierte Angelos Anspielungen auf die Zuverlässigkeit der Handwerker, organisierte die notwendigen Finanzmittel, sprach seinen Brüdern in den inzwischen regelmäßig stattfindenden Online-Konferenzen Mut zu und fieberte seiner freien Zeit entgegen.

Am Abend war es dann endlich so weit. Er stellte die Kamera auf, setzte sich auf den Hocker und wollte mit der Aufzeichnung beginnen. Doch sofort zeigte sich ein Problem: Wie sollte er die Menschen ansprechen? „Meine Damen und Herren“? Nein. „Liebe Zuschauer“? Auch nicht. Der Gedanke an Franziskus half. Natürlich: „Liebe Brüder und Schwestern“ – oder vielleicht besser „Liebe Schwestern und Brüder“? Ja, so war es richtig. Sollte er in seiner Muttersprache von dem Wunder erzählen oder besser auf Englisch? *Ach, die englische Version kann ich nachreichen*, dachte er und startete die Aufnahme.

Die Anrede gelang ihm ohne Versprecher, doch dann verhaspelte er sich. Er wollte sagen: „Ich muss euch erzählen“, aber in seinem Kopf tauchten plötzlich auch die Varianten „Ich möchte euch berichten“ und „Es hat sich Folgendes zugetragen“ auf. Heraus kam ein verworrenes „Ich möchte euch erzichten …“

Laurentius seufzte und stoppte die Aufnahme. „So geht das nicht", murmelte er. „Ich muss mir jedes Wort genau überlegen und aufschreiben, was ich sagen will." Ihm wurde bewusst, dass es etwas völlig anderes war, eine Geschichte für sich selbst aufzuschreiben oder sie einem vertrauten Menschen zu erzählen, als sie einem unbekannten Publikum zu präsentieren. Er würde ein Drehbuch verfassen müssen.

Laurentius ermahnte sich zur Geduld. Da er seinem Ziel näher war als je zuvor, kam es auf ein paar Tage mehr oder weniger auch nicht mehr an. Kaum hatte er die ersten Sätze zu Papier gebracht, tauchte ein neues Problem auf: Würde es nicht merkwürdig wirken, wenn er sein Erlebnis vom Blatt ablas? *Das sieht dann aus wie in den Nachrichten*, dachte er. Das war nicht in seinem Sinne. Er wollte unbedingt glaubwürdig und authentisch erscheinen, wenn er seine unglaubliche Geschichte erzählte. Aber wie ließ sich das bewerkstelligen? Wie machten es die anderen?

Laurentius schaute sich Videos anderer Nutzer an, bis sein Nacken schmerzte und die Müdigkeit ihr Recht forderte.

Vor dem Schlafengehen hielt er Zwiesprache mit dem heiligen Franziskus. „Es ist unglaublich, was die Leute alles auf dieser Plattform verbreiten", erzählte er dem Heiligen. „Stell dir vor, das hätte es zu deiner Zeit schon gegeben. Man findet hier Koch- und Backrezepte in unzähligen Varianten, Anleitungen zur Haustier- und Pflanzenpflege, Tipps zu allen erdenklichen Hobbys und Sportarten, handwerkliche Anleitungen vom Toilettenschüsseltausch bis zur Rollladeninstallation, Kosmetik- und Hygieneberatung, musikalische und tänzerische Darbietungen, medizinische Informationen, Religionsunterricht und vieles mehr."

„Es gibt kein Thema, das sich dort nicht finden lässt. Ich frage mich, ob du als Heiliger dazwischen gut aufgehoben bist, aber eine bessere Idee habe ich nicht."

Am Morgen wurde Laurentius klar, dass er frei erzählen und sich dennoch an ein Skript halten musste. *Also entweder lerne ich den Text auswendig, oder ich klebe mir Spickzettel an die Wand*, dachte er. Das Auswendiglernen hatte er schon als Kind gehasst.

Damals hatte er nicht verstanden, warum man einen Text, der aufgeschrieben und jederzeit abrufbar war, auswendig lernen sollte. Jetzt wünschte er sich, er hätte es mehr geübt.

Während er die Novizen beim Studium der Schriften beobachtete, überlegte er, seine Geschichte in Etappen aufzuzeichnen. Die Spickzettel mussten gut sichtbar sein und zwischendurch ausgetauscht werden. Er würde das Video auch schneiden müssen, damit es nicht zu umfangreich wurde und die Leute nicht langweilte. Einige Videos, die er sich angesehen hatte, dienten eher als Beispiele dafür, wie man es nicht machen sollte. Bei manchen Kochrezepten wurde so langatmig gerührt, geschabt und gekratzt, dass einem der Appetit verging. Öl- und Gewürzflaschen wurden sekundenlang auf- oder zugedreht, als hinge das Gelingen des Rezepts davon ab.

Das wird eine Menge Arbeit, wenn ich es gut machen möchte, dachte er und ertappte sich erneut bei dem Impuls, Markus um Hilfe zu bitten. Aber zuerst musste er das Skript schreiben und in eine passende Form bringen, um es über der Kamera an der Wand befestigen zu können.

Die nächsten Tage vergingen für Laurentius wie im Flug. Er war so sehr mit seinem Vorhaben beschäftigt, dass er viele der klösterlichen Verwaltungsaufgaben an Angelo delegierte. Während er überlegte, in welcher Rubrik und mit welchem Titel er das Video veröffentlichen könnte, nahm sein Plan allmählich Gestalt an.

Endlich konnte die Aufnahme beginnen. Laurentius bemühte sich, die Ereignisse der Nacht sachlich zu schildern. Er räumte ein, dass er sich unerlaubt in die Krypta geschlichen hatte, vermied jedoch jegliche Bewertung dessen, was er dort gesehen hatte. Ehrlich berichtete er, dass sein Guardian die Krypta später unverändert vorgefunden habe. Angelo in diesem Zusammenhang zu erwähnen, brachte er nicht übers Herz.

Nachdem er seine Schilderung beendet hatte, kündigte er an, dass im Anschluss an den Clip seine persönliche Interpretation des Ereignisses folgen würde. Diesen Teil betitelte er als „Teil zwei“. Er betonte noch einmal, dass es sich hierbei um seine eigene Interpretation handele und stellte dann seine Theorie vor. Laurentius skizzierte den Zustand der Erde und kam zu dem Schluss, dass der heilige Franziskus zur Rettung des Planeten auferstanden sei. Dieser Heilige gehe insbesondere gegen Umweltsünder vor, und seine Handschrift sei unverkennbar. Die jeweiligen Täter seien in psychiatrische Einrichtungen eingewiesen und somit aus dem Verkehr gezogen worden. Das Wirken des Heiligen habe sich bereits durch zahlreiche Ereignisse gezeigt.

Laurentius forderte die Zuschauer auf, ihm mitzuteilen, wenn sie ähnliche Vorgänge beobachtet hätten. Er vermutete nämlich, dass weitere Heilige an dieser Mission beteiligt sein könnten, und bat um entsprechende Rückmeldungen. Zum Schluss verwies er auf die heilige Corona als Schutzpatronin gegen Seuchen und legte seine Theorie zur Pandemie dar.

Er schloss mit den Worten: „Die Heilige bestraft uns." Danach nannte er seine E-Mail-Adresse. Als er sich die Aufzeichnung ansah, dämmerte der Morgen. Laurentius war todmüde, aber zufrieden mit dem Ergebnis seiner Arbeit. Er lud das Video hoch und holte sich sein Frühstück.

Gespannt nahm er an seinem Schreibtisch Platz. Alle paar Minuten schaute er nach, ob sich schon jemand gemeldet hatte. Doch zu seiner Enttäuschung hatte niemand das Video aufgerufen. In den folgenden Tagen wurden die Abstände, in denen Laurentius sein Video bei YouTube aufrief, immer größer. Jedes Mal kämpfte er mit der Enttäuschung. Wie konnte das sein? Hatte er etwas falsch gemacht? Warum wurden die anderen Videos tausendfach angesehen, aber seines nicht ein einziges Mal?

Mit all diesen Fragen war er allein. Oft ging er in den Klostergarten, in der Hoffnung, Markus dort zu treffen. Ihn hätte er fragen können, nach welchen Regeln sich die Verbreitung von Videoclips richtete. Doch leider ergab sich keine weitere Begegnung mit ihm. Die Leichtigkeit, die Laurentius in den letzten Wochen beflügelt und zu Höchstleistungen angespornt hatte, wich der Resignation. Er schlief viel, aß kaum noch etwas und fühlte sich insgesamt ratlos. Die pandemiebedingte Isolation machte ihm zusätzlich zu schaffen. Angelo hatte das bemerkt.

Er schlich um ihn herum wie eine Katze um den heißen Brei, aber ihm würde Laurentius sich zuletzt anvertrauen.

Dann überschlugen sich die Ereignisse. Markus erschien unangemeldet im Büro des Guardians und bat um ein Gespräch. Mit einem Seitenblick auf Angelo schlug Laurentius vor, sich im Garten ein wenig die Beine zu vertreten. Kaum waren sie außer Hörweite, tippte Markus etwas in sein Handy und reichte es ihm.

Laurentius erkannte sein Video sofort. „Oh, du hast es gesehen?", war alles, was er sagen konnte.

„Ja, und nicht nur ich", antwortete Markus.

Laurentius sah, wie sich die Zahl der Aufrufe rasend schnell erhöhte. „Das ist ja unglaublich!", rief er erfreut aus.

Markus blickte ihn besorgt an, doch das bemerkte Laurentius nicht. Wie gebannt starrte er auf die stetig wachsende Zahl der User, die sich sein Video ansahen.

Inzwischen hatten sie sich auf einer Bank im Schatten niedergelassen. Markus wollte den Guardian auf die Kommentare unter dem Clip hinweisen und ihm raten, die E-Mail-Adresse des Klosters sofort zu löschen, aber er wagte es nicht.

Laurentius war überglücklich. „Wie gut, dass du mich auf diese Möglichkeit hingewiesen hast!", sagte er und führte den Cursor nach unten, um sich die Kommentare anzusehen. Ihm stockte der Atem.

„Das ist der größte Schwachsinn seit Jesus Christus!"

„Der hat wohl zu viel gesoffen."

„Die sieben Zwerge sind auch auferstanden, du Spinner."

„Geht Corona jetzt auch in den Kopf?"

„Du gehörst in die Klapse."

„Ich habe es schon immer gewusst, Franziskus lebt!"

„Elvis auch!"

„Was hast du eingeworfen, du komische Schwuchtel?"

„Klosterfrau Melissengeist!"

„Ne, das muss was Härteres gewesen sein."

„Ich komm vorbei und mach dir den Heiligen."

„Jaaa, das kann ich dir auch besorgen."

„Dann hörst du die Englein singen."

„Jetzt schnappen sie schon im Kloster über."
„Und morgen ist Weltuntergang ..."
Laurentius las die Kommentare. Seine Hände zitterten, während er den Bildschirm fixierte. Die hasserfüllten und spöttischen Bemerkungen prasselten wie Schläge auf ihn ein. Markus beobachtete ihn besorgt. Er hätte das vorhergesehen, doch nun, als er es mit eigenen Augen sah, fühlte er sich auch hilflos.
„Laurentius ...", begann Markus, aber Laurentius reagierte nicht. Er war zu sehr verstört, überwältigt von der grausamen Realität der Online-Welt. Der Traum, der ihn noch vor wenigen Minuten glücklich gemacht hatte, hatte sich in einen Albtraum verwandelt.
„So einen Blödsinn zu verzapfen müsste verboten werden."
„Was für ein krankes Hirn denkt sich denn so was aus?"
„Meine Großmutter ist auferstanden – bin ich jetzt heilig?"
„Lass dich mal richtig rannehmen, dann wird deine Birne wieder klar."
„Die machen sich das doch gegenseitig im Kloster."
„Damit kommst du im Kino ganz groß raus!"
Die Liste der Einträge riss nicht ab. Zahllose Kommentare waren gelöscht worden. Laurentius verstand die Welt nicht mehr. Er ließ das Handy sinken. Sein Blick war ausdruckslos. Markus blickte verlegen zu Boden.
In die Stille hinein rief Angelo, der in den Garten gerannt war: „Unser Server ist zusammengebrochen! Anscheinend war die Flut der E-Mails zu groß, die uns plötzlich erreichen. Die Leute wollen wissen, ob es Führungen gibt mit dem Wundermönch, andere beschimpfen uns aufs Übelste. Das Telefon steht nicht mehr still. Was sollen wir tun?"
Damit hatte Laurentius nicht gerechnet. Er wollte, dass die Welt von dem Wunder erfuhr, hatte gehofft, dass sich seine Theorie durch Berichte anderer User untermauern ließe. Und jetzt stürzten sich Tausende auf ihn wie die Geier, überschütteten ihn mit Spott und Häme. Er fühlte sich überwältigt und hilflos. Resigniert folgte er Angelo in sein Büro. Noch immer versuchte er zu begreifen, warum diese Menschen so hass-

erfüllt waren. Was hatte er ihnen getan? Sie konnten ihm glauben oder auch nicht – das kannte er bereits –, doch diese bösartige Art, die reine Destruktion ihm fremder Menschen schockierte ihn zutiefst.

Selbst Frau Lotti, der gute Geist des Sekretariats, die sich ihm gegenüber immer liebenswürdig gezeigt hatte, bedachte ihn mit kritischen Blicken. Laurentius spürte ihre abwehrende Haltung, obwohl sie kein Wort sagte. Es war, als hätte sich die Atmosphäre des ganzen Klosters gegen ihn gewandt.

Angelo hielt sich im Hintergrund, zeigte sich ihm gegenüber aber verständnisvoll. Innerlich jedoch war er höchst erfreut über Laurentius' Fall. Endlich bot sich ihm die Gelegenheit, Laurentius eins auszuwischen. Er war überzeugt, dass man die Klosterleitung nach diesem Desaster in seine Hände legen würde. Ein Guardian, der sich öffentlich unmöglich gemacht hatte, war untragbar.

Angelo hatte inzwischen herausgefunden, dass Laurentius mit seiner Geschichte auf YouTube online gegangen war. Er hatte sich das Video angesehen und beschlossen, den Vorfall sofort nach Rom zu melden. Ein Lächeln huschte über sein Gesicht, als er den Empfänger der Nachricht auswählte. Er brauchte nicht lange zu überlegen, an welche Stelle er sich wenden sollte. Im Vatikan gab es genug einflussreiche Ohren, die nur darauf warteten, von einem Skandal wie diesem zu hören.

Die Nachricht vom Video des Guardians verbreitete sich auch im Kloster wie ein Lauffeuer. Die älteren Mönche erinnerten sich an die Nacht damals und an die vergangenen Ereignisse, die Laurentius' Glauben an das Wunder genährt hatten. Die Jüngeren hingegen hatten zwar von der Geschichte gehört, sie aber nicht wirklich ernst genommen. Doch jetzt war sie plötzlich wieder präsent und brauste wie ein Sturm durch den Alltag des Klosters.

Laurentius saß inmitten dieses Sturms und fühlte sich von allen Seiten bedrängt. Er hatte nur die Wahrheit zeigen wollen, ein Wunder, das er mit eigenen Augen gesehen hatte. Stattdessen war er zum Gespött geworden, ein Ausgestoßener im eigenen

Heim. Seine Welt schien zu zerbrechen, und er wusste nicht, wie er sie wieder zusammensetzen sollte.

Markus war ehrlich betroffen. Er kannte die Hintergründe der ganzen Geschichte nicht, aber er fühlte sich mitschuldig, weil er dem Guardian nichts über die Kehrseite des Umgangs mit öffentlichen Netzwerken gesagt hatte. Er hätte Laurentius warnen, ihn darauf hinweisen müssen, dass das Internet nicht nur Bewunderung, sondern auch Missgunst und Hass hervorbrachte. Um zu helfen, bot er an, das Serverproblem mit der Hilfe eines externen Technikers zu beheben. Als er sah, wie niedergeschlagen der Guardian war, fügte er hinzu: „Ich bin zuversichtlich, dass wir das in wenigen Tagen wieder im Griff haben."

Telefonate zu beantworten hatten sie vorläufig aufgegeben. Die interne Kommunikation wurde nur noch über Handys abgewickelt, weil die Leitung zum Kloster durch die Flut der Anrufe überlastet war.

„Vielleicht sollten wir das Video bei YouTube auf ‚privat' stellen", schlug Markus vorsichtig vor, bemüht, Laurentius nicht noch mehr zu verletzen.

Laurentius sah ihn verständnislos an. „Was bedeutet das?"

„Wenn man es auf ‚privat' stellt, kann man es nur noch selbst sehen", erklärte Markus geduldig.

Laurentius war dankbar für den Hinweis. Er hatte nicht gewusst, dass es diese Möglichkeit gab. Doch selbst mit diesem Wissen fühlte er sich nicht in der Lage, eine Entscheidung zu treffen. Er hatte so viel Arbeit in das Video gesteckt, und jetzt sollte er diese Möglichkeit aufgeben, die Welt über das Wunder zu informieren? Natürlich war ihm inzwischen klar, dass das Kloster unter der Situation litt, und er hatte verstanden, dass es ein Fehler gewesen war, die E-Mail-Adresse öffentlich zu machen. Aber das Wunder musste gesehen und gefeiert werden! Laurentius hatte auch Momente, in denen er seine Zuversicht zurückgewann. Dann glaubte er, dass vermutlich bald viele auf seiner Seite stehen würden. Diese Krawallmacher waren nur laute Stimmen, die sich auf alles und jeden stürzten, um ihrem Frust ein Ventil zu geben. Bald würde sich ein anderes Bild zeigen. Aber der Server des Klosters durfte nicht darunter leiden. Laurentius hatte erkannt, dass er die Nachrichtenflut nicht allein bewältigen konnte. Er wollte sich zurückziehen, um in Ruhe über alles nachzudenken.

Seine Gedanken überschlugen sich, er stand vor einer schweren Entscheidung. Sollte er dem Druck nachgeben und das Video verstecken? Oder sollte er standhaft bleiben und für seine Überzeugung einstehen, koste es, was es wolle?

Er schrak aus seinen Gedanken auf, als ihm plötzlich eine Hand auf die Schulter tippte. Es war Angelo, der ihm sein Handy reichte. „Telefon für dich. Rom."

Die Worte schnitten wie ein Messer durch seine Benommenheit. Rom. Laurentius' Magen verkrampfte sich. Er wusste, dass dieser Anruf nichts Gutes bedeutete. Angelo hatte einen Ausdruck kalter Befriedigung in den Augen. Es war offensichtlich, dass er sich an Rom gewendet hatte.

Laurentius nahm das Handy mit zitternder Hand entgegen. Er versuchte, seine Fassung zu bewahren, doch die Angst kroch in ihm hoch. Die Situation, die er nicht mehr kontrollieren konnte, hatte den Vatikan erreicht.

Laurentius griff mechanisch nach dem Mobiltelefon und meldete sich korrekt mit „Kloster Assisi, Guardian Laurentius". Den Namen seines Gesprächspartners verstand er nicht genau; es war ein seltsamer, fremdländischer Klang, den Laurentius nicht einordnen konnte. Nachzufragen wagte er nicht. Ein kalter Schauer lief ihm über den Rücken. Angelo blieb in seiner Nähe und beobachtete ihn mit argwöhnischem Blick.

Der Mann am anderen Ende der Leitung ließ Laurentius ohne Umschweife wissen, dass er das Video, das das Kloster mit einem Wunder in Verbindung brachte, unverzüglich zu löschen habe. Zudem informierte er ihn darüber, dass man sich über weitere Konsequenzen seiner Verfehlung beraten würde. Die kühle Autorität in der Stimme des Mannes ließ keinen Raum für Widerworte. Laurentius spürte, wie ihm alle Hoffnung entglitt. Nachdem sein Gesprächspartner aufgelegt hatte, reichte er Angelo wortlos das Telefon.

„Was haben sie gesagt?“, fragte Angelo mit gespielter Unschuld, doch in seinen Augen blitzte Triumph auf.

„Dass ich das Video sofort löschen muss“, antwortete Laurentius leise, fast tonlos.

„Wundert dich das etwa? Meines Wissens hatte dir auch Raphael untersagt, diese Geschichte zu verbreiten“, brauste Angelo auf und blickte Laurentius durchdringend an.

Laurentius’ Magen rebellierte. Gehorsam war eine der höchsten Regeln des Ordensgelübdes, und ihm war klar, dass er zu weit gegangen war. Er ließ Angelo stehen und ging in seine Zelle. Der Raum, der ihm sonst Trost und Sicherheit bot, fühlte sich plötzlich eng und bedrückend an. Laurentius kniete nieder und suchte im Gebet den Beistand des heiligen Franziskus. Doch statt Erleichterung zu finden, wuchs sein innerer Konflikt. Er wusste, dass er das Video löschen musste, wenn er im Orden bleiben wollte. Aber zugleich konnte er nicht ignorieren, dass er endlich die langersehnte Chance hatte, das Wunder öffentlich zu machen. Der Gedanke, diese Gelegenheit aufgeben zu müssen, war unerträglich.

Ihm war natürlich auch bewusst, was auf dem Spiel stand, wenn er sich widersetzte. Die Vorstellung, aus der Klostergemeinschaft ausgeschlossen zu werden, war so schrecklich, dass er kaum in der Lage war, sie zu Ende zu denken. Das Kloster war sein Leben, sein Zuhause – ohne es wäre er verloren. Doch ein weiterer, ebenso mächtiger Gedanke nagte an ihm: Wurden die Heiligen nicht schon immer vor ähnlich schwierige Entscheidungen gestellt? Und hatten sie nicht für ihre Überzeugungen gelitten und sich geopfert?

Laurentius stand unter Zeitdruck. Er musste eine Entscheidung treffen. Ein letztes Mal kniete er nieder und betete, ja flehte um eine Eingebung. Die Minuten zogen sich endlos, und in der stillen Dunkelheit seiner Zelle fühlte er sich wie ein Schiff, das mit gebrochenem Mast im Sturm trieb.

Dann, ganz plötzlich, kam die Klarheit. Es war keine perfekte Lösung, aber es war ein Weg, der ihm Zeit verschaffen würde. Er stand auf, ging zu seinem Computer und stellte das Video, wie Markus es vorgeschlagen hatte, auf „privat“. Damit befolgte er die Anweisung aus Rom, ohne die Frucht seiner Arbeit völlig aufzugeben.

Ein erleichterter Seufzer entwich ihm, als er sich auf sein Bett sinken ließ. Für den Moment hatte er die drängenden Stimmen in seinem Kopf zum Schweigen gebracht. Nun hatte er sich die nötige Zeit verschafft, um in Ruhe sein Gewissen zu prüfen und zu überlegen, welchen Weg er gehen wollte. Doch auch wenn er für den Augenblick erleichtert war, wusste er, dass der eigentliche Kampf noch vor ihm lag.

Das Wunder hatte so lange gewartet, jetzt würde es auch noch ein wenig länger warten können. Laurentius war entschlossen, die Zeit zu nutzen, um die bisherigen Kommentare zu sichten. Vielleicht waren inzwischen User hinzugekommen, die sich konstruktiv geäußert hatten. Ein Hoffnungsschimmer keimte in ihm auf. Während seines Gesprächs mit Markus hatte er den Eindruck gewonnen, dass er ihm Glauben schenkte. Vielleicht würde der Novize ihm helfen, die Flut an Reaktionen zu ordnen und einen geeigneteren Weg zu finden, dem Wunder gerecht zu werden.

Gleich am frühen Morgen schlich er sich zu Markus’ Zelle. In den Gängen war es um diese Stunde noch still, und Laurentius fühlte sich wie ein Verschwörer, als er an Markus’ Tür klopfte. Markus öffnete, und seine Überraschung war ihm deutlich anzusehen.

„Können wir uns heute kurz im Garten besprechen?“, fragte Laurentius leise.

„Ja, selbstverständlich“, antwortete Markus, bemüht, seine Verwunderung zu verbergen. „Ich kann um zehn dort sein.“

„Vielen Dank. Bis später.“ Laurentius ging schnell weiter. Natürlich hatte er bemerkt, dass der Novize ein wenig verwirrt ausgesehen hatte. Vermutlich fragte er sich, was sein Guardian so früh am Morgen von ihm wollte, und warum dieser so heimlich vorging. Doch Laurentius fühlte sich beflügelt. Die Aussicht auf das Gespräch mit Markus, auf eine mögliche Unterstützung, hob seine Stimmung. Mit bester Laune begab er sich ins Büro. Angelo saß bereits an seinem Schreibtisch. Er schien in seine

Arbeit vertieft, blätterte durch Papiere und schrieb Notizen, doch Laurentius entging nicht, wie Angelo aus den Augenwinkeln immer wieder zu ihm herüberspähte. Es war ein kalter, durchdringender Blick, der Bände sprach. ‚Wie kannst du es wagen, hier so unbeschwert aufzutauchen?', schien er zu sagen.

Laurentius setzte sich an seinen Schreibtisch und bemühte sich, die Feindseligkeit zu ignorieren, die spürbar im Raum stand. Er wusste, dass Angelo nur auf seinen nächsten Fehler lauerte, darauf wartete, dass er erneut strauchelte. Aber Laurentius beschloss, sich davon nicht entmutigen zu lassen. Er hatte eine Aufgabe und einen Plan, und er würde sich dabei nicht von Angelo einschüchtern lassen.

Während er seinen Computer hochfuhr, zwang er sich, ruhig zu bleiben. Angelo durfte keinen Hinweis darauf erhalten, was er vorhatte. Wenn Markus ihm helfen würde, könnte es der Wendepunkt sein, den er so dringend brauchte. Das Wunder hatte lange genug gewartet, und vielleicht, nur vielleicht, würde es bald auf eine Weise enthüllt werden, die keiner mehr ignorieren konnte. Aber vorerst hieß es, den Schein zu wahren und auf das Gespräch mit Markus zu warten.

Inzwischen glaubte Laurentius zu wissen, wie es dazu gekommen war, dass Rom sich so schnell gemeldet hatte – noch dazu über Angelos Handy. *Natürlich steckt er dahinter,* dachte er. Das hätte ihm von Anfang an klar sein müssen. Angelo hatte keine Gelegenheit ausgelassen, ihm Steine in den Weg zu legen. Laurentius ließ sich seinen Ärger nicht anmerken. Diesen Triumph wollte er dem Bruder nicht gönnen. Höflich erkundigte er sich, ob mit dem neuen Server alles in Ordnung sei, und vertiefte sich dann in seine Arbeit.

Angelo legte plötzlich seinen Stift beiseite und erhob sich. „Ich habe heute noch einiges außerhalb zu erledigen", sagte er in einem Ton, der keine Emotion verriet. Doch die Spannung blieb, auch nachdem er das Büro verlassen hatte.

Laurentius atmete dennoch erleichtert aus. Er wusste, dass der Tag noch viele Herausforderungen für ihn bereithalten würde, aber er klammerte sich an die Hoffnung, dass sich irgendwie alles zum Besseren wenden könnte.

Kurz vor 10 Uhr begab er sich in den Garten. Markus saß bereits, wie verabredet, auf der Bank im Schatten der alten Linde. Als er Laurentius kommen sah, stand er auf und grüßte ihn respektvoll. Laurentius erwiderte den Gruß und bedeutete ihm, sich zu setzen. Für einen Moment saßen sie schweigend, umgeben von der friedlichen Stille des Gartens.

„Markus, wir sind noch nicht dazu gekommen, über das Wunder zu sprechen“, begann Laurentius vorsichtig. Es war ein zaghafter Versuch, das Thema anzusprechen, das ihm am Herzen lag.

„Ja, das ist richtig. Ich möchte gerne mehr darüber wissen“, antwortete Markus.

Laurentius zögerte, bevor er die entscheidende Frage stellte: „Das heißt, du glaubst mir?“

Markus sah ihn an. „Ja, natürlich glaube ich dir.“

Diese Worte trafen Laurentius mitten ins Herz. Eine Welle der Erleichterung überkam ihn, so stark, dass er die Tränen nicht zurückhalten konnte. Sie sprangen ihm aus den Augen, und er wischte sie schnell weg, sichtlich verlegen. „Entschuldige“, murmelte er, „aber es tut so gut, jemanden zu treffen, der vorbehaltlos bereit ist, mir zu glauben.“

„Es muss überwältigend gewesen sein, dem Heiligen von Angesicht zu Angesicht zu begegnen“, sagte Markus leise, während er Laurentius bewundernd ansah. Es lag ehrliche Faszination in seinem Blick, kein Zweifel, kein Spott.

„Oh ja“, erwiderte Laurentius, „ich war einer Ohnmacht nahe. Es hat sich alles genau so zugetragen, wie ich es in dem Video geschildert habe. Seitdem denke ich Tag und Nacht darüber nach, wie ich dem Wunder gerecht werden kann.“ Er hielt inne und sah Markus eindringlich an. „Markus, es ist ein Glücksfall, dass ich dich getroffen habe. Durch deine Hilfe werden die Menschen jetzt über das Internet davon erfahren. Vor allem müssen sie wissen, dass die Heiligen am Werk sind. Vielleicht werden sich manche besinnen und von ihrem Tun ablassen, bevor es zu spät ist."

„Ja, das wäre großartig", stimmte Markus zu, doch in seiner Stimme schwang Vorsicht mit. „Ich hätte dich warnen müssen: Im Netz treiben sich viele verwirrte Seelen herum, die nur darauf warten, sich an jemandem abzureagieren. Verstehst du?"

Laurentius nickte langsam. Die harsche Realität des Internets war ihm schmerzhaft bewusst geworden. Doch Markus' Worte hatten ihm auch etwas anderes gezeigt: Er war nicht allein. Zum ersten Mal seit langer Zeit fühlte er sich nicht wie ein Ausgestoßener, sondern wie jemand, der gehört und verstanden wurde.

„Ja, ich verstehe", sagte Laurentius. „Aber es muss einen Weg geben, diese Botschaft zu vermitteln, ohne dass sie in Spott und Hass untergeht. Vielleicht ... vielleicht müssen wir vorsichtiger sein, aber wir dürfen nicht aufgeben."

Markus sah ihn mitfühlend an. „Nein, wir dürfen nicht aufgeben", sagte er. „Aber wir müssen klug vorgehen. Es gibt Menschen, die bereit sind, zuzuhören, aber wir müssen sie behutsam ansprechen."

Laurentius lächelte schwach. „Ja, klug sein", wiederholte er. „Vielleicht können wir es gemeinsam schaffen."

Die beiden Männer genossen die Ruhe des Gartens. In diesem Moment schien der Sturm der letzten Tage weit entfernt.

Markus griff das Thema erneut auf, nachdem er seine Gedanken sorgfältig geordnet hatte. „Egal, was du postest", sagte er mit leiser Frustration in der Stimme, „die Leute stürzen sich darauf, lassen ihren Frust ab und wollen dich fertigmachen. Ich hätte dich darüber informieren müssen, bevor das Video online ging. Vielleicht wäre das mit dem Server dann nicht passiert."

Laurentius nickte nachdenklich. „Vielleicht wäre es trotzdem passiert. Die Leute suchen immer nach einem Ventil, und das Netz bietet ihnen Gelegenheit."

Markus seufzte. „Ja, vielleicht. Aber was ist eigentlich mit Rom? Du warst doch dort, glaubt man dir dort auch nicht?"

Laurentius blickte in die Ferne, sein Gesicht verdunkelte sich. „Ich hatte die Gelegenheit bekommen, meine Theorie zu beweisen“, begann er langsam. „Ich war so nah dran, wirklich. Aber dann kamen Corona und Raphaels Tod dazwischen. Bevor ich etwas beweisen konnte, wurde alles auf Eis gelegt.“

„Und jetzt?“, fragte Markus vorsichtig.

„Jetzt hat Rom verlangt, dass ich das Video lösche“, sagte Laurentius mit schwerer Stimme.

„Oh!“ Markus’ Gesichtsausdruck verriet Überraschung, aber auch ein gewisses Verständnis für die Haltung des Vatikans.

„Ich habe deinen Rat befolgt und es auf ‚privat‘ gestellt“, fügte Laurentius hinzu. „Ein Versuch, Zeit zu gewinnen. Darüber wollte ich mit dir sprechen.“

Markus überlegte kurz, bevor er seine Gedanken formulierte. „Vermutlich ist es sowieso schon zu spät“, sagte er schließlich.

Laurentius runzelte die Stirn. „Wie meinst du das?“

Markus lehnte sich auf der Bank zurück und sah gen Himmel. „Na ja … Wenn ein Beitrag erst einmal im Netz ist, kannst du ihn kaum mehr aufhalten“, erklärte er. „Andere User übernehmen ihn auf ihre Seiten, bei Instagram, Facebook und wie sie alle heißen, und verbreiten ihn weiter. Du musst dir das so vorstellen, als würdest du einen Sack Löwenzahnsamen bei Starkwind von einem Turm werfen. Auch wenn du sofort versuchst, sie wieder einzusammeln, kannst du sie nicht mehr alle finden. Sie verteilen sich in alle Himmelsrichtungen, gehen auf und vermehren sich überall, ohne dass du es verhindern kannst.“

Laurentius starrte Markus an, während er langsam die Bedeutung seiner Worte begriff. Mit dieser bildlichen Darstellung hatte Markus ihm die Machtlosigkeit Roms in der digitalen Welt klar vor Augen geführt. Das Video, sein Video, war längst außer Kontrolle geraten. Die Botschaft, die er unbedingt verbreiten wollte, hatte sich auf eine Weise verselbstständigt, die er nicht mehr beeinflussen konnte.

Einen Moment lang war er still. Die Erleichterung durchflutete ihn. Es war, als hätte sich ein schwerer Knoten in seiner Brust gelöst. Befreit lachte er auf. „Das heißt, ich habe es gar nicht mehr in der Hand“, sagte er, und seine Augen begannen zu leuchten. „Ich kann gehorsam sein, das Video, wie von Rom gewünscht, sofort löschen, und trotzdem ist das Wunder nicht ausgelöscht. Es lebt weiter, da draußen, überall im Netz und in den Köpfen der Menschen.“

Markus war erleichtert über die plötzliche Wendung in Laurentius' Stimmung. „Ja, so ist es“, sagte er. „Auch wenn du das Video löschst, wird es weiterexistieren. Was du in die Welt getragen hast, lässt sich nicht mehr ungeschehen machen.“

Laurentius fühlte sich wie auf Händen getragen. Zum ersten Mal seit Tagen war er im Einklang mit seiner Entscheidung. „Das Wunder wird seinen eigenen Weg finden“, murmelte er mehr zu sich selbst als zu Markus. „Es wird die richtigen Menschen finden und berühren. Ich muss nicht länger kämpfen.“

Alles Schwere, das ihn belastet hatte, fiel von ihm ab. Seine Gebete waren erhört worden. Er wusste jetzt, was er zu tun hatte, und er würde es ohne Groll tun. Er wäre gehorsam und würde das Video löschen. Das Wunder lebte dennoch weiter. Die viele Arbeit, die er in das Video gesteckt hatte, hatte sich gelohnt. Allerdings blieb noch eine Sorge: Dass er das Video überhaupt hochgeladen hatte, konnte man ihm vorwerfen. Wie Angelo schon sagte, hatte Raphael ihm verboten, über das Wunder zu sprechen. Aber das war vor der Pandemie gewesen und bevor er offiziell nach Beweisen für das Wunder suchen durfte. Zudem war Raphael tot – war das Verbot dann überhaupt noch bindend?

Laurentius klopfte dem verblüfften Markus auf die Schulter und ging federnden Schrittes zurück. Als er das Büro betrat, bemerkte er sofort Angelos misstrauischen Blick. Laurentius verspürte keine Lust, sich diesem Blick auszusetzen. Er wollte seine Freude genießen und in Ruhe über diese neue Entwicklung nachdenken.

„Angelo, du hast in letzter Zeit viel übernommen. Vielen Dank“, sagte er. „Mach dir heute gerne einen freien Nachmittag.“ Ohne Angelos überraschten Ausdruck zu beachten, begann er, seinen Schreibtisch aufzuräumen.

Nach Raphaels Tod hatte es keine weiteren Ansteckungen im Kloster gegeben. Laurentius hatte sich in trügerischer Sicherheit gewogen. Er vermutete, dass einige der jüngeren Brüder die Infektion ohne Symptome durchgemacht hatten, sodass sich eine gewisse Immunität in der Gemeinschaft gebildet hatte. Doch diese Annahme sollte schon bald auf die Probe gestellt werden. Angelo meldete sich krank. Laurentius konnte es kaum glauben, als Angelo ihn aus seiner Zelle anrief. „Ich habe gestern Abend Schüttelfrost bekommen", stöhnte Angelo mit schwacher Stimme. „Jetzt habe ich hohes Fieber."

Laurentius fühlte einen Kälteschauer über seinen Rücken laufen. Laut Angelo war sein Corona-Test negativ, aber Laurentius ahnte, dass es den Vorsichtigsten unter den Brüdern getroffen hatte. „Wir warten den morgigen Tag ab", sagte er ruhig, doch seine Gedanken rasten.

Am nächsten Morgen ging es Angelo tatsächlich besser. Das Fieber war gesunken, doch jetzt war der Test positiv. Eine Welle der Sorge überschwemmte Laurentius. Angelo weigerte sich, die Krankenstation aufzusuchen. „Ich möchte niemanden anstecken", sagte er mit brüchiger Stimme. Es war makaber: So wie er sich zuvor vor einer Ansteckung gefürchtet hatte, so fürchtete er jetzt, selbst zum Überträger zu werden.

Laurentius informierte die Brüder darüber und bestand darauf, Angelo die Mahlzeiten persönlich vor die Zelle zu bringen. In den nächsten Tagen wurde das Kloster zu einem Ort der Unsicherheit und des stillen Gebets. Angelos Gesundheitszustand ließ keine klare Tendenz erkennen. Kaum glaubte Laurentius, eine Besserung wahrzunehmen, verschlechterte sich Angelos Zustand wieder rapide, nur um am nächsten Tag erneut einen Hoffnungsschimmer zuzulassen.

Diese Schwankungen zerrten an Laurentius' Nerven. Er wusste aus den Medien, dass gerade diese Unberechenbarkeit die Krankheit so gefährlich machte. Angelo durchlebte eine Achterbahnfahrt an Symptomen, und Laurentius musste tatenlos zusehen. Jeden Tag brachte er ihm das Essen, stellte es vor der Zellentür ab und lauschte, ob er etwas von innen hörte. Manchmal ertönte ein schwaches „Danke“, doch oft blieb es still, und Laurentius’ Sorge wuchs.

In diesen Tagen der Ungewissheit betete Laurentius um ihn und bat für sich um Weisheit und Stärke. Obwohl Angelo ein harter Gegner gewesen war, wünschte er ihm jetzt nichts als Genesung. Er wusste, dass dieser Kampf größer war als ihre Meinungsverschiedenheiten. Jeder Tag brachte neue Prüfungen mit sich, und Laurentius erkannte, wie fragil das Gleichgewicht des Lebens war.

Die anderen Brüder warteten angespannt, ohne dass jemand wirklich darüber sprach. Es lag eine Last in der Luft, eine unausgesprochene Angst, die alle mit sich herumtrugen. Laurentius tat sein Möglichstes, den Mut nicht zu verlieren.

Nach einer Woche bekam Angelo massive Probleme mit den Atemwegen. Laurentius, der das Auf und Ab seines Gesundheitszustands mit wachsender Sorge beobachtete, bat ihn, endlich ins Krankenhaus zu gehen. Doch Angelo lehnte das vehement ab. „Ich bleibe hier“, beharrte er, „ich will nicht … weg.“ Seine Stimme war kaum mehr als ein heiseres Flüstern, doch die Entschlossenheit dahinter war unverkennbar.

Am darauffolgenden Morgen wartete Laurentius vergeblich auf Angelos Anruf, den sie vereinbart hatten. Ein ungutes Gefühl breitete sich in ihm aus. Als die Minuten verstrichen und das Schweigen des Telefons dröhnender wurde, beschloss er, selbst zur Zelle des Bruders zu gehen. Sein Herz schlug heftig, als er an Angelos Tür klopfte.

„Lass mich in Ruhe!“ Angelo röchelte heiser. „Ich bin gerade erst eingeschlafen.“

Laurentius zog sich ratlos zurück. Er konnte nichts weiter tun, als abzuwarten, auch wenn ihn das Gefühl der Machtlosigkeit zermürbte.

In der Nacht schreckte ihn das schrille Klingeln seines Handys aus dem Schlaf. Sein Herz setzte einen Schlag aus, als er den Namen auf dem Display sah. „Angelo?“, fragte er benommen, die Angst in seiner Stimme war unüberhörbar.

„Laurentius", keuchte es am anderen Ende der Leitung. „Kannst du mich verstehen? Ich muss dir ... etwas sagen."

Laurentius setzte sich ruckartig auf, sein Puls beschleunigte sich. „Ja, ich höre dich", antwortete er, während er sich darauf vorbereitete, aus dem Bett zu springen.

„Du erinnerst dich ... an die Nacht ..." Angelos Stimme brach ab, gefolgt von einem heftigen Hustenanfall. Laurentius hörte das Ringen nach Atem, ein tiefes, quälendes Keuchen, das ihm durch Mark und Bein ging. Angelo rang nach Worten. „... die Nacht in der Krypta des heiligen Franziskus?"

Laurentius' Gedanken rasten. „Ja, natürlich erinnere ich mich", antwortete er mit bebender Stimme.

„Das ... war ich." Angelos Husten wurde heftiger, und Laurentius hatte Angst, der Bruder könnte daran ersticken. Hatte er richtig gehört? Es ging um jene Nacht – die Nacht des Wunders. Das musste er jetzt genau wissen. Doch Angelos Atem klang immer schwächer. Laurentius bekam Panik. „Warte", sagte er, „ich komme zu dir."

Hektisch sprang er aus dem Bett, warf sich in die Kutte und schlüpfte in den Schutzanzug. Handschuhe, Haube, Maske und Brille zog er im Gehen an. Er musste zu Angelo, bevor es zu spät war.

Ohne eine Antwort abzuwarten, klopfte er an die Zellentür und trat ein. Die Luft in dem kleinen Raum war stickig. Angelo lag auf dem Bauch, er rang nach Atem, sein Gesicht schmerzhaft bleich. Laurentius stockte der Atem, als er das erbarmungswürdige Bild sah, das sein Bruder abgab. Angelos schmale, spitz gewordene Nase ragte aus dem eingefallenen Gesicht hervor, und Laurentius erkannte, dass er noch nie zuvor einem Sterbenden gegenübergestanden hatte. Instinktiv erfasste er die Situation und begann, ihm die Krankensalbung zu spenden. Seine Hände zitterten leicht, doch seine Bewegungen blieben sicher und ruhig, als er den Segen sprach.

Angelo drehte den Kopf leicht, seine Augen suchten den Blick des Guardians. „Du bist gekommen", röchelte er. „Das ist ... gut." Er kämpfte um jedes Wort, um jeden Atemzug. „Ich möchte ... dich um Verzeihung ... bitten."

Laurentius fühlte, wie sich sein Herz zusammenzog. Er legte sanft eine behandschuhte Hand auf Angelos Schulter. „Ich bin hier", sagte er leise. „Was auch immer es ist, du kannst es mir sagen."

Angelo schloss die Augen, er sammelte seine letzten Kräfte. Laurentius spürte die Schwere der Worte, die auf seinen Lippen lagen.

„Um Verzeihung bitten? Angelo, fantasierst du?" Laurentius' Stimme klang rau, als er versuchte, das Gehörte zu begreifen.

„Ich fantasiere nicht", krächzte Angelo. „Ich bin dir gefolgt, als du dich an jenem Abend in die Krypta geschlichen hast. Ich wusste, dass du das Schloss manipuliert hattest."

Laurentius fühlte, wie sein Herzschlag schneller wurde. „Das ... hast du gewusst?", murmelte er fassungslos.

„Ja", keuchte Angelo. „Ich wollte dich ... dafür bestrafen."

Laurentius schluckte schwer. Seine Stimme war kaum mehr als ein Flüstern. „Was wolltest du?", fragte er schließlich, ungläubig und voller Entsetzen.

„Dich für deinen Ungehorsam bestrafen." Angelos Atem ging stoßweise, rasselnd und schwer. Laurentius tastete nach der heißen Stirn des Bruders. Die Hitze brannte unter seiner Hand.

„Schluss jetzt!", sagte er abrupt und stand auf. „Ich rufe einen Krankenwagen."

„Nein!" Angelo griff nach seiner Hand, mit überraschender Kraft für jemanden in seinem Zustand. „Bitte ... versage mir nicht die Beichte." Ein erneuter Hustenanfall schüttelte seinen Körper, ließ ihn würgen und nach Luft ringen. Laurentius war hin- und hergerissen zwischen dem Drang, Hilfe zu holen, und der Pflicht, dem Bruder in seiner letzten Stunde beizustehen.

Angelo fuhr mit brüchiger Stimme fort: „Als du den Weihrauch und die Kerzen angezündet hattest ... und ins Gebet versunken warst ... habe ich mich von hinten an dich herangeschlichen. Ich wollte dir ... einen Schrecken einjagen." Ein quälender Husten ergriff Angelo, und Laurentius hielt unwillkürlich den Atem an. Er wollte etwas sagen, irgendetwas, um dieses grausame Keuchen zu durchbrechen, doch er konnte nicht.

„Leider ... bin ich gegen den eisernen Riegel gestoßen, der das Gitter sichert", würgte Angelo hervor. Sein Körper wurde erneut vom Husten geschüttelt, dann folgte eine unheimliche Stille. Laurentius stand wie versteinert, unfähig, sich zu bewegen. Die Sekunden verstrichen qualvoll langsam, und er wartete, ob Angelo weitersprechen würde. Als er sich fragte, ob der Bruder noch atmete, vernahm er wieder seine schwache, keuchende Stimme.

„Du hast dich erschrocken ... und wolltest aufspringen." Angelo rang um Worte, jeder Satz war ein Kampf um Atem. „Doch das Gitter ... war über dir. Du bist mit dem Kopf dagegen gestoßen ... und wurdest ohnmächtig. Ich dachte, du seist tot ... aber dann hast du mit den Zähnen geknirscht ... und furchtbar gestöhnt. Das ist alles, was ... in dieser Nacht passiert ist. Verstehst du?"

Laurentius konnte nicht antworten. Alles, was er über diese Nacht geglaubt hatte, zerbrach in diesem Moment. Das Wunder, das er erlebt hatte, löste sich vor seinen Augen in Rauch auf. Die Stille zwischen ihnen wurde schwer, wie eine Mauer, die sich unüberwindbar erhob.

„Ich bin bei dir geblieben ... bis ich merkte, dass du erwachst", fuhr Angelo flüsternd fort. „Mich hast du gesehen, aber nicht erkannt. Dann bin ich ins Kloster gelaufen. Bitte ... vergib mir."

Angelos letzte Worte waren kaum mehr als ein Hauch. Laurentius sah, wie sich die fahlen Lippen bewegten, doch er hörte die Worte nur noch bruchstückhaft. Der Sinn dieser Worte sickerte langsam in Laurentius' Bewusstsein, doch ihr voller Bedeutungsgehalt blieb ihm noch fern. Wie in Trance entgegnete er: „Bruder, ich vergebe dir."

Drei Atemzüge folgten, in großen, unregelmäßigen Abständen. Dann trat Stille ein, so tief, so endgültig, dass Laurentius wusste, es war vorbei. Mit zitternden Fingern malte er das Zeichen des Kreuzes auf Angelos Stirn. *Ich sollte ihm die Hände falten, ein Gebet sprechen und das Fenster öffnen*, dachte er, aber der Schock und das Bedürfnis, diesen Raum so schnell wie möglich zu verlassen, waren stärker.

Wie von fremden Mächten gelenkt, stand er auf und verließ die Zelle. Mechanisch entledigte er sich auf dem Flur seines Schutzanzugs, entsorgte ihn in dem dafür vorgesehenen Behälter und ging in seine eigene Zelle. Alles, woran er geglaubt hatte, alles, was er zu wissen geglaubt hatte, lag jetzt in Trümmern. Zum ersten Mal spürte er die erdrückende Schwere der Wahrheit, die ihn mit kalter, gnadenloser Klarheit traf.

In seinem Kopf hallten Angelos Worte wider. Er war in der Krypta gewesen und hatte ihm einen Streich spielen wollen? Sollte das die Erklärung sein? Dann war alles, was er gesehen und gehört hatte, eine Folge der Ohnmacht gewesen, genau wie dieser Dr. Callieri behauptet hatte? All die schweren Jahre, sein Martyrium, das Fasten, die Psychiatrie, sein Ringen darum, dem Wunder gerecht zu werden ... all dies sollte nur ein weiterer grausamer Streich von Angelo gewesen sein?

Laurentius wurde zwischen heißer Wut und verzweifelter Ohnmacht hin- und hergerissen. Die Wut brannte in ihm wie ein Blitz, der danach verlangte, sich an Angelo zu entladen. Ja, er wollte ihn schlagen, ihm immer und immer wieder in seine arrogante Visage hauen. Ihn zur Rechenschaft ziehen für all den Schmerz, für die Jahre, die er ihm gestohlen hatte. Doch derjenige, der ihm das angetan hatte, hatte sich in den Tod geflüchtet, ihm die Möglichkeit dazu genommen.

Laurentius fühlte sich wie damals nach Pietros Übergriffen: hilflos, verraten und voller schmerzhafter Wut. Und wie damals saß er auf seiner Pritsche, in die Ecke gekauert, die Beine angewinkelt, den Blick leer und verzweifelt, wie ein angeschossenes Tier, das sich in seine letzte Zuflucht zurückgezogen hat. Szenen seines Lebens zogen vor seinem inneren Auge vorbei. Der 12. Geburtstag, die Kochlehre, der Eintritt ins Kloster, die endlosen Tage der Selbstprüfung, und schließlich die Nacht in der Krypta – die Auferstehung des heiligen Franziskus, dieser alles überragende Moment ... und nun dieses grausame Geständnis.

Alles schien bedeutungslos zu werden. Wenn es kein Wunder gegeben hatte, was blieb dann noch? Hatte er all die Jahre einem Hirngespinst nachgejagt? War er ein Narr gewesen, verblendet von einer falschen Vision, die ihm beinahe den Verstand raubte?

Die Dunkelheit um ihn herum schien sich zu verdichten, seine Gedanken umkreisten ein Nichts, eine Leere, die alles aufsaugte. Doch dann, als die Vögel ihr morgendliches Konzert anstimmten und das fahle Licht des neuen Tages durch das Fenster seiner Zelle fiel, durchfuhr ihn eine plötzliche Erkenntnis.

Was, wenn dieses Geständnis nur ein weiterer Streich von Angelo gewesen war?

Laurentius hob den Kopf, mit weit geöffneten Augen starrte er ins Halbdunkel. Hatte Angelo, sogar im Angesicht des Todes, versucht, ihn ein letztes Mal zu täuschen? War dies sein letzter, verzweifelter Versuch gewesen, ihm alles zu nehmen, woran er geglaubt hatte? Laurentius' Atem beschleunigte sich. Die Worte des Sterbenden hallten in ihm wider, und in jedem Satz lauerte die Möglichkeit einer Lüge.

Laurentius' Herz begann heftiger zu schlagen.

„Ich habe es doch genau gesehen ...", flüsterte er. Seine Stimme zitterte, doch ihr Klang verriet ungebrochene Entschlossenheit.

ENDE

HERZ FÜR AUTOREN A HEART FOR AUTHORS À L'ÉCOUTE DES AUTEURS MIA ΚΑΡΔΙΑ ΓΙΑ ΣΥΓΓΡΑ
FÖR FÖRFATTARE UN CORAZÓN POR LOS AUTORES YAZARLARIMIZA GÖNÜL VERELIM SZÍVÜ
PER AUTORI ET HJERTE FOR FORFATTERE EEN HART VOOR SCHRIJVERS TEMOS OS AUTOR
INKÉRT SERCE DLA AUTORÓW EIN HERZ FÜR AUTOREN A HEART FOR AUTHORS À L'ÉCOUTE
AÇÃO ВСЕЙ ДУШОЙ К АВТОРАМ ETT HJÄRTA FÖR FÖRFATTARE Á LA ESCUCHA DE LOS AUTORE
MIA ΚΑΡΔΙΑ ΓΙΑ ΣΥΓΓΡΑΦΕΙΣ UN CUORE PER AUTORI ET HJERTE FOR FORFATTERE EEN HA
ÖINKÉRT SERCE DLA AUTORÓW EIN HERZ FÜR A
ÃO ВСЕЙ ДУШОЙ К АВТОРАМ ETT HJÄRTA FÖR

Die Autorin

Irene Matt wurde 1964 in Bad Säckingen geboren und wuchs auf einem Bauernhof im idyllischen Hotzenwald auf. Nach einer Karriere als Versicherungskauffrau fand sie ihre Berufung als Autorin psychologisch inspirierter Kriminal- und Märchenromane. Ihr Talent liegt in der Familie: Bereits ihr Urgroßvater Peter Matt dokumentierte 1928 die Geschichte der Salpeterer, die mit blutigen Aufständen für ihre Freiheit gegen das Kloster St. Blasien kämpften. Irene Matt lebt mit ihrem Mann und zwei Katzen bei Freiburg. In ihrer Freizeit engagiert sie sich als Krisenseelsorgerin und Mediatorin. Ihre Intension ist: „Meine Geschichten sollen fesseln und lange in den Köpfen der Leserinnen und Leser nachklingen.“

novum VERLAG FÜR NEUAUTOREN

Der Verlag

Wer aufhört besser zu werden, hat aufgehört gut zu sein!

Basierend auf diesem Motto ist es dem novum Verlag ein Anliegen, neue Manuskripte aufzuspüren, zu veröffentlichen und deren Autoren langfristig zu fördern. Mittlerweile gilt der 1997 gegründete und mehrfach prämierte Verlag als Spezialist für Neuautoren in Deutschland, Österreich und der Schweiz.

Für jedes neue Manuskript wird innerhalb weniger Wochen eine kostenfreie, unverbindliche Lektorats-Prüfung erstellt.

Weitere Informationen zum Verlag und seinen Büchern finden Sie im Internet unter:

www.novumverlag.com

novum VERLAG FÜR NEUAUTOREN

Bewerten Sie dieses Buch auf unserer Homepage!

www.novumverlag.com